PAUL VERLAINE

POÈTE CHINOIS ?

PAR

JIN HENGJIE

NCU Press | 遠流

PAUL VERLAINE

POÈTE CHINOIS ?

AVERTISSEMENT

Le système de pinyin *faisant autorité et étant généralement adopté dans les milieux de sinologie occidentale pour transcrire le chinois, nous nous y conformons. Par respect des textes cités, nous gardons en principe la transcription originale qu'il s'agisse de noms propres géographiques, historiques ou de personnes.*

Les citations en langue occidentale seront prises telles quelles, nous conformant là aussi à la pratique courante. Aussi ne traduirons-nous en français que les citations en langue chinoise tout en gardant l'espoir que cette discrimination disparaîtra un jour.

INTRODUCTION

LA SITUATION DE PAUL VERLAINE

> *Je suis élu, je suis damné !*
> *Un grand souffle inconnu m'entoure*
> *Ô terreur ! Parce, Domine !*
>
> Paul Verlaine, *Le Bon disciple*

PAUL VERLAINE EN FRANCE

La gloire

Paul Verlaine a connu son heure de gloire[1]. Il ne fut guère apprécié jusqu'en 1890. Il eut pourtant la consolation de se voir élu «prince des poètes», en 1894, deux ans avant de mourir, et la génération suivante le préféra même à Rimbaud, Mallarmé et Apollinaire[2]. Mais «il a fallu bien des années après sa mort pour que Verlaine fût reconnu comme l'un des plus grands poètes français. Il n'aurait pu l'être au

---

[1] Paul-Marie Verlaine, dit Paul Verlaine, est né à Metz en 1844 de Nicolas Verlaine et d'Élisa Dehée et mort en 1896 à Paris. Cf., pour plus ample information, Édmond Lepelletier *Verlaine, sa vie, son œuvre* [1ᵉ éd. 1907], Paris, Mercure de France, 1947. (À noter que n'ayant pu trouver cet ouvrage en version originale, nous nous contentons de sa traduction anglaise tout en gardant, le cas échéant, le texte en français cité dans l'ouvrage référé. Cf. notre bibliographie) et Pierre Petitfils, *Verlaine*, Paris, Julliard (coll. Les Vivants), 1981; ainsi que les articles suivants dans "Paul Verlaine" « Hommes d'aujourd'hui », pp. 765-770 et les «Œuvres autobiographiques», pp. 209-593 (surtout Paul Verlaine, *Œuvres en prose complètes* [texte établi et annoté par Jacques Borel], Paris, Gallimard (coll. La Pléiade), "Confessions", pp. 441-552), 1972.

[2] Cf., R.-M. Lauverjat, *Verlaine Poésie,* Paris, Hachette (coll. Nouveaux classiques illustrés Hachette), 1981, p. 8.

temps du Parnasse, qui avait imposé à l'oreille et au goût
certaines exigences d'ordre oratoire et de lumière d'atelier, et
conservait ou ramenait plus ou moins le dogme classique
qui veut que les vers soient beaux comme de la belle prose,
avec quelque chose en plus. À quoi Verlaine a dit,
profondément, non[3]». Ce propos d'A. Thibaudet tenu en
1936 est-il quelque peu triste ? Il a fallu en effet attendre la
montée du symbolisme pour qu'il soit reconnu comme l'un
des plus grands poètes français. Mais en attendant, Verlaine
poursuivait son ascension. Le tableau que nous brosse en
1916 Bergen Applegate sous la rubrique *The culte of Verlaine*
présente un panorama tout à fait prometteur[4]. Déjà en 1910,

---

[3] A. Thibaudet, *Histoire de la littérature française de 1789 à nos jours* [1e
éd. 1936], Paris, Stock, 1963, p. 482.

[4] Bergen Applegate, *Paul Verlaine, His Absinthe-Tinted Song*. A
Monograph on the Poet with selections from his work, arranged and
translated from the French [1e éd. Chicago, Ralph Fletcher Seymour,
The Alderbrink Press, 1942], New York, AMS, 1982, pp. 35-40. «An
edition de luxe of *Fêtes Galantes* was published in 1903 by Le (*sic*)
Maison du Livre, Paris, in-8°. This contains twenty-four drawings and
an equal number of ornamentations by Roubadi.

Part second of the *Bibliographie Verlainienne* is given to notices of
translations, critical studies, and the general diffusion of Verlaine's
work, both in France and elsewhere. The notations in the chapter
devoted to France and French speaking countries number two
hundred and fifty-one.

In *Hommage à Verlaine* (Paris, Messein. 1910. in-4°) is found a book
containing the appreciation of sixty-six of the foremost writers of
France, both men and women.

Verlaine's popularity in Spain is attested by an anthology of
translation into Spanish by M. Machado, published in Madrid in 1908.
This collection embraces pratically all the poems worthy of
preservation. There are several other Spanish anthologies less
complete. Jiménez writes in the *Helios* (October 1903) *Pablo Verlaine y
su novia la luna* (Paul Verlaine and his bride the moon). *Llanto en mi
corazón...* (It weeps in may heart) is set to music by R. Villar fram words
by E. Diez-Canedo. (Madrid et Bilboa. Casa-Dotesio).

Bolivia, Argentina, Mexico, Santo Domingo and other Spanish-American countries know the poet through translations by native writers.

In Italy Pica and Ermini have written much concerning the poet. There are no anthologies in book form. Lombroso pays his respect (?) to the poet in *Nuovi studi sol genio* (New studies on genius).

Roumania has only one collection of the poet's work in the anthology of D. Anghel and St. O. Josif. (Bucharest. "Minerva" 1903. in-16°.)

In Russia Verlaine is popular and has been widely read, both in the French and Slavonic tongues. Broussov's anthology, published in Moscow in 1911 is the longest. Petrograd has a translation by F. Sologoub, 1908. Russia is also credited with a number of other, though shorter, collections.

To English readers it appears singular that the cult of Verlaine should be so widespread in Germany. To those, however, who have closely followed the trend of German literature and thought during the past two decades, the fact is not surprising. Tournoux notations for Germany are as follows:

1900

564. O. Hauser. *Paul Verlaine*, Berlin, Concordia. Petit in-16°.

565. P. Wiegler. *Baudelaire und Verlaine*, Berlin. Behris Verlag. in-16°.

1902

566. *Paul Verlaine. Gedichte*. Eine Anthologie der besten Ubertra gungen. Herausgegeben von Stefan Zweig, Berlin et Leipzig. Schuster ct Loeffler. in-16°.

567. E. Singer. *Paul Verlaine*. Gedichte. Vienne et Leipzig. Neue Literaturanstalt. in-16°.

568. H. Kirchner. *Gedichte von Paul Verlaine*. Halle. Hendel. in-16°.

569. O. Händler. *Paul Verlaine*. Ausgewählte Gedichte. Strasburg. Heitz ct Muendel. in-16°.

571 R. Schaukal. *Verlaine-Heredia. Nachdichtungen*, Berlin. Oesterheld. in-8°.

572. W. von Kalckreuth. *Paul Verlaine. Ausgewählte Gedichte*. Leipzig. Insel-Verlag. in-16°.

Among other writers who have contributed to the diffusion of the poet's works in Germany are Arnold, Mehring, Ostwald, George, Gundlach, Abels, Bethge, Jaffe, Evers and Henckell. Nearly all the leading German magazines, as well as newspapers, have published notices upon Verlaine and his work.

In Holland, Norway, Sweden, Denmark, Poland, Hungary, Greece, Portugal and Bohemia, the poet has found appreciative readers.

la maison d'édition parisienne Messein sortit un *Hommage à Verlaine,* auquel ont collaboré un certain nombre d'hommes de lettres les plus en vue de l'époque[5].

In English speaking countries, Verlaine has been appreciated but not widely read. Perhaps the irregularities of his conduct during his life attract the attention of the public more than his work.

George Moore, Arthur Symons, F. A. Cazals, John Gray, Ernest Dowson and Ashmore Wingate are prominent among English writers who have spread his fame. To George Moore, more than to any other, is due the credit of introducing him to the English public, and no one has written more interestingly of the poet. Until the present, Wingate's translation has been the longest in English. Symons' translations, all too few in number, surpass in workmanship any heretofore published in English. These have appeared in the Mosher collection of gift books in America.

In many ways the translation of Verlaine's poems by Gertrude Hall, translator of Chantecler, is most satisfactory. It is to be regretted the collection is so abridged. Published by Stone & Kimball, Chicago, 1895. Verlaine has been known to American readers chiefly through this work.

Throughout his life Verlaine was an interesting subject for artists. Dégas (*sic*) painted him in the Absinthe Drinker, and Zorn, Pearson, Cazals, Carriére (*sic*.) and many others have contributed interesting studies. Cazals' drawing, which hangs in the National Museum of the Luxembourg, Paris, is most striking. Here the idealization is marked. The poet is no longer the man of enigmatic bumps and grotesque visage, but the inmate of a hospital — a neutral spot on the borderland of Death — and all his being seems blurred with ineffable mystery.

Numerous composers have set his songs to music — poems so musical in themselves that music of another seems almost a profanation. In America John Alden Carpenter has set to music four poems. Published by Schirmer, New York.

The poet's statue stands in the Luxembourg gardens, and an annual dinner is given in Paris to the memory of this great child — for all poets are only men who have kept fresh in their hearts the fancies of childhood— and Verlaine kept also the weaknesses.»

[5] Un autre *Hommage à Verlaine* paraîtra quatorze ans plus tard chez Delesalle, en 1924, l'année où A. Breton publiera son premier *Manifeste du surréalisme.*

Vers la fin des années vingt les livres qui lui sont consacrés parlent toujours d'un écrivain dont la «gloire de poète, dans tous les pays, va toujours croissant[6]». Malgré son jugement sévère sur la personne de Verlaine, Valéry apprécie particulièrement la sensibilité musicale chez le poète : ses remarques très positives faites jusque dans les années 1934-1935 en témoignent[7].

L'effacement

Mais le vent tourne. Aujourd'hui, Paul Verlaine est toujours lu. Ses poèmes sont régulièrement réédités par quelques grandes maisons d'édition en France. Mais force est de constater qu'il est quelque peu délaissé depuis un temps considérable par la critique littéraire, malgré la préférence d'un André Gide qui, à côté des douze pages qu'il a accor-

[6] Tel que celui de B. Monkiewicz, *Verlaine. Critique littéraire* [1ᵉ éd. 1928], Genève-Paris, Slatkine Reprint, 1983, p. 5.

[7] Il n'est pas exagéré de dire que Paul Verlaine représente un poète musicien pour P. Valéry qui n'a pas laissé d'y réitérer. Voici quelques citations intéressantes, "Verlaine, misérable carrière de misère, grossièreté des mœurs et des idées — mais ce chant […]" (1925) P. Valéry, *Cahiers II*, Paris, Gallimard, (coll. La Pléiade), 1974, p. 1105. "Comment imaginer que ce chemineau, parfois si brutal d'aspect et de parole, sordide, à la fois inquiétant et inspirant la compassion, fût pourtant l'auteur des musiques poétiques les plus délicates, des mélodies verbales les plus neuves et les plus touchantes qu'il y ait dans notre langue ?" *Œuvres*, t. 1, p. 440. Et P. Valéry pense que Verlaine doit cette musicalité à la poésie anglaise : "(À part, je remarque que Baudelaire, qui a rénové (par endroits) le sens musical, Verlaine et Mallarmé ont subi l'influence de l'anglais.) Peuple français peu musical, et plus disposé à se moquer des effets de ce genre qu'à les goûter. Pourquoi ? Mesure et timbre n'existent guère pour lui. Affai-blissement des consonnes. Assourdissement de voyelles." (1934-1935), *ibid.,* pp. 1123-1124.

dées à Rimbaud, lui en a consacré vingt-sept dans son
Anthologie de la poésie française[8]. Il suffit d'examiner les biblio-
graphies des quinze dernières années pour le constater : la
critique littéraire le délaisse en faveur de Mallarmé,
Rimbaud, Baudelaire et Victor Hugo. Partant de Baudelaire
la critique contemporaine survole l'espace verlainien pour
prendre Rimbaud et Mallarmé dans son collimateur. Verlaine reste incontestablement éloigné des préoccupations de
la nouvelle critique. C'est à partir de Baudelaire, par exemple, que Roman Jakobson et Lévi-Strauss élaborent leur
analyse structuraliste[9].

> [...] le nom de Verlaine n'est pas le symbole d'un progrès,
> d'une victoire ou d'un échec; les «nouveautés» mêmes des
> *Romances sans paroles* ont perdu de leur prestige lorsqu'on a
> commencé à mieux connaître Rimbaud. La fortune de
> Verlaine, considérable jusque vers 1900-1905, a été en
> décroissant jusque vers 1930.[10]

Cet effacement de Verlaine ne date pas d'hier. C'est à
partir du surréalisme que son étoile pâlit et André Breton
devait l'exécuter dans un verdict sans appel : «La surestima-
tion de Verlaine a été la grande erreur de l'époque symboliste[11]. » Mais il y en a de plus explicites:

---

[8] Il est à remarquer que la préface date de 1947 et que son goût
pour Verlaine est très prononcé. Cf. A. Gide, *Anthologie de la poésie
française*, Paris, Gallimard (coll. La Pléiade), 1949, pp. 615-643.

[9] "« *Les Chats* » de Charles Baudelaire". Cet article, devenu classique,
paru dans *L'Homme, II* (1962) qui a fait couler beaucoup d'encre et a
été repris dans Roman Jakobson, *Huit questions de poétique*, Paris, Seuil,
1973, pp. 401-419.

[10] M. Raymond, *De Baudelaire au surréalisme*, Paris, José Corti, 1940,
pp. 28-29.

[11] Cf., R.-M. Lauverjat, *loc. cit.*

Art très influencé, personnalité effacée, ambiguë, naïve (d'une naïveté assumée et revendiquée), pensée théorique sans envergure, tous ces manques expliquent le discrédit de Verlaine[12], qui ne connut qu'une gloire éphémère avec la poésie décadente et l'art «fin de siècle». Déjà Breton en réserve la lecture aux jeunes filles de province; l'hostilité de Maurras ne désarme pas; Béguin le rejette en affirmant qu'il s'est tenu «en dehors de ce grand mouvement baudelairien qui assigne à la poésie des ambitions métaphysiques et tend à en faire un instrument de connaissance ou de pouvoir»; «il n'a pas de postérité littéraire», constate de son côté Cuénot, «parce qu'il n'a pas de style à léguer». A. Adam insiste sur les revers de la naïveté : «Il reste incapable de s'élever très haut», «il porte atteinte à l'intelligence», estime ce critique averti, qui n'accorde à Verlaine aucune influence déterminante sur le développement de la poésie française. Enfin, dans la série de ses études thématiques, J.-P. Richard insiste sur la modestie des moyens et du dessein du poète dans un article qu'il intitule de façon significative : La fadeur de Verlaine.[13]

Si certains critiques ont tendance à s'attarder sur les traits sombres de la biographie du poète (alcoolisme précoce, violence caractéristique, tendance homosexuelle et d'autres "dérèglements" que nous nous épargnons d'énumérer), d'autres le trouvent peu rénovateur à côté de Rimbaud ou

---

[12] Verlaine lui-même semble avoir contribué à cette dépréciation. N'a-t-il pas déclaré dans une conférence sur les poètes contemporains que les poèmes de sa jeunesse étaient "puérils, chose jeune et emprunte d'imitations" ? (Cf. P. Verlaine, *Œuvres en prose complètes, op. cit.,* "Conférence sur les poètes contemporains", p. 900). Est-ce là le "complexe sado-masochiste" dont parle Adam à propos de Verlaine et qui est à l'origine de cette auto-dépréciation ? Voir J. Mourot, *Verlaine,* Paris, Presses Universitaires de Nancy (coll. Phares), 1988, pp. 27-28.

[13] J. Mourot, *ibid.,* p. 139.

de Mallarmé[14]. D'autres encore se lamentent sur ses œuvres de vieillesse[15]. Au fur et à mesure que le temps passe, Verlaine sort du répertoire de la critique pour rester cantonné aux rayons des publications dites pédagogiques dont le ton est souvent apologétique :

> Cependant, la popularité et la notoriété de Verlaine sont stables, en dépit du dédain des puristes. Quelles sont les raisons de la survivance presque intégrale des premiers recueils ? Peut-on parler d'une poétique verlainienne, sans laquelle il n'y aurait pas, dans l'esprit du public, d'œuvre durable et fortement caractérisée?[16]

---

[14] "Certes Verlaine n'a pas renouvelé notre poésie comme le firent Rimbaud ou Mallarmé." Roger-M. Lauverjat, *loc. cit.*

[15] P. Petitfils les qualifie, à juste titre sans doute, d'érotisme sénile. Cf. P. Petitfils, *op. cit.*, p. 385. Mais il y a des critiques plus sévères : "From the æsthetic point of view this publication [*Femmes* et *Hombres*], even if it was clandestine was without excuse, and it was the deepest descent of the poet. The effect of this depravity of an old man writing down with unsteady hand vices and nakednesses on prescription blanks for the sake of a few francs with which to buy an absinthe, is tragic. The existence and the spread of these books must destroy absolutely the legend of the "guileless fool." This is the only value which can be attributed to them." Stefan Zweig, *Paul Verlaine* trad.du français par O. F. Theis [1ᵉ éd. 1913], New York, AMS Press, 1980, p. 74.

[16] J. Mourot, *op. cit.*, p. 141.

PAUL VERLAINE EN CHINE

Aussi paradoxal que cela puisse paraître, Verlaine est depuis un certain temps plus lu et étudié à l'étranger qu'en France : On n'a cessé de lui consacrer des articles et des thèses de doctorat (en particulier, aux États-Unis[17]). Éléonore M. Zimmermann, spécialiste de Verlaine, nous le confirme :

> En effet, chose curieuse, la plupart des études parues récemment ont été écrites soit par des étrangers, soit par des Français vivant à l'étranger, en Angleterre, aux États-

---

[17] Voici, à titre indicatif, les thèses de doctorat (Ph.D. Dissertations) sur Verlaine présentées aux États-Unis ces derniers temps : M. K. La Pointe, *Verlaine's Poetry : Narrative Voice and Indirect Communication* (Ph.D. 1981 University of Wisconsin-Madison); Joanne Van Tuyl, *The Aesthetic Immediacy of Selected Lyric Poems of Keats, Fet and Verlaine* (Ph. D. 1986, The University of North Carolina at Chapel Hill, 173 p.) et Barbara Meister, *The Interaction of Music and Poetry : A Study of the Poems of Paul Verlaine as Set to Music by Claude Debussy and of the Song cycle «Songs and Proverbs of William Blake» by Binjamin Britten.* (Ph. D. 1987, City University of New York, 273 p.)

Unis, en Allemagne, aux Pays-Bas, même au Cameroun ou au Zaïre.[18]

L'auteur que nous citons a omis la Chine dans son énumération. On parle en effet de Verlaine en Chine au présent, comme d'un poète vivant, non pas parce qu'en chinois le verbe ne se conjugue pas, mais parce qu'on le considère comme un contemporain[19]. Et c'est ainsi qu'il est lu. Verlaine est l'un des poètes français les plus connus des Chinois. Certains de ses poèmes traduits en chinois sont parmi les plus lus et les plus appréciés de toute la poésie française. Deux de ses poèmes, *Chanson d'automne* et *Le Ciel est par-dessus le toit*[20], ont été traduits à maintes reprises par deux générations d'admirateurs : *Chanson d'automne* fut publié pour la première fois en 1925 dans une traduction en chinois classique[21], tandis que la dernière version en chinois

---

[18] É. Zimmermann, "Variété de Verlaine. Réflexions sur la nature de la poésie" in J. Beauverd et al. *La Petite musique de Verlaine « romances sans paroles, Sagesse »*, Paris, CEDES, 1982, p. 5. Nous trouvons non sans plaisir sur le programme du IIIe Colloque international de poïétique tenu en septembre 1993 à Aix-en-Provence, le titre d'une communication : *À propos des* Poèmes Saturniens *de Verlaine* signée Amor Ben Ali.

[19] MO Yu "«Qiuge» yu «Yixiangren» — zhongyi cishu zuiduo de liangshou faguoshi", *Youshi wenyi*, n°315, mars 1980, pp. 129-147, et "Weilun de yi shou yuzhongshi", *Zhongwai wenxue*, VI 17, 1988, pp. 93-109. À noter que, par souci de clarté, le nom de famille des auteurs chinois cités est partout mis en majuscule.

[20] Ce poème fera l'objet de discussions approfondies. Cf. *infra* chapitre IV.

[21] MO Yu, *op. cit.* La possibilité de l'existence de versions encore plus récentes n'est pas exclue, compte tenu du fait que nous ignorons les très nombreuses publications de la Chine populaire dans le domaine de la littérature étrangère.

moderne du *Ciel est par-dessus le toit* date de 1981[22]. Parmi ces différentes versions, nombreuses sont celles faites par des traducteurs célèbres spécialisés dans la traduction d'œuvres poétiques, et par des écrivains et des poètes[23]. Cela peut paraître normal dans la mesure où les deux poèmes sont considérés comme les petits bijoux de Verlaine et ils sont appréciés dans le monde entier. Mais quand on l'examine de près, cette préférence du public chinois, innocente à première vue, est en réalité des plus invraisemblables.

Il s'agit d'un phénomène extraordinaire pour de nombreuses raisons. Rien que sur le plan pratique, il y a de quoi être étonné. Tout d'abord pour ce qui est de la traduction de la littérature étrangère, la part du lion est généralement réservée, hier comme aujourd'hui, à la littérature anglosaxonne. Ensuite, la fiction a été et reste toujours de loin le genre littéraire favori des traducteurs parce que plus accessible aussi bien pour eux-mêmes que pour le public; plus rentables, enfin, pour les maisons d'édition qui détiennent les moyens financiers.

---

[22] FAN Xiheng, "Tian zai neibian wudingshang o.", *Faguo jindai mingjia shixuan* [1ᵉ éd. 1981], Beijing, Waiguo wenxue chubanshe, 1987, p. 238.

[23] Cf., pour la liste des versions chinoises de ces deux poèmes, MO Yu "Weilun de yi shou yuzhongshi" *op. cit.* Parmi les traducteurs beaucoup sont des poètes, tels que LI Sichun, LIANG Zongdai, HU Pinqing, QIN Zhihao et DAI Wangshu. Un des poèmes les plus célèbres de ce dernier, intitulé *Ruelle sous la pluie* («*Yuxiang*» 〈雨巷〉), est considéré comme une imitation mélodique réussie de *Chanson d'automne*. On attribue pourtant à LI Jinfa (1900-?), artiste et poète qui a fait ses études en France pendant cinq années (1919-1924) en qualité d'étudiant frugal [*qingong jianxue*], le mérite d'être le premier à avoir fait connaître Verlaine au public chinois. Cf. ZHAO Tianyi, "Faguoshi dui zhongguo xiandaishi zhi yingxiang — shilun Jixian de xiandaishi", *Youshi wenyi*, n°315, mars 1980, pp. 113-128.

La loi de l'offre et de la demande mise à part, on n'est pas moins intrigué devant cette préférence si l'on se penche sur l'aspect théorique du phénomène. Le problème se pose sous ses deux aspects : l'appréhension des œuvres littéraires étrangères d'une part et son authenticité après la traduction d'autre part. Et encore, pourrait-on rester aussi sensible même si l'authenticité d'une œuvre était rendue intacte dans sa version traduite ? La question en définitive est la suivante : comment le public chinois parvient-il à apprécier, par le biais d'une traduction, des vers français en général et ceux de Verlaine en particulier ?

Le revers du phénomène : barrières culturelles

Il y a d'abord la barrière culturelle. Pour certains, elle constitue, en ce qui concerne la littérature, un fossé infranchissable. Vues de l'Extrême-Orient, la France et la Grande-Bretagne se situent sur un même fond culturel occidental. Or, la chose n'est évidemment pas perçue de la même manière en France, ni en Angleterre. Le Britannique Harold G. Nicolson prétend qu'il existe un écart de tempérament tel entre ces deux peuples qu'"aucun Français n'est à même de comprendre vraiment la littérature anglaise si bien qu'aucun Anglo-saxon n'arrivera non plus à apprécier pleinement la littérature française[24]". Ce passage mérite d'être cité :

> Of all civilised races the French are perhaps the most gifted, as they are certainly the most charming; but they have one basic defect : they have no sense of infinity. [...]

---

[24] Il nous semble évident que Nicolson entend par là ceux qui peuvent lire directement dans cette langue.

In short, a serious and intellectual nation, who are sometimes efficient and often brilliant, but who cannot proceed except in grooves. In practical and objective affairs, such as the great European War, this peculiar adaptation of the French genius works admirably. In more subjective businesses, such as literature and politics, it is apt to be conventional and short-sighted; it is apt to think of what it is doing, which, in the realm both of imagination and diplomacy, is generally fatal. It is for this reason that no Frenchman can really understand English literature, just as no Anglo-Saxon can fully appreciate French literature.[25]

On décèle une certaine dose d'humour anglais, mais le ton y est sincère. Il s'ensuit en toute logique qu'il attribue le succès de Verlaine Outre-Manche plus ou moins au fait que le poète est à peine français[26]. Nicolson dit notamment :

In the second place, Verlaine, who was so un-French by temperament, may find some honour, some fresh facet of

---

[25] H. G. Nicolson, *Paul Verlaine* [1ᵉ éd. London, Constable & Company Limited 1921], New York, AMS Press, 1980, p. 226. Il a mis en évidence d'autres qualités du peuple français : «Above all these secondary aspects of national temperament rises the essential quality of the French genius, — as a glacier, arrogant, lucid and cold. The French mind is above all architectural in character : it is deliverate, cautious, balances and terribly intent upon the proportions, the stability and the meaning of the business in hand. It repudiates the improvised; almost it repudiates the inspired. It likes not only to know what the creator is aiming at, but to feel quite securely that the creator is himself vividly aware of his own tendencies. It likes to "thèse" and the "school"; it likes programmes, manifestoes, plans, estimates and labels; it likes to measure, to classify and to annotate; it likes to "know where it is." From all this arises that rigid discipline under which French literature propsers and propagates.» *ibid.*, pp. 226-227.

[26] Mais H. G. Nicolson n'a pas négligé un détail, que presque tous les auteurs français sur Verlaine passent sous silence, à savoir que le père de Verlaine et le poète lui-même sont français par option. *ibid.*, p. 7.

forgiveness, among us broader and less conventional Anglo-Saxons.[27]

Étonnant pessimisme dont fait preuve Nicolson sur les échanges littéraires des deux côtés de la Manche ! Resterait-il la moindre chance pour les Chinois de comprendre la littérature française (ou anglaise) si l'on prend à la lettre ce qu'il dit sur les difficultés insurmontables entre les Français et les Britanniques en la matière ? Il est indiscutable que la distance, tant géographique que culturelle, qui sépare la Chine de la France est beaucoup plus grande que le tunnel sous la Manche. Ce n'est pas sans raison que la locution française *"C'est du chinois"* signifie "quelque chose de très compliqué et d'incompréhensible." Et les leitmotives qui reviennent sous la plume des sinologues nous peignent en général une Chine mystérieuse et impénétrable pour l'esprit occidental. F. Jullien trouve que le monde chinois offre les conditions de possibilités d'une distance maximale qu'il préfère appeler *altérité chinoise* :

> Il est une question que rencontre nécessairement l'esprit occidental qui s'intéresse à la réalité chinoise et qui est celle

---

[27] *Ibid.*, p. 5. Et, n'en déplaise aux patriotes français, H. G. Nicolson est allé jusqu'à attribuer la vitalité de la littérature française à une part importante de contributions *étrangères* dont celle de Verlaine :

> It si significant indeed that the Symbolist movement, when it came, was conducted to a surprising degree by people who had not inherited these [French] disaptitudes, who were not, that is, of French nationality, or in whom, at last, there was a strong admixture of foreign blood. That both Verlaine and Rimbaud come from the Ardennes and were temperamentally more Belgian than they were French. Moréas was of Greek origin : Vielé Griffin had ben born in America : René Ghil was a Belgian, Stuart Merrill was English, Louis Dumur and Rod were Swiss, G. Kahn was a Jew. (*Ibid.*, pp. 233-234)

de son altérité par rapport à nous. C'est même le plus souvent la curiosité suscitée à cet égard qui nous conduit d'abord à nous intéresser à la Chine. Car il n'est pas douteux que par rapport à l'Occident le Monde chinois offre les conditions de possibilité d'une distance maximale : une civilisation qui est peut-être la seule à s'être si continûment développée en l'absence de tout rapport avec notre propre tradition.[28]

Le "Monde chinois" offre les conditions de possibilité d'une distance maximale, car, il n'existe pas de repères communs à la Chine et à l'Occident :

> Mais précisions dès l'abord : l'altérité n'est pas la «diffé-rence». Comme nous le développerons plus loin, tandis que la différence peut se percevoir et s'interpréter à partir d'un cadre commun, ce qu'on appelle l'«altérité chinoise» ne tient pas au fait qu'il y ait plus de différence que de similitudes (par rapport à «nous»), mais que fait préalable-ment défaut tout cadre commun d'interprétation (à moins d'imposer ingénument le sien comme norme).[29]

Le revers du phénomène : la barrière linguistique

À cet handicap culturel, énorme, à l'appréciation des vers de Verlaine, s'ajoute celui de la traduction : comment expli-quer que des vers de Verlaine soient lus et aimés par des Chinois qui ne peuvent le faire qu'en se fiant aux traduc-tions ? La poésie est-elle traduisible ? ou plus précisément, des poèmes français peuvent-ils se traduire en chinois et être

---

[28] F. Jullien, *La Valeur Allusive. Des catégories originales de l'interprétation poétique dans la tradition chinoise*, Paris, École Française d'Extrême-Orient, 1985, p. 3.
[29] *Ibid.*

appréciés en tant que tels dans cette langue si éloignée du français ? Et à quel degré la traduction est-elle fiable, puisque l'on traduit de toute façon ?

Il y a d'abord ceux qui considèrent que la traduction, et surtout la traduction des œuvres littéraires, est un simulacre de l'original et qu'elle est pour ainsi dire une entreprise impossible. Le représentant le plus connu de cette position ne peut être un autre que Walter Benjamin. Dans un article intitulé "La tâche du traducteur", devenu un classique depuis sa publication en 1923[30], — aussi paradoxal que cela puisse paraître, puisqu'il s'agit d'une préface à sa traduction des *Tableaux parisiens* de Baudelaire, — Walter Benjamin nie l'utilité de la traduction des œuvres littéraires, car la traduction n'apporte rien aux lecteurs :

> Une traduction est-elle faite pour les lecteurs qui ne comprennent pas l'original ? Cela suffit, semble-t-il, à expliquer la différence de niveau artistique entre une traduction et l'original. C'est en outre, semble-t-il, la seule

---

[30] W. Benjamin, *Œuvres I : Mythe et violence,* trad. de l'allemand et Préface par Maurice Gandillac, Paris, Danoël, 1971, "La tâche du traducteur", pp. 261-275. Il est intéressant de signaler à ce propos qu'un article de Paul de Man a soumis à un examen minutieux plusieurs versions anglaises et françaises de cet essai dont celle de Gandillac que nous citons ici. La conclusion de de Man est que comme le prévoyait W. Benjamin, la traduction est une entreprise impossible : "[...] if you have a text which says it is impossible to translate, it is very nice to see what happens when that text gets translated. And the translations confirm, brillantly, beyond any expectations which I may have had, that it is impossible to translate, [...]." Cf. Paul de Man, *Resistance to Theory.* Minnesota, University of Minnesota Press, 1986, "The Task of the Translator", pp. 74. Il y a relevé quelques points essentiels : le titre du texte, par exemple, est un énoncé tout à fait ambigu. *Die Aufgabe des Übersetzers* est une tautologie. *Aufgabe* qui veut dire "tâche" peut signifier aussi "la personne qui est obligée d'abandonner". Le titre pourrait vouloir dire "l'échec du traducteur" (p. 80).

raison qu'on puisse avoir de redire "la même chose". Mais que "dit" une œuvre littéraire ? Que communique-t-elle ? Très peu à qui la comprend. Ce qu'elle a d'essentiel n'est pas communication, n'est pas énonciation. Une traduction cependant, qui veut communiquer, ne saurait transmettre que la communication — donc quelque chose d'inessentiel. Et c'est là, aussi bien, l'un des signes auxquels se reconnaît la mauvaise traduction.[31]

Et de plus, la traduction est non seulement inutile, elle est aussi condamnée à périr, car "de même que la tonalité et la signification des grandes œuvres littéraires se modifient totalement avec les siècles, la langue maternelle du traducteur se modifie elle aussi. Disons plus : alors que la parole de l'écrivain survit dans sa propre langue, le destin de la plus grande traduction est de disparaître dans la croissance de la sienne, de périr quand cette langue s'est renouvelée[32]". Tout effort pour transmettre l'essentiel, à son avis, est peine perdue :

> Car, autant qu'on en puisse extraire du communicable pour le traduire, il reste toujours cet intouchable vers quoi s'oriente le travail du vrai traducteur. Il n'est pas transmissible comme l'est la parole créatrice de l'original, car le rapport de la teneur au langage est tout à fait différent dans l'original et dans la traduction. Dans l'original, teneur et langage forment une unité déterminée, comme celle du fruit et de l'enveloppe; le langage de la traduction enveloppe sa teneur comme un manteau royal aux larges plis. Car il est le signifiant d'un langage supérieur à lui-même et reste ainsi, par rapport à sa propre teneur,

---

31 *Ibid.,* p. 261.
32 *Ibid.,* p. 266.

inadéquat, forcé, étranger. Cette brisure interdit une transmission qui, en même temps, est inutile.[33]

Pour expliciter Benjamin, on peut résumer ainsi : toutes les langues sont complémentaires et se réfèrent à un seul langage. La véritable tâche du traducteur est de montrer la parenté des langues qui proviennent toutes du Langage *pur*, la langue universelle avant la chute de l'homme. Il dit notamment :

> [...] Où peut-on chercher la ressemblance de deux langues, abstraction faite d'une parenté historique ? Pas plus, en tout cas, dans la ressemblance des œuvres que dans celle des mots dont elles sont faites. Toute parenté supra-historique entre les langues repose bien plutôt sur le fait qu'en chacune d'elles, prises comme un tout, une chose est visée, qui est la même, et qui pourtant ne peut être atteinte par aucune d'entre elles isolément, mais seulement par le tout de leurs visées intentionnelles complémentaires; cette chose est le langage pur.[34]

Oui. Ce langage pur, Nicolson en a parlé aussi, sans pourtant se référer à la métaphysique comme Benjamin[35].

---

[33] *Ibid.*, p. 268.

[34] Le terme *visée intentionnelle* a fait également l'objet de réflexions dans l'article de de Man. Il considère que le terme "visée intentionnelle" n'est guère une juste traduction pour l'allemand original : on peut traduire "das Gemeinte" et "Art des Meinens" tout simplement par *vouloir dire* et *dire*. Il croit que Gandillac l'a traduit en se référant à Husserl parce qu'étant philosophe lui-même, il a subi l'influence de la phénoménologie qui primait à l'époque. *ibid.*, p. 266.

[35] Cette élévation religieuse de la langue fut plus ou moins l'héritage du XIXe siècle, époque où l'on situait la langue dans un spiritualisme pieux. S. Delesale dit notamment dans sa présentation des études des grammairiens français de l'époque :

Après avoir énuméré les différences de tempérament entre les Britanniques et les Français, il trouve que la littérature de ces deux peuples ne pourrait se traduire mutuellement qu'avant la naissance de leur caractère national respectif :

> [...] it is for this reason that it is impossible to translate the one into the other, except in their earliest stages before the two national characters had crystallised : it is for this reason that although we may admire and even love the French, we can never understand them : it is for this reason that although they can sometimes tolerate us, they can never really forgive us for being what we are.[36]

"Bref, on se situe là dans une perspective résolument spiritualiste à dominante plus ou moins religieuse et/ou nationale, de Clément qui voit dans le trio substantif-modificatif-relief l'image de la Sainte Trinité à Charma qui pose que l'ordre logique et scientifique est celui du français. Et le tout dans une vision évolutionniste qui constate un perfectionnement progressif des langues, espérant même un aboutissement à un langage immobile et universel. D'ailleurs chez les trois auteurs se trouve le même souci d'unicité : pour Montémont, la décomposition de la pensée détermine le choix de la construction des mots dans le discours, et pour Clément, les lois du langage sont identiques à celles de la pensée. Bref, dans la France de cette époque il n'y a pas d'analyse comparative des langues; il s'agit bien plutôt de ramener ces objets à leurs modèles : la pensée, et la logique du français, dans un spiritualisme extrêmement pieux."

Cf. S. Delesale, "Préface" in Henri Weil, *De l'ordre des mots dans langues anciennes comparées aux langues modernes. Question de grammaire générale*, préface de S. Delesalle (1ᵉ éd. Paris, De Crapelet, 1844), Paris, Didier Érudition, 1991, pp. III.

36 H. G. Nicolson, *loc. cit.*, p. 226.

La traduction malgré tout

Heureusement, tout le monde n'est pas aussi radical que Benjamin et Nicolson. D'autres, d'ailleurs majoritaires, ne partagent pas leur point de vue. Tout en étant conscients des problèmes posés par la traduction, ils ne vont pas jusqu'à son rejet absolu. Et, après tout, si la traduction était un mal, il s'agirait d'un mal indispensable. Et, après tout, comment pourrait-on se passer de traduction ?

Revenons à notre propos : les vers de Verlaine en version chinoise et leur public. Deux questions se posent d'emblée. L'une est d'ordre général : du point de vue des qualités poétiques de Verlaine, quelle est la part de réduction sinon de distorsion dans la traduction; l'autre, plus délicate et liée étroitement à la première, relève du domaine culturel : supposons que toutes les qualités poétiques des vers traduits soient rendues à la perfection, quelles peuvent être les affinités entre les sensibilités poétiques chinoises et celles françaises, verlainiennes en l'occurrence, pour que le public chinois fasse sienne la visée esthétique initiale ?

Voyons d'abord quels sont les éléments qui interfèrent dans la traduction et la rendent réductrice par rapport à l'original. La distorsion est sans aucun doute inévitable pour la traduction en général; prétendre le contraire serait naïf. Il est connu que la traduction de la poésie en particulier appartient à une zone très dangereuse et que les traducteurs, à moins d'être des passionnés, ne consentent à s'y aventurer qu'après y avoir longuement réfléchi et s'y être longuement préparé. Cette prudence est une attitude commune aux traducteurs de toutes les langues mais qui est d'une acuité particulière en ce qui concerne la traduction chinoise de la poésie occidentale : traduire de la poésie occidentale en langue chinoise s'avère une entreprise ingrate, sinon impossible. Même pour la traduction entre l'anglais et le français, par exemple, la tâche est de taille. Nous ne comprenons que trop bien cette réflexion d'une traductrice américaine :

> Anyone attempting to paraphrase an English passage encounters some of the difficulties faced by translator. As words have great connotative autonomy, there is actually no such thing as a true synonym. Even changing the spelling of a word results in subtle shifting of connotations, e.g. rime and rhyme; blond and blonde center and centre.[37]

Si la poésie est considérée comme difficilement traduisible en général, on peut dire sans exagération qu'elle est facilement intraduisible entre les langues occidentales d'une part et le chinois de l'autre. Les difficultés énumérées ci-dessus sont d'ordre général. Concentrons-nous sur le cas de Verlaine. Les vers de celui-ci semblent poser un défi particulièrement redoutable pour les traducteurs. Spécialiste de Verlaine, Nicolson finit par abandonner l'idée de traduire les quelques poèmes qu'il a cités dans son livre:

> There is one further matter, which requires a more specific apology, or at least an explanation. I had hoped at first to give in an appendix a translation of the poems quoted in the text; but I have abandoned this project. Verlaine of all poets is too elusive to admit of translation, and above all of a literal translation into English prose.[38]

---

37 Frances Larkin Flynn Mims, *Paul Verlaine's Poems : Translations and an Essay*, thèse de doctorat, South Carolina University, 1972, p. 1.

38 H. G. Nicolson, *op. cit.*, p. 5.

Pourtant le charme verlainien a dépassé très vite la Manche et séduit les sensibilités des Britanniques et puis des Américains[39]. Ses poèmes ont été traduits et retraduits en langue anglaise depuis 1866 malgré la prudence d'un Nicolson[40]. Frances Larkin Flynn MIMS a en quelque sorte résumé les difficultés qu'ont rencontrées les traducteurs anglophones de Verlaine :

> If one works in two languages, problems, of course, multiply. And when one chooses to translate a poet who excelled at verbal magic and sound-evocation, as Verlaine

---

[39] Bien que Verlaine ait séjourné en Angleterre en 1872 et ait collaboré dans *L'Avenir*, quotidien londonien de langue française, il n'a été connu des Anglais qu'en 1888 grâce à la publication de *The confessions of a Young Man* de Georges Moore. Cf. Doris-Jeanne Zack, *Verlaine in England,* thèse de doctorat, 1951, Columbia University, p. 1. Et Verlaine garde, son prestige comme poète auprès des Britanniques assez longtemps, semble-t-il, pour qu'on se souvienne de lui. Voilà un petit échange de conversation qui eut lieu en 1917 entre André Gide et le poète britannique A. E. Housman :

— Comment expliquez-vous, Monsieur Gide, qu'il n'y ait pas de poésie française ?
Et comme, interloqué, j'hésitais à le comprendre, il précisa :
— L'Angleterre a sa poésie, l'Allemagne a sa poésie, l'Italie a sa poésie. La France n'a pas de poésie...
[...]
— Oh, je sais bien que vous avez eu Villon, Baudelaire...
J'entrevis aussitôt ce à quoi il tendait, et pour m'en assurer :
— Vous pourriez ajouter Verlaine, dis-je.
— Assurément, reprit-il;

André Gide, *Anthologie de la poésie française,* Paris, Gallimard (coll. La Pléiade), 1949, p. 8.

[40] La traduction anglaise de la quasi-totalité des *Poèmes Saturniens* remonte à 1866 et *Le Ciel est par-dessus le toit* a été traduit en Grande-Bretagne et aux États-Unis par une quinzaine de traducteurs; la première version a été publiée en 1895 par Gertrude Hall. Cf. Frances Larkin Flynn Mims, *op. cit.,* p. 1 et Appendix, pp. 444-446.

did, difficulties, again, multiply. [...] I have tried to use rhyme where Verlaine used rhyme, and I have tried to come as close as possible to the meter which Verlaine used. This has posed difficulties for several reasons : when translating the twelve-syllable Alexandrine into English, one is forced to use iambic pentameter, which is, as Pope noted, the longest line the English speaker's eat will tolerate. Ironically, however, the French author can say more in fewer syllables than the English consequently the translator is eternally searching for shorter synonyms in order to shrink the content into as few syllables as possible.[41]

Les problèmes sont en effet multiples. Il y a d'abord la musicalité qui constitue pour les traducteurs chinois un obstacle invincible. "De la musique avant toute chose[42]", l'incipit tant cité montre indiscutablement à la fois l'attirance pour la musique que ressent Paul Verlaine et l'importance qu'il attache à celle-ci en matière d'art poétique. Valéry qui déplore le manque de sensibilité musicale dans la poésie française apprécie particulièrement cette qualité chez Verlaine[43]. Ce n'est sans doute pas parce que Verlaine a

---

[41] *Ibid.,* p. 6.

[42] Paul Verlaine, *Œuvres poétiques complètes,* Paris, Gallimard (coll. La Pléiade), 1962, «Jadis et Naguère». "Art poétique", p. 326. Ce recueil fut publié par Vanier en 1884 et connu au grand public grâce à *A Rebours* de Huysmans. À noter que ce poème, très cité à cause des principes esthétiques qu'il renferme, est écrit en 1873 mais publié neuf ans plus tard en 1882.

[43] P. Valéry, *Œuvres,* t. 1, *loc. cit.* Bornecque cite Leconte de Lisle comme antipode de Verlaine sur le plan musical : "Quant à Leconte de Lisle, presque toutes ses attirances semblent contraires à celles de Verlaine. Autant Verlaine comprend, sent, préfère d'instinct la musique, autant Leconte de Lisle la méconnaît et la déteste, allant jusqu'à écrire : «Mon amour pour la musique a toujours été d'une modération louable, mais il s'est changé en haine et en horreur. Ce bruit infernal, qui n'a d'ailleurs aucun sens appréciable, me donne des

rencontré le jeune Debussy qu'un certain nombre de ses poèmes ont été mis en musique par le compositeur[44]. La liste des chansons et des mélodies inspirées par les poèmes de Verlaine est tout à fait étonnante. Wright en a recensé deux cent quarante sept et avoue que sa liste est loin d'être exhaustive[45].

On voit que malgré toute les affinités linguistiques et culturelles — nous insistons sur la nature relative de la

---

envies de meurtre. Serai-je, donc, toute ma vie, en proie à ces crins de chevaux grattant de malheureux boyaux de moutons ? C'est un affreux supplice, heureux les sourds ! » (Note inédite de Leconte de Lisle datée du 30 mars 1889. Collection privée.)" J.-H. Bornecque, *Les Poèmes saturniens de Paul Verlaine* [Texte critique, étude et commentaire avec cinq hors-texte] [1ᵉ éd. 1952], Paris, Nizet, éd. augmentée 1977, pp. 67-68.

[44] Sans parler de ceux mis en musique par divers autres musiciens et compositeurs, par Debussy seul, dix-sept poèmes ont été mis en musique dont huit des *Fêtes galantes*, six des *Romances sans parole* et trois de la *Sagesse*. Pour la rencontre éventuelle entre Verlaine et le compositeur, voir le passage suivant : "In 1872, at the age of ten, Claude Debussy, then still known as Achille, began to study the piano with a gifted former student of Frederic Chopin, Mme Mauté de Fleurville. Although no records of such a meeting existe, it seems unlikely that the young pianist should not thus have encountered Mme Mauté's son-in-law, Paul Verlaine, [...] for during those seventeen months of work with Mme Mauté, the period just before Debussy's entrance into the Paris Conservatory, Paul and Mathilde, his bride, lived with the Mauté family." Barbara Meister, *The Interaction of Music and Poetry : A Study of the Poems of Paul Verlaine as Set to Music by Claude Debussy and of the Song cycle «Songs and Proverbs of William Blake »* by *Binjamin Britten* (Ph. D. dissertaiton 1987, City University of New York), p. 17.

[45] "This list is submitted with no claim of completeness. The full list of such Verlaine-inspired compositions is probably much longer." Cf. Alfred John Wright, Jr. *Paul Verlaine and the Musicians,* thèse de doctorat, 1950, Columbia University, p. 119. La liste (pp. 121-143) est présentée par ordre alphabétique des titres ou, à défaut, des incipit avec la date de la mise en musique chaque fois qu'il lui a été possible de le faire.

question, qui suscite l'envie de leurs collègues chinois, — les traducteurs anglophones de Verlaine éprouvent néanmoins des difficultés considérables dans leur entreprise. Les soucis qu'a mis en évidence Mme MIMS sont compréhensibles et ses efforts en vue de les surmonter louables. Mais à tout prendre, leurs problèmes ne sont pas comparables à ceux qu'aurait pu rencontrer son collègue chinois.

Il s'agit surtout pour elle de respecter le texte de départ en tenant compte du nombre de pieds et des rimes, tandis que les difficultés éprouvées par les traducteurs chinois sont de nature beaucoup plus délicate. Aux difficultés propres à la traduction des œuvres poétiques en général entre une langue occidentale et le chinois, il faut ajouter toute une série de barrières presque infranchissables tant linguisti-ques[46] que culturelles. Ils se féliciteraient d'en avoir, s'ils pouvaient les choisir. Contraints par leur langue si éloignée de la langue française, leurs problèmes sont autrement com-plexes. Déjà, quand on traduit du chinois en français, les problèmes se posent d'une manière plus aiguë que pour les traducteurs d'une langue européenne à une autre. Avant de nous faire partager sa joie d'amateur de la poésie chinoise, Paul Jacob, traducteur confirmé de la poésie chinoise, nous fait ses confidences[47]:

> La poésie chinoise est la plus riche des poésies. La nature même de sa langue, au triple caractère idéographique, tonal, monosyllabique, qui ne se rencontre nulle part

---

[46] La particularité de rimes chinois (au ton plat ou au ton oblique) suffit à désespérer tout traducteur chinois de tenter de rendre les rimes d'un poème occidental.

[47] Étiemble l'a confirmé sans réserve dans sa préface à *Fleur en Fiole d'Or* (*Jin Ping Mei*), Paris, Gallimard (coll. La Pléiade), 1985, 1272, vol. I, p. ix.

ailleurs, précède le génie de ses poètes. Aussi, que sa versification l'impose ou non, une part de cette poésie est-elle dans l'exploitation syntaxique, tonale et parfois picturale du *luxe* que sont ces données de langue, en soi si poétiques, et impossibles à traduire.[48]

Mais c'est dans le sens inverse que cette entreprise devient presque périlleuse. Si un traducteur français peut s'employer à rendre le pentasyllabe chinois en décasyllabe français et *avec aisance si l'on veut*[49], le contraire est loin d'être vrai. Tout effort dans ce sens, c'est-à-dire chercher à traduire un poème occidental en vers chinois métrique ne peut se réaliser sans sérieusement en hypothéquer la qualité poétique. La raison en est très simple : le vers métrique ne se pratique que dans le cadre strict de vers classiques dont la versification perfectionnée depuis les Tang impose des servitudes telles qu'il est quasiment impossible pour le traducteur chinois de rester fidèle au texte original. Plus grave. Un poème ainsi traduit risque de se figer immédiatement dans l'anachronisme comme transformé en fossile et d'être condamné sans appel à un poncif délavé. La versification classique semble appartenir à un passé révolu à jamais qui, glorieux dans son temps, n'est plus à même d'inspirer le moindre sentiment poétique de nos jours. C'est pourquoi, à quelques exceptions près, vouées à l'exercice de style, on n'essaie plus de traduire la poésie occidentale en vers métrique classique chinois[50].

---

[48] *Vacances du pouvoir Poèmes des Tang,* trad. du chinois présenté et annoté par P. Jacob, Paris, Gallimard (coll. "Connaissance de l'Orient"), 1983, p. 11.

[49] *Ibid.*

[50] Cf. ZENG Pu, "Du ZHANG Feng yong getishi yi waiguoshi di shiyan", in Zhongguo fanyizhe xiehui, *Fanyi yanjiu lunwen ji (1894-1948),*

Or, la poésie est sens rythmé. Comment ces poèmes de Verlaine ont-ils été rendus en ne respectant ni mètre, ni césure, ni rime, tout en intéressant vivement les Chinois contemporains ? Où réside le mystère de leur charme ? Il faut donc chercher ailleurs la réponse.

Certes, les facteurs qui favorisent l'introduction d'un écrivain étranger, poète en l'occurrence, sont nombreux. La facilité d'accès, le goût littéraire, l'exotisme, la mode et même le hasard y jouent un rôle considérable. Cela ne suffit pas à expliquer pour autant la séduction que les poèmes de Verlaine ont exercée sur les traducteurs, puis sur le public ensuite. Il convient donc de chercher dans la tradition littéraire des facteurs autres que ceux qui préoccupent l'esprit des traducteurs occidentaux de Verlaine. Notre aventure devient double. Il faut comprendre les caractéristiques de la langue poétique chinoise et en même temps dévoiler les qualités de la poésie verlainienne qui auraient su y répondre.

Beijing, Waiyu jiaoxue yu yanjiu chubanshe, 1984, p. 214. Dans cet article paru en 1929, critiquant une série de poèmes occidentaux traduits en chinois, ZENG Pu, romancier et traducteur renommé de l'époque, reconnaît qu'il est "impossible de les traduire en chinois classique".

CONCLUSION

Inutile de dire qu'un poète digne de ce nom est doué d'une multitude de qualités qui, comme les facettes d'un cristal, ne brillent que pour ceux placés sous un angle déterminé par rapport aux reflets; encore faut-il que le reflet soit assez puissant quand il a à traverser une matière plus ou moins opaque qui sépare l'émetteur et le récepteur. Et c'est justement le cas : entre les poèmes de Verlaine et le public chinois s'installe un voile à double filtre, c'est-à-dire un écart culturel important et un éloignement des deux langues, qui est à l'origine d'une traduction obligatoirement hypothétique.

Mais le voile semble pouvoir être déchiré puisque Verlaine est lu et aimé des Chinois. Sans vouloir tomber dans l'ornière facile de faire l'éloge de *son* auteur, nous sommes amené à nous poser ces questions : sur quelle base culturelle le contact s'est-il établi entre le destinateur et le destinataire ? par quelle nature profondément cachée, l'art de Verlaine a-t-il su se cristalliser dans la traduction chinoise et briller sous une toute autre lumière d'un éclat sans doute jamais soupçonné de sorte que le public chinois en soit ému ?

Il est clair maintenant que, quoique conscient de la place de la musique dans la poésie en général[51] et surtout de cet aspect dominant dans la poésie verlainienne en particulier, nous portons notre regard ailleurs : la musicalité ne constitue guère le centre d'intérêt de nos chapitres. Outre les raisons énumérées ci-dessus, l'évidence même de la musicalité chez Verlaine présente en effet un dilemme. L'abondance de documents apportent une source intarissable, certes. Mais on noircit du papier au risque de faire un travail sans originalité, voire superflu. Ce thème a été justement trop exploité pour qu'on puisse encore y apporter quelque chose de vraiment significatif. Notre regard s'y soustrait pour se porter vers un autre horizon qui n'a jamais vraiment éveillé la curiosité des critiques français; nous allons nous frayer un sentier qui n'a pratiquement jamais été foulé par nos précurseurs. La musique sera abordée sans doute, en cas de nécessité, mais elle sera toujours fonction de notre préoccupation principale et reléguée, par conséquent, au second plan.

Il s'agit donc de découvrir le point où convergent deux axes ou, plus précisément, une intersection formée des principes esthétiques de la poésie verlainienne d'une part et de la poésie chinoise d'autre part. Nous mettrons d'abord en évidence les caractéristiques de la langue chinoise, à savoir l'écriture et la syntaxe avant de faire ressortir les particularités de la poétique qui en découlent. Nous entreprendrons

---

[51] Roman Jakobson dit notamment : "Le vers romantique est destiné à devenir chant, à se transmuer en musique; inversement dans le drame musical et la musique à programme de l'époque réaliste, la musique cherche à se rattacher à la littérature. Le symbolisme a repris dans une large mesure le slogan des Romantiques pour qui l'art gravitait autour de la musique." Roman Jakobson, *op. cit.*, p. 53.

ensuite de chercher le dénominateur commun entre cette dernière et l'art poétique verlainien.

I

LA LANGUE CHINOISE : L'ÉCRITURE ET L'ORDRE DES MOTS

C'est à la fois pour des raisons linguistiques (la diversité des dialectes), politiques et administratives que s'est développée en Chine une langue écrite, faite pour les yeux et accessible à l'ensemble de tous les pays chinois. Aucune norme orale ne fut en principe obligatoire jusqu'à nos jours et le même texte peut être lu à haute voix dans des dialectes différents.

Jacques Gernet, *Le Monde chinois*

INTRODUCTION

Dans les premiers deux chapitres de cette étude, nous tâcherons de dégager le profil de l'art poétique chinois dans le sens où il recoupe l'horizon esthétique de Verlaine. Le travail sera mené sur deux niveaux.

Le premier chapitre consiste en la présentation analytique de la langue chinoise dans les aspects qui nous concernent, caractérisée par une écriture vouée à la visualisation et l'importance de l'ordre des mots esquissant le mouvement de la pensée imagée. Le deuxième chapitre est consacré à un procédé particulier à l'art poétique chinois dont les caractéristiques découlant des spécificités linguistiques traitées dans le chapitre précédent seront mises en évidence, ce qui nous conduira à nous interroger sur un phénomène spécifiquement chinois : la poésie est inlassablement comparée à la peinture depuis les Song (960-1279) jusqu'à nos jours[52], tandis que dans la tradition occidentale, cette

---

[52] «Ainsi que le disaient les anciens : le poème est une peinture invisible, la peinture est un poème visible. J'ai fait ma devise de cette formule souvent répétée par les sages.» GUO Xi (XIIᵉ), *Traité des Forêts et des Sources II : Le Sens de la peinture*, [*Lin-quan gaozhi II : Huaji*], cité in QIAN Zhongshu, *Cinq essais de poétique*, présentés et traduits du chinois [Shixue wupian] par Nicolas Chapuis, Paris, Christian Bourgois, 1987, p. 31.

comparaison, bien qu'elle soit assez précoce [53], *part d'une idée complètement différente* [54] *et est mise en question dès le milieu du XVIIIe siècle* [55]. *Il va de soi que nous n'avons ni l'ambition d'écrire un traité sur la grammaire de la langue chinoise ni la prétention de proposer une théorie embrassant l'ensemble de la poésie composée en cette langue et que notre attention se limite aux aspects que présentent la langue d'une part et la poésie d'autre part, comme deux pans principaux d'une construction polyédrique et qui auraient un rapport étroit avec la perception que les Chinois ont de la lecture des poèmes traduits de Verlaine.*

---

[53] "Un poète grec classique, Simonide de Céos, disait déjà : «da peinture est un poème sans paroles, le poème est une peinture parlante»". J. M. Édmonds, *Lyre Græca*, éd. Lœd, p. 326, cité in QIAN Zhongshu, *ibid.*, p. 34.

[54] « Comme une large part de l'art de l'époque, cette théorie a ses racines dans l'Antiquité, en particulier chez Aristote et chez Horace. Dans des textes célèbres, ceux-ci avaient établi des comparaisons entre peinture et poésie. Ces textes suggérèrent aux critiques de la peinture, qui ne trouvaient chez les Anciens aucune véritable théorie de cet art, de reprendre en bloc la théorie antique de la littérature et de l'appliquer à un art pour lequel elle n'avait pas été initialement conçue. Les résultats de cette appropriation et les diverses inflexions qui affectèrent cette doctrine à l'époque de la Renaissance, pendant le maniérisme ou à l'âge baroque, constituent un commentaire intéressant sur les progrès des arts. Les critiques ont parfois fait fausse route en plaquant de force une esthétique littéraire sur l'art de la peinture, mais, dans l'ensemble, ils ont eu plus souvent raison que tort.» Cf. Rensselaer W. Lee, "Préface à l'édition italienne (1974)" in *Ut Pictura Poesis Humaniste & Théorie de la Peinture. XV-XVIIIe siècles,* trad. de l'angl. [*Ut Pictura Poesis. Humanistic Theory of Painting* , 1e éd. 1967, W. W. Norton and Company Inc.] et mise à jour par Maurice Brock, Paris, Macula, 1991, p. 5. Voir également "Appendice I : Sur l'absence d'une critique antique de la peinture", pp. 179-181.

[55] Gotthold Ephraïm Lessing a dans *Laokoon* effectué soigneusement une mise au point contre cette notion. Cf. Gotthold Ephraïm Lessing, *Laocoon — ou les frontières de la peinture et de la poésie*, Première partie, trad. de l'allemand [*Laokoon*] par Gourtin, Paris, Hermann (coll. Savoir/sur l'art), 1990.

Toujours en rapport avec la poétique verlainienne, deux caractéristiques de la poésie chinoise seront ensuite évoquées : la focalisation floue ou ambiguë et la démarche d'une certaine catégorie de jueju *(quatrain en vers pentamétriques ou heptamétriques). En ce qui concerne la première, il s'agit d'un procédé inhérent à la langue poétique chinoise qui coïncide avec la technique dont Verlaine se sert dans un certain nombre de ses poèmes. Pour la deuxième, après une brève présentation de cette forme poétique, nous passerons rapidement à une de ses démarches qui se confond avec celle de Verlaine que Jean-Pierre Richard qualifie de "vertu de porosité* [56]*".*

Nous évoquerons, en guise de conclusion, la conception qui forme depuis le temps le plus reculé le fondement de la poésie chinoise, c'est-à-dire la notion de xing (興) *décrite ainsi par François Jullien : «La conception d'une incitation spontanée de la conscience au contact du Monde a trouvé très tôt en Chine sa notion propre, celle de* xing (興). *C'est même, là, la conception la plus ancienne qu'ait élaborée la critique littéraire chinoise et c'est sans doute aussi celle qui, parmi toutes les notions de la tradition critique en Chine, a connu le destin le plus riche* [57].*» Cette notion nous permettra de justifier la dialectique entre les deux étapes de l'émotion : la mise en disponibilité et en l'insipidité de la subjectivité et la manifestation de l'émotion au contact du Monde extérieur. Notre but est de parvenir par ces démarches à établir, avec les éléments déjà présentés, un ensemble de réflexions aussi cohérent que possible sur la poétique chinoise ayant un rapport avec la deuxième partie de cette étude : la poétique verlainienne.*

La langue chinoise nous intéresse en ce sens qu'elle manifeste des caractéristiques qui nous permettront d'abord de définir un certain nombre de constituants de la sensibilité poétique chinoise et de déterminer ensuite l'affinité de celles-ci avec la poétique verlainienne.

---

[56] J.-P. Richard, *Poésie et profondeur,* Paris, Editions du Seuil (coll. "Point"), 1955, "Fadeur de Verlaine", p. 165.

[57] F. Jullien, *op. cit.,* p. 67.

L'ÉCRITURE

Un *modus operandi*

Le temps est révolu où la langue chinoise était victime d'un mythe selon lequel elle était pauvre, voire primitive parce qu'il lui manquait les figures communes aux langues européennes, telles que les désinences, conjugaisons et déclinaisons[58]. Ce préjugé du XIXe siècle a cédé la place,

---

[58] «The picture of great complexity that emerges from a full-scale analysis of spoken Chinese contrasts with the widespread myth that it is impoverished because it lacks such features common to European languages as their complex phonologies and systems of conjugation and declension. This view has been noted by Karlgren (1926:16) in his comment that the distinctive structural features of Chinese give modern Chinese a stamp of excessive simplicity, one is tempted to say *primitiveness*. It is therefore not surprising that in the nineteenth century, when attention was directed for the first time to linguistic families and their characteristics, Chinese was taken as the type of the primitive, under-developed languages — those which had not yet attained the same wealth of inflections, derivatives, and polysyllabic words as the European languages.» (John DeFrancis, *The Chinese Language. Fact and Fantasy,* Honolulu, University of Hawaii Press, 1984, pp. 50-51.) À noter que l'ouvrage de Karlgren cité est le suivant : *Philology and Ancient China,* Oslo, 1926.

pour certains, à un autre diamétralement opposé grâce aux études philologiques effectuées par la suite : on considérait que le chinois, au contraire, aurait pu présenter une étape supérieure d'évolution linguistique[59]. Il semble maintenant évident pour tous qu'il est non seulement déplacé mais aussi peine perdue de dresser un palmarès dans le domaine linguistique, car toute langue évolue constamment à force de vouloir être à la hauteur de sa tâche dictée par la sophistication de la civilisation accouchante; elle ne peut être jugée, si jugement il y a, qu'en vertu de sa faculté d'adaptation[60].

Inutile de vérifier la place hiérarchique qualitative du chinois par rapport aux autres langues, certes. Mais au cours de sa longue histoire et sur une immense étendue habitée par une population linguistiquement hétéroclite, cette langue a fourni un exemple réussi unique au monde grâce surtout à son écriture. Il y a de quoi étonner les occidentaux curieux. Jacques Gernet, entre autres sinologues, insiste sur l'originalité et la fonction polyvalente de l'écriture chinoise : éducative, politique, culturelle et administrative. Et elle joue un grand rôle unificateur pour un pays nanti de dialectes plus différents les uns que les autres. Bref, un remarquable *modus operandi* :

> Des rapports étroits unissent écriture et civilisation. [...]
> Mais le type même d'écriture en usage a eu de profondes
> répercussions sur leurs orientations générales. Mieux

---

[59] DeFrancis, *ibid.,* p. 51.

[60] The studies of comparative philology in the nineteenth century had shown no signs of a primitiveness that could be taken as a hallmark of an early or original tongue, though this had been frequently taken for granted in debate [...]. Indeed, the opposite was the case : the further back one traced the language in time, the more complex it seemed to become;" Cf. David Crystal, *Linguistics,* Harmondsworth, Penguin Books Ltd., 1971, p. 49.

qu'aucune autre, l'écriture chinoise permet de prendre conscience de ces conséquences capitales. Par contre, l'originalité de principe de l'écriture chinoise a eu, dans plusieurs domaines, des conséquences capitales, dans la mesure où cette écriture était indifférente aux transformations phonétiques qui se sont produites au cours du temps, aux variations dialectales et même aux différences de structure linguistique. À partir de l'unification des normes graphiques imposée par Qin (秦) aux pays chinois à la fin du Ier siècle avant notre ère, cette écriture a été un des instruments les plus efficaces de l'unification politique. C'est à la fois pour des raisons linguistiques (la diversité des dialectes), politiques et administratives que s'est développée en Chine une langue écrite, **faite pour les yeux** et accessible à l'ensemble de tous les pays chinois. Aucune norme orale ne fut en principe obligatoire jusqu'à nos jours et le même texte peut être lu à haute voix dans des dialectes différents. Chaque fois qu'on ne peut communi-quer oralement, l'écrit permet toujours de se comprendre. Par l'effet de sa propre vertu, l'écriture chinoise est donc devenue une sorte de moyen d'expression universel dans toute l'Asie de civilisation et d'influence chinoises.[61]

Le mythe de la langue chinoise : de la logographie à l'idéogramme

Existe-t-il une dénomination uniformément acceptée en occident pour décrire une telle langue ? En France le terme d'*idéogramme*, succédant à celui d'*idéographique* est généralement admis[62]. Mais la mise au point est interminable quant à

---

[61] Jacques Gernet, *Le Monde chinois,* Paris, Armand Colin, 1972, p. 36. C'est nous qui soulignons.

[62] Les termes *idéogramme* et *idéographique* font leur apparition en France en 1833 désignant respectivement le symbole et l'écriture égyptiens par Champollion qui déclare d'ailleurs : "Les Chinois

la *juste* dénomination. DeFrancis nous a brossé un tableau dont nous reproduisons les grandes lignes ci-dessous[63].

Le *caractère chinois* est une appellation très courante mais elle ne révèle en aucune manière ses propriétés sinon son origine. Le terme *idéogramme* conviendra-t-il, comme c'est le cas en France ? Il faut avouer que les spécialistes ne s'accordent pas sur ce terme. Pour certains, cette appellation désigne un signe graphique représentant une idée, indifférente au son qui existe pourtant. D'autres s'opposent à l'idée selon laquelle le caractère chinois représente un concept. Ils pensent qu'il exprime au contraire un mot spécifique, donc qu'il est *logographie* (DuPonceau 1838; Boodberg 1937) ou son synonyme *lexigraphie*. (DuPonceau 1838). Au centre du désaccord se trouve la définition du caractère chinois : le caractère chinois transmet-il le sens directement ou par l'intermédiaire d'un mot ? Kratochvíl (1968) et Robert CHENG (1980) proposent *morphème* (ou *morphographie*) pour remplacer *logographie*, arguant que plutôt que les *mots,* les caractères chinois représentent des *morphèmes,* la plus petite unité de la signification. Malgré leur divergence, les partisans de *logographie, lexigraphie, morphème* et *morphographie* prennent une position commune à laquelle souscrit DeFrancis lui-même pour s'opposer à ceux qui s'en tiennent à l'*idéogramme*[64].

---

utilisent également une écriture idéographique." Cf. DeFrancis, *ibid.,* pp. 135-136. *Idéographique* est admis par l'Académie en 1842, tandis que *idéogramme* figure dans le *Larousse* en 1873. Cf. Albert Dauzat *et al.* (éd.) *Nouveau dictionnaire étymologique*, Larousse.

[63] Afin d'éviter que notre texte ne soit truffé d'informations qui ne sont pas indispensables pour la compréhension, cf., pour les références des ouvrages participant au débat, DeFrancis, *ibid.,* pp. 71-73.

[64] Voici sa déclaration catégorique (*ibid.,* p. 133.) :

D'autres encore prennent l'élément phonétique en considération et proposent *composé phonétique* (Karlgren 1923) ou
complexe phonétique (Wieger 1965) ou encore *phonogramme*
(Karlgren 1936: 161) tenant compte du fait que 80% des
caractères chinois, selon une estimation de Karlgren faite en
1923, renferment un élément phonétique. Faisant preuve
d'éclectisme, certains ont préconisé l'appellation *idéophonogra-
phie* (Bunakov 1940; Cohen 1958) et *idéophonographique*
(Bunakov 1940; Cohen 1958) ou dans une combinaison
mettant en valeur le phonétique, *phonosémantique* (Pelliot
1936) ou *phono-idéogramme* (Krykov 1980). Une solution prag-
matique a été avancée en proposant de l'appeler *sinographie*
(Rogers 1979), ce qui nous ramène à la case départ : le *caractère chinois*.

L'idéogramme et la dialectique entre le visuel et le son

La liste ne cesse de s'allonger avec les publications plus
récentes en la matière. Mais ce n'est pas la dénomination
proprement dite qui nous préoccupe. L'important, en ce qui
nous concerne, c'est d'examiner les arguments sur la nature
de cette écriture : la dialectique entre le visuel et le son.
Revenons à l'*idéogramme*. Par idéogramme, la langue
chinoise se définit plus visuelle qu'auditive, riche en formes

---

"Aren't Chinese characters a sophisticated system of symbols that
similarly convey meaning without regard to sound ? Aren't they an
ideographic system of writing?
The answer to these questions is no. Chinese characters are a pho-
netic, not an ideographic, system of writing, as I have attempted to
show in the preceding pages. Here I would go further: There
never has been, and never can be, such a thing as an ideographic
system of writing. "

mais plutôt pauvre en sons. De ce fait on pourrait dire qu'il est à l'origine de l'art pictural linaire par excellence et de la calligraphie en Chine. En effet on remarque deux caractéristiques dans la langue chinoise : d'un côté l'importance visuelle, de l'autre l'homonymie frappante. Pour remédier à l'inconvénient dû à l'homonymie, la langue chinoise multiplie les tons[65]. En quadruplant quasi systématiquement un même son, le système de tons apporte un remède appréciable[66]. En la désignant par ce terme, Jacques Gernet met sans équivoque l'accent sur le fait que l'écriture chinoise est *faite pour les yeux* et *indifférente aux transformations phonétiques*[67]. Derrière la position d'un Gernet, il y a toute une tradition de la sinologie occidentale que DeFrancis taxe de *mythe idéographique* hérité des Jésuites. DeFrancis y a consacré tout un chapitre appuyé d'une abondante documentation à laquelle nous savons gré[68]. Nous sommes ainsi à même de fournir

---

[65] Le chinois moderne a quatre tons (*sisheng*) plus un ton rentrant (*rusheng*) pour la langue classique, qui concerne aujourd'hui essentiellement la poésie classique. Il faut dire que l'existence des morpho-spécificatifs est une autre caractéristique propre à la langue chinoise. Les morpho-spécificatifs qui cherchent de leur part à spécifier la forme de l'objet qu'ils désignent sont d'abord une figure grammaticale inhérente au système d'idéogramme et, en même temps, contribuent à atténuer la gêne causée par l'homonymie. Son existence est une preuve de plus qui fait pencher la balance pour la prépondérance du visuel dans la langue.

[66] Si le son était le seul facteur distinctif, en chinois le mot livre ne se distinguerait pas de celui d'un arbre : ils ont le même son *shu*. Mais le "livre" est au premier ton tandis que l'"arbre" est au quatrième. Avec l'intervention conjuguée de ton et de spécificatif, la langue chinoise moderne a su éviter la confusion qu'aurait causée l'homonymie.

[67] Jacques Gernet, *op. cit.*, p. 30.

[68] Il s'agit du Chapitre VIII intitulé "The Ideographic Myth". Cf. DeFrancis, *op. cit.*, pp. 133-143.

ici un schéma de la genèse et du développement de cette tradition dans les milieux de la sinologie européenne[69].

Concevoir qu'il existe une écriture dite idéographique indépendante du son est, selon DeFrancis, une notion des plus séduisantes. Et ce sont les écrits du XVIe au XVIIIe siècle, souvent très élogieux, des missionnaires catholiques sur la civilisation chinoise qui sont à l'origine d'une pensée à la mode enchantant les intellectuels occidentaux du XVIIIe siècle. Ils pensaient que l'écriture chinoise transmettait des idées sans avoir besoin de passer par le son. Cette mode faisait partie de la *chinoiserie* de l'époque. Le dominicain portugais Friar Gaspar da Cruz a décrit en 1569 pour la première fois l'écriture chinoise dans ses *Mémoires* en disant que les Chinois disposent d'une multitude de caractères qui prévoient un signe différent pour chaque chose : un pour le "ciel", un autre désigne la "terre" et un troisième signifie l'"homme" *et cætera*[70]. Juan Gonsales de Mendoza a repris et répandu cette idée de da Cruz dans son livre publié en plusieurs langues européennes parmi les plus usitées, et qui compta une trentaine d'éditions avant la fin du siècle.

Matteo Ricci (1552-1610) a apporté de l'eau au moulin avec son manuscrit rédigé en italien. Bien qu'il soit publié très tard, en 1842, le manuscrit a servi de base à un essai, une sorte de version libre à partir de l'original italien, écrit par son confrère Nicola Trigault, publié en latin en 1615, et ensuite en diverses langues européennes, totalisant une dizaine d'éditions au cours des quelques décennies suivantes. Les Européens ont appris, par la version latine du manuscrit de Ricci qui faisait autorité, que les Chinois

---

[69] Nous renvoyons pour toutes les références au même chapitre de DeFrancis, *ibid.*

[70] *Ibid.*, p. 133.

avaient un système d'écriture similaire aux signes hiéroglyphiques des Egyptiens" et qu'ils "n'expriment pas leurs idées en écriture, comme tout le monde, par un nombre réduit de signes alphabétiques, mais en dessinant autant de symboles que nécessitent les mots[71]". Un gigantesque recueil d'essais et de rapports des missionnaires du XVIIIe siècle intitulé *Mémoires concernant l'histoire, les sciences, les arts, les mœurs, les usages, &c des Chinois,* par les missionnaires de Pékin rendit cette notion encore plus populaire. Un article du recueil signé par "Ko, Jéf" parle des caractères chinois en ces termes :

> [...] they are composed of symbols and images, and that these symbols and images, not having any sound, can be read in all languages, and form a sort of intellectual painting, a metaphysical and ideal algebra, which conveys thoughts by analogy, by relation, by convention, and so on. [*Mémoires* 1776:24][72]

Lorsqu'il attaque cette ancienne conception de l'écriture chinoise, l'argument principal de DeFrancis contre la dénomination d'idéogramme se ramène à peu près à ceci : un système exclusivement sémantique d'écriture n'a jamais existé et ne peut l'être en tant que tel[73]; aucun système non phonétique d'écriture n'a jamais vu le jour non plus. Qu'il s'agisse du système d'écriture Sumérien, Acadien des cunéiformes hittites ou des hiéroglyphes égyptiens, pas un seul n'est parfaitement sémantique[74]. Le système d'écriture chinoise ne l'est pas davantage, car un nombre important de

---

[71] Trigault 1615 : 25-29, 144, cité in DeFrancis, *ibid.*, p. 134.

[72] Cité in DeFrancis, *ibid.*

[73] DeFrancis, *ibid.*, p. 133.

[74] *Ibid.*, p. 143.

caractères, 80% selon Karlgren, renferment un élément phonétique. DeFrancis a donné un historique du débat auquel ont participé de nombreux sinologues, représentant deux tendances opposées[75].

Toutes proportions gardées, DeFrancis n'a peut-être pas tort de dire qu'aucun système exclusivement sémantique n'a existé. Mais tout d'abord, il ne faut pas perdre de vue qu'une telle dénomination a pour principe la mise en évidence de l'altérité chinoise, afin de distinguer par ce qui est fondamental le système d'écriture chinoise du système alphabétique. Il est en effet impensable que l'écriture d'une langue quelconque puisse complètement exclure l'élément phonétique, partie intégrante de la langue que cette écriture-même prétend représenter.

L'écriture chinoise, à partir des signes pictographiques, a su développer progressivement au cours des millénaires un système combinatoire de six procédés, à savoir, *pictogramme, idéogramme simple, idéogramme composé* et *idéophonogramme*[76], plus deux dérivés, l'*emprunt* et *doublet*. Il s'agit d'un système «souple qui permet de tirer d'un nombre limité d'éléments premiers un nombre virtuellement illimité de composés du fait que les combinaisons sont formées selon deux procédés combinables entre eux et que tout composé peut à son tour

---

[75] Les protagonistes représentatifs mêlés à cette "querelle" aux États-Unis sont Herrlee Glessner Creel et Peter A. Boodberg exaltant deux positions opposées. Dans une série d'articles publiés entre 1936-1940, Creel met l'accent sur l'aspect sémantique de l'écriture chinoise, tandis que Boodberg insiste sur son aspect phonétique. *ibid.,* p. 85.

[76] *Xiangxing, zhishi, huiyi, xingsheng, zhuanzhu* et *jiajie* en chinois. Campant sur sa position, DeFrancis les a traduits en conséquence : *pictographique principle, simple indicative principle, compound indicative principle* et *phonetique loan principle. op. cit.,* pp. 77-78.

servir d'élément dans un composé plus complexe[77]». Que toute langue ou presque tire son origine de dessins[78]. Soit ! Mais l'écriture chinoise est la seule qui ait poussé aussi loin dans cette voie pour se distinguer de toutes les autres.

Deux points importants à ne pas négliger en ce qui concerne l'élément phonétique dans l'écriture chinoise. Tout d'abord, l'élément phonétique dans la formation de l'écriture reste une indication très approximative :

> [...] le caractère 川 signifie "rivière" et se prononce *chuan*. Rien n'indique qu'il doive être prononcé ainsi, il faut l'avoir appris. Sa forme évoque une rivière qui coule vers le bas mais, pour être sûr que telle est bien sa signification, il faut aussi l'avoir apprise. Dès qu'ils sont connus, cependant, le caractère, sa prononciation et sa signification s'associent dans la mémoire une fois pour toutes. Ce qu'il y a de particulier dans cette association c'est que le signifiant graphique 川 et le signifiant phonique *chuan* n'ont aucun trait commun et sont uniquement reliés par le fait qu'ils se rapportent à un même signifié. Leur rapport est arbitraire, et c'est pour cela qu'il frappe l'imagination. [...] L'indication phonétique est souvent fort vague : ainsi le caractère 松 *song*, le "pin", se compose-t-il de l'arbre et d'un caractère prononcé *gong*; le caractère 槐 *huai*, le "sophora", de l'arbre et d'un caractère prononcé *gui*.[79]

Le phénomène évoqué par le passage cité ci-dessus n'est pas du tout exceptionnel. Nous donnons d'autres exemples pour montrer à quel point le soi-disant élément phonétique

---

[77] Billeter, *L'Art chinois de l'écriture,* Genève, Skira, 1989, p. 20.

[78] «It is the general if not quite unanimous opinion among specialists on this subject that all writing originated in drawing of pictures (Gelb 1963)», cité in DeFrancis, *op. cit.*, p. 78.

[79] Billeter, *op. cit.,* p. 14.

est peu fiable : le caractère 艮 prononcé *gên,* ou *gèn* sert d'élément phonétique pour les caractères suivants. Or aucun d'entre eux ne se prononce de la même manière : 良銀很艱 眼限即跟齦 (*liang, yin, hen, jian, yan, xian, ji, gen, ken*)[80]. Et *a contrario* les cas abondent où des caractères se prononcent exactement de la même manière en dépit de l'élément phonétique différent qu'ils renferment. Prenons comme exemple la série de caractères suivant : 謝卸屑瀉契洩燮褻 骱薤械炧觟 se prononcent invariablement *xie* au quatrième ton. Certes, il n'est pas exclu qu'une recherche étymologique et phonologique poussée révèle, d'une part que malgré les apparences, ces éléments phonétiques sont étymologiquement différents et, d'autre part, que la prononciation de ces caractères était identique en chinois archaïque et que la différentiation s'est faite en cours de l'évolution.

Mais primo, qu'est-ce que cela prouve, sinon l'extraordinaire fragilité de l'élément phonétique dans la combinaison ? Secundo, il ne faut pas oublier que sur le plan diachronique la prononciation des caractères chinois subit beaucoup plus de modifications que dans d'autres langues pour de multiples raisons dont nous avons fait le tour. Et un examen sur le plan synchronique révèle une grande variété de prononciation parmi les habitants selon la distribution géographique, chaque région ayant sa propre prononciation pour le même caractère. Mieux encore : il existe dans la langue nationale, langue standard, une quantité de caractères, loin d'être négligeable, qui admettent plus d'une prononciation. Un caractère se prononce différemment selon sa fonction,

---

[80] Deux remarques : le ton, élément de distinction phonétique important est pris naturellement en considération et le dernier caractère de la série a une double prononciation, il se prononce également *yín.*

sa signification, son emplacement. Un dictionnaire des hété-
ronymes destiné à l'usage du grand public enregistre plus de
quatre mille entrées qui relèvent des caractères dont certains
se prononcent de quatre, cinq, voire jusqu'à six manières
différentes[81]. Le caractère 和, par exemple, a six prononciations : *hé, hàn, hè, huò, huo, hú*[82]. Il est possible que, théoriquement parlant, les caractères chinois aient pour système
de formation prédominant l'élément phonétique, comme le
prétendent certains sinologues. Les présentateurs et présen-
tatrices de la presse parlante chinoise s'en féliciteraient, si
cela était également vrai dans la pratique, car ce sont eux qui
ont le plus de mal à bien prononcer les caractères d'après les
éléments dits phonétiques. Sans vouloir nous engager
davantage, nous souscrivons en principe à la position de
Léon Vandermeersch qui «défend la thèse qu'à l'inverse des
écritures phonétiques, qui ont pour vocation de noter la
parole, l'écriture chinoise est d'abord et dans son principe
un langage graphique autonome, indépendant de la langue
parlée et dont la prononciation n'est qu'un aspect secondaire[83]» .

Visuelle ou auditive

De fait, il est unanimement considéré comme indiscutable que les caractères chinois ont pour point de départ une

---

81 HE Rong (éd.), *Guoyu ribao poyin zidian*, Taibei, 1982, 1155 p.

82 *Ibid.*, p. 148.

83 Léon Vandermeersch, *Le nouveau Monde sinisé*, Presses Universitaires de France, Paris, 1986, "L'écriture partagée", pp. 127-151, cité in
Billeter, *op. cit.*, p. 20. Notre réserve provient du fait que nous n'avons
pas cet ouvrage à notre disposition et sommes dans l'impossibilité
d'appréhender sa thèse dans son ensemble.

écriture pictographique et idéographique[84], et que l'élément phonétique ne se trouve qu'en qualité de composant dans un des six procédés de la formation des caractères. S'il est vrai que le nombre de caractères forgés avec un élément phonétique est relativement élevé[85], il va de soi que la quasi-totalité de ces caractères doivent leur existence à l'opération d'emprunt qui consiste à emprunter l'élément phonétique à un caractère existant et puis à le rattacher à un autre radical pour en fabriquer un nouveau mot ayant souvent la même prononciation. Or, sur le plan visuel, la nature pictographique/idéographique de ces emprunts n'a guère subi d'altérations. Prenons quelques exemples. L'image d'une chauve-souris, en lavis de Chine ou en papier découpé, collée à l'occasion du nouvel an sur la porte principale d'une maison, signifie *bonheur* à cause de l'homonymie : tous les deux se prononcent en effet "*fu*". Il s'agit d'un élément *phonétique* au même titre que celui intégré dans un caractère. Or, l'image de la chauve-souris ne subit aucune altération malgré l'emprunt phonétique auquel elle a été livrée. Il en va de même, quoiqu'à un moindre degré, pour les caractères utilisés à cette fin. On trouve assez souvent dans des lieux à haut risque d'incendie l'inscription suivante en guise d'avertissement : "*Xiaoxin yan huo*" (littéralement "Attention à la fumée et au feu ! "). La coutume veut qu'on mette le caractère *huo* (火 feu) à l'envers. Ceci pour éviter que la flamme qu'incarne ce caractère ne monte et ne provoque un incendie. De même, il est parfaitement normal de rencontrer en Chine un fidèle qui se prosterne devant une statue de

---

84 "That Chinese characters originated from pictographs is a matter of unanimous agreement." DeFrancis, *ibid.*

85 80% selon Karlgren, mais 45% d'après le calcul de Creel. Cf. DeFrancis, *ibid.*, p. 86.

bouddha tandis qu'un autre devant un caractère, 佛 (*fó*) par exemple, représentant la divinité. Ce caractère renferme en effet un élément phonétique 弗 (fú), cela n'empêche pourtant pas qu'il soit aussi authentique que le bouddha et que l'un et l'autre ne présentent pas une grande différence aux yeux des fidèles[86]. C'est pourquoi les Chinois installent sérieusement et tout naturellement leurs offrandes devant une série de caractères inscrits sur une tablette représentant leurs ancêtres. Pour marquer leur respect et leur souvenir, ou encore, pour se mettre en communication avec eux. Ils n'ont besoin ni de statue, ni de portrait, ni de fétiche d'aucune sorte. À eux seuls, les caractères suffisent.

Les caractères pourraient même avoir un pouvoir concret que possèdent, en général, seulement les objets. Il suffit en effet aux taoïstes chinois de coller sur un individu ou sur son habitat une feuille de papier couverte de caractères pour le protéger, le soigner, l'ensorceler ou l'exorciser... Les taoïstes s'en servent pour évoquer les morts, interroger les esprits et pratiquer la divination, tandis que leurs homologues occidentaux, faute d'un moyen aussi polyvalent, sont obligés d'avoir recours aux objets : une croix, une image pieuse ou une boule de cristal. Les caractères sont-ils brûlés, réduits en cendre ? Ils se voient alors attribués une vertu médicamenteuse. Tout comme certaines herboristes qui soignent avec des plantes réduites en poudre, les taoïstes font avaler à leurs patients la cendre des caractères pour les guérir. Superstition ! Oui. Mais c'est à travers cette forme de

---

[86] Voir la photographie où une fidèle s'agenouille devant un caractère géant de *fo,* taillé à même dans un pan de rocher situé derrière le temple Nan Putuosi d'Amoy. Cf., J. F. Billeter, *op. cit.*, p. 15.

pratiques qu'on dévoile l'enjeu d'une institution dans une civilisation donnée[87].

Ceci dit, la langue étant un système de signes servant à la communication entre les hommes qui vivent en société, il serait exagéré de confondre le caractère et le monde qu'il représente. Il ne faut donc pas assimiler le caractère au bouddha ou prétendre que les caractères puissent évoquer directement les ancêtres ou leur portrait, encore moins qu'ils renferment véritablement des substances médicamenteuses ou possèdent un pouvoir supranaturel. Ce que nous voulons montrer par la description ci-dessus est simplement ceci : entre les caractères chinois et le monde matériel qu'ils représentent, il existe un lien différent que celui de la quasi-totalité des langues occidentales : il ne s'agit pas d'un rapport signifiant / signifié par image acoustique mais d'un rapport dans lequel signifié et signifiant se réfèrent à un dénominateur commun qui est le visuel.

La calligraphie

On est ainsi inévitablement amené à se pencher sur le phénomène de la calligraphie chinoise[88]. L'existence de la

---

87 "Le caractère est une sorte de chiffre indépendant du temps et du lieu, soustrait aux vicissitudes de l'histoire et aux effets de l'humaine diversité. La foule des prononciations l'affecte aussi peu que les miroitements sémantiques dus aux contextes. Il constitue un repère immuable face à cette mouvance d'impondérables. Le signe écrit a de ce fait valeur d'institution dans la tradition chinoise beaucoup plus que dans la nôtre." *ibid.,* p. 13.

88 Là aussi, la dénomination fait l'objet de multiples hésitations : « La calligraphie chinoise n'a en effet pas grand-chose à voir avec ce qu'on appelle "calligraphie" en Europe: soit une écriture stylisée, appliquée, particulièrement régulière, soit une écriture enjolivée de

calligraphie chinoise qui défie tout particulièrement la compréhension des occidentaux n'est pour l'esprit chinois que la
manifestation naturelle d'une réalité intrinsèque de l'écriture [89] . L'écriture chinoise assume donc une fonction
double : née du visuel, elle finit par se débarrasser de son
bagage signifiant pour atteindre l'état purement visuel, tout
en conservant son ancien rôle banal de communicateur !
Nous touchons là à la preuve la plus accablante que
l'écriture chinoise est d'abord faite pour les yeux. Devenue
calligra-phie, elle est la seule au monde à s'imposer comme
un genre d'art plastique en soi, au même titre que la peinture,
voire à se confondre avec celle-ci[90]. Bien curieuse destinée

---

paraphes ou d'autres ornements superfétatoires, soit encore certains
jeux typographiques du genre des *Calligrammes* d'Apollinaire. [...] Le
terme de "calligraphie" s'applique d'autant plus mal à l'art chinois de
l'écriture qu'il suggère par son étymologie l'idée de "belle écriture" ou
d'une écriture "embellie". Les Chinois ne parlent pas de "belle
écriture", mais simplement de l'"art d'écriture" ou de "l'art de l'écriture.
[...] En français, "l'art de l'écriture" conviendrait beaucoup mieux que
"calligraphie".» Billeter, *ibid.,* pp. 11-12.

[89] "La civilisation chinoise est animée par un génie qui nous fascine
et nous échappe en même temps. L'art de l'écriture [la calligraphie] est
une des manifestations les plus caractéristiques et semble défier tout
particulièrement notre compréhension." *ibid.,* p. 7.

[90] « La peinture est l'une des six [catégories] de l'écriture, [celle qui]
figure les formes. C'est pourquoi les [caractères] des anciens, [gravés
sur] le bronze et la pierre, les cloches et les trépieds, [caractères] *li* et
zhuan, sont généralement comparables à des dessins. [C'est pourquoi],
aussi, les peintres écrivent (*xie*) des paysages, des orchidées, des bam-
bous, des pruniers, des raisins. Ils utilisent indifféremment, aux fins de
la peinture, les méthodes de la calligraphie.» Passage extrait du texte de
CHEN Jiru (陳繼儒 1358-1639) sur MI Fou (米芾 1051-1107) cité in
Vandier-Nicolas, *Art et sagesse en Chine. Mi Fou* (1054-1107), Paris,
Presses Universitaires de France, 1963, p. 228. La traduction est de
Vandier-Nicolas à laquelle nous nous permettons de porter une
modification : pour le caractère *xie* nous traduisons par "écrire" au lieu
de "dessiner".

pour un représentant dit phonétique ! Quelles sont les raisons pour lesquelles l'écriture chinoise parvient-elle à assumer le noble rôle d'art plastique, malgré sa fonction initiale plutôt terre-à-terre d'intermédiaire ? Voici ce que pense J. F. Billeter :

> Elle se prête pour deux raisons à ce genre de développement : d'abord parce qu'elle offre un répertoire de formes quasiment inépuisable, avec lequel ne peut rivaliser aucun alphabet, ensuite parce que le pinceau n'est pas un outil fruste comme la plume, mais un instrument qui enregistre avec la fidélité d'un séismographe les infléchissements les plus légers du geste aussi bien que ses écarts les plus soudains.[91]

À propos de ces deux raisons avancées par J. F. Billeter, voici quelques remarques. Il a sans doute raison de mettre la richesse des formes en évidence. Elle pourrait être en effet une incitation pour les artistes à prendre l'écriture comme une forme privilégiée d'art plastique. Mais l'écriture chinoise peut être réduite à quelques principes plastiques et il existe dans la nature d'autres matières de loin plus riches en forme qu'elle. Le corps féminin, par exemple, n'a jamais attiré un tel intérêt artistique en Chine. Quant au pinceau, excellent instrument il est vrai, il nous semble être plutôt le résultat d'un choix fait au cours du développement de cet art que la cause. Le *jinshi* (金石), art de gravure dans le sens artistique du mot, a pour outil de travail la cisèle. Les artistes gravent des caractères sur différentes matières, bois, pierre, cristal et métal, pour fabriquer un sceau. Art qui a pour origine l'écriture comme la calligraphie. Quoi que moins répandu

---

[91] Billeter, *loc. cit.*

que la calligraphie, il est pratiqué pourtant par un grand nombre de peintres et de calligraphes chinois.

Toutes ces raisons évoquées pour justifier le destin artistique de l'écriture chinoise deviennent secondaires, si l'on comprend que, dès sa naissance et au cours de son développement, l'écriture chinoise est faite pour les yeux. Et c'est sur ce volet que joue la calligraphie pour se hisser à une telle hauteur artistique.

Que l'on préfère l'une ou l'autre dénomination nous semble au fond peu important. Le point essentiel qui nous préoccupe réside dans le fait, répétons-le encore une fois, que l'écriture chinoise, à partir de son principe visuel, façonne l'esprit de tout un peuple dès le début de sa civilisation. Un texte écrit en chinois atteint la pensée du lecteur surtout par les images. Nous nous permettons de revenir à l'article de "Ko, Jéf" dont nous avons parlé plus haut. Son point de vue a été ensuite amplifié et propagé par le célèbre père J. J. Amiot dans un article qui présente les caractères chinois comme :

> [...] images and symbols which speak to the mind through the eyes — images for palpable things, symbols for mental ones. Images and symbols which are not tied to any sound and can be read in all languages [...] I would be quite inclined to define Chinese characters as the pictorial algebra of the sciences and the arts. In truth, a well-turned sentence is as much stripped of all intermediaries as is the most rigorously bare algebraic demonstration. [*Mémoires* 1776:282-285][92]

---

[92] Cité in DeFrancis, *op. cit.*, p. 135. L'idée de comparer les caractères chinois à l'algèbre s'inspire probablement d'un texte de Leibniz : « Leibniz (1646-1716) s'est imaginé un moment que les caractères chinois exprimaient les choses et leurs relations d'une manière abstraite, indépendante de la langue parlée. Cette idée a

Certains travaux de Herrlee Glessner Creel aux États-Unis et de Georges Margouliès en France font écho à cette façon de voir la lecture en images mentales fournies par l'écriture chinoise. Dans son livre intitulé *The Birth of China*, Creel écrit notamment :

> We have specialized on the representation of sounds; the Chinese have specialized on making their writing so suggestive to the eye that it immediately calls up ideas and vivid pictures, without any interposition of sounds.[93]

Il faut avouer qu'il y a maintenant peu de partisans d'une conviction aussi radicale[94]. On sait qu'en ce qui concerne la langue chinoise, les images sont produites plutôt grâce à la façon particulière dont les mots s'enchaînent dans un discours. Et cette particularité est surtout manifeste quand il s'agit du langage poétique.

contribué à lui faire concevoir la possibilité de la logique mathématique. Voir par exemple Étiemble, *L'Europe chinoise I : de l'Empire romain à Leibniz*, Paris, Gallimard, 1988, pp. 382-395.» *ibid.*, note 6 du chapitre I, p. 24.

[93] Herrlee Glessner Creel, *The Birth of China*, p. 159. cité in DeFrancis, *ibid.*, p. 141. DeFrancis a retracé rapidement (pp. 86-87.) les répliques échangées dans le *T'oung Pao* entre Creel (1936, 1938) d'une part et Boodberg (1937, 1940) et Noël Bernard (1978) d'autre part pour déterminer si l'écriture chinoise est plutôt sémantique ou phonétique. Les arguments semblent être axés sur le pourcentage des caractères à combinaison phonéticoradiale. C'est une question intéressante certes, mais elle ne nous touche que de loin, comme nous l'avons indiqué.

[94] Fenollosa est taxé d'insensé qui prétend que le chinois, qui représente *directement* les imagées, est la langue la plus adéquate en tant que véhicule pour la poésie. Cf. MEI Zulin et GAO Yougong (MEI Tsu-lin et KAO Yu-Kung) 梅祖麟 高友工, "Lun Tangshi de yufa, yongzi yu yixiang" (〈論唐詩的語法用字與意象〉), in ZHENG Qian *et al. Zhongguo gudian wenxue luncong (1) : shigezhibu.* t. 1. réimp. [1ᵉ éd. 1976] 1985, p. 331.

L'ORDRE DES MOTS

Mais l'écriture et le discours ne font qu'un corps. Le discours de la langue chinoise ne peut être autrement qu'un déploiement, lui aussi, visuel. Il est inutile et d'ailleurs impossible de déterminer lequel est la cause et lequel l'effet. Disons que le discours suit la voie qu'a ouverte l'écriture, puisque l'on met à juste titre le caractère avant le discours. La lecture d'un tel discours se fait en une succession d'images comparable à un parcours visuel. Ceci est possible grâce à une autre caractéristique de la langue, à savoir le rôle prédominant de l'ordre des mots.

Clarté oblige, le chinois, étant langue non-inflexionnelle, est régi par l'ordre des mots. Par rapport aux langues occidentales, la langue chinoise est beaucoup moins libre à cet égard. Le fait que dans la tradition chinoise, les caractères s'écrivaient strictement de haut en bas en colonne n'a pas été dû au hasard et ne peut être considéré comme un détail négligeable. Force est de convenir que l'ordre est plus évident dans la verticale : on y repère indiscutablement le commencement et la fin. Il est tout de même difficile d'imaginer qu'une ligne de caractères verticale puisse commencer par le bas et se terminer en haut d'une page. Dans l'horizontale, on n'a plus cette certitude d'office : la quasi-totalité des langues occidentales s'écrivent de gauche à droite, certes; mais l'arabe et, dans le passé, le chinois, quand on se mettait à l'écrire horizontalement dans des occasions exception-nelles, commencent par la droite et se terminent à gauche. L'ordre des mots fait la loi dans les langues qui ne sont pas à flexions. Henri Weil a bien remarqué ce problème :

> Certaines langues enfin sont dépourvues et de flexions et d'affixes, et même, jusqu'à un certain point, de particules syntaxiques. Le rôle que les mots jouent dans la phrase, leur enchaînement et leur dépendance mutuelle, y sont exclusivement, ou presque exclusivement, déterminés par l'ordre dans lequel ils se suivent. Cet ordre y est donc invariable, ou peu s'en faut. Entre l'invariabilité absolue et la flexibilité absolue il y a des degrés. Nous disons que la construction d'une langue est fixe ou qu'elle est libre, suivant qu'elle se rapproche de l'un ou de l'autre de ces deux points extrêmes.[95]

C'est justement du côté touchant l'invariabilité absolue "où se trouve la langue chinoise. Le problème de l'ordre des mots est par conséquent la clef de voûte de la langue chinoise. Mais il n'a jamais été traité comme il le méritait[96]. La grammaire du chinois est une science relativement jeune. Au cours du siècle dernier, l'impact a été terrible pour les

---

[95] Henri Weil, *De l'ordre des mots dans les langues anciennes comparées aux langues modernes. Question de grammaire générale*, préface de Simone Dele-salle [1ᵉ éd. Paris, De Crapelet, 1844], Paris, Didier Érudition, 1991, p. 42.

[96] Selon WANG Li, ce problème a fait l'objet de recherches par Harold E. Palmer. Mais nous n'avons pu mettre la main sur ses ouvrages. Cf. WANG Li, *Zhongguo yufa lilun*, Taibei, Landeng wenhua shiye gongsi, 1987, t.1, p. 128.

Chinois devant la pénétration en force des sciences occidentales dans leur pays. Il appartient à la nature des choses que la grammaire du chinois, inexistant en tant que telle, calque sur la conception occidentale. Les grammairiens chinois, en mal de recette, se plient pour accorder leur langue à la terminologie prêt-à-porter occidental[97] : sujet, prédicat et complément s'asseyent sur nom, verbe, adjectif et adverbe. Les grammairiens explorateurs d'un terrain inexploité consacrent une large place aux études sur les particules *le, guo, wan* (了、過、完 etc.), comme s'ils voulaient se rattraper sur le chapitre des temps dont la langue chinoise ne connaît malheureusement pas le même régime que celui des langues occidentales. Il faut dire que des études non seulement intéressantes mais aussi utiles ont été réalisées. Toutefois il est regrettable qu'un certain nombre de caractéristiques intrinsèques de cette langue si éloignée du latin se voient forcées à chercher des alibis là où ils ne sont pas. Mais toutes les langues modernes ont subi plus ou moins le lit de Procruste. La langue anglaise en a souffert aussi. Sa situation en est un excellent exemple parce qu'elle est plus éloignée du latin que certaines langues européennes :

---

[97] Comme l'exprime notamment le passage suivant : "Est-il permis de placer à côté de ces langues [les langues classiques et occidentales] un idiome si différent des nôtres que la terminologie usitée dans nos grammaires ne peut y être appliquée que par une espèce d'abus ?" *ibid.,* p. 45.

Il faut prévenir tout de suite que malgré notre réserve sur l'adaptation inconditionnelle de la terminologie grammaticale héritée de la langue latine par interposition, nous sommes obligé de nous en servir dans la suite de l'étude : notre préoccupation étant ailleurs, nous n'avons ni le temps ni la compétence de reconstruire à pied d'œuvre un nouvel édifice terminologique.

Often a grammarian would take over and work within a traditional frame of reference, assuming that it was satisfactory for his purposes, whereas a more conscious awareness of linguistic principles would have shown that it was not. The best example of this, the attempt to describe modern languages as if they were variants of Latin, [...] Not all grammars did this. Some were at pains to point out differences between Latin and their own language; but for the most part they accepted Latin categories and ideals in matters of syntax, vocabulary and style. This was not particularly surprising, in view of the millennium of concentration on Latin studies to the exclusion of almost everything else. But, as a result, we can still find textbooks which do such things as prescribe half a dozen cases in order to talk about English nouns. Now if we examine this situation really carefully, we can see that it is just an attempt to treat English as if it were Latin; and English is not Latin.[98]

"English is not Latin." Le chinois l'est encore moins. Mais vu que les grammairiens anglais résistent si mal à la tentation de traiter leur langue maternelle, qu'ils connaissent cent fois mieux qu'une langue acquise, comme si elle était latine, pourquoi les grammairiens occidentaux ne céderaient-ils pas quand ils sont placés devant l'occasion d'investir du corps latin une langue grammaticalement *vierge* ? De même que les grammairiens chinois se réfèrent à la conception de la grammaire occidentale par manque de repères dans leur propre tradition[99], les grammairiens occidentaux qui mettent

---

[98] David Crystal, *op. cit.,* p. 69.

[99] MA Jianzhong (馬建中 1845-1900), le précurseur de la grammaire chinoise, a dit notamment qu'il voulait mettre les mêmes règles, qui régissent les langues occidentales, au service des livres classiques chinois. Cf. HE Rong, *Zhongguo wenfa lun* [1e éd. 1954], Taibei, Taiwan Kaiming shudian, 1978, p. 28.

la main sur la grammaire du chinois le sont à cause d'un millénaire de tradition latine[100].

La grammaire du chinois dès son début attache une importance insuffisante, à notre avis, au problème de l'ordre des mots; ce qui est sans doute lié au fait que la place de l'ordre des mots est relativement modeste dans la grammaire des langues occidentales en général. Les grammairiens du chinois, qu'ils soient occidentaux ou chinois, préfèrent s'évertuer dans des discussions sur d'autres aspects de la langue, la définition et la classification des parties du discours, par exemple [101] . Ces problèmes-là prévalent

---

[100] "Traiter la grammaire du chinois dans le cadre du système grammatical occidental a commencé avec la pénétration en terre chinoise des missionnaires des pays occidentaux. Mais leurs ouvrages n'ont pas atteint le grand public en Chine. [...] Parmi les ouvrages sur la grammaire du chinois écrits par des chinois, le plus ancien et le plus connu est celui intitulé *Précis de la Grammaire chinoise* («*Mashi wentong* » 《馬氏文通》) de MA Jianzhong. Après sa publication, un grand nombre d'ouvrages sur la grammaire du chinois qui verront le jour sont en général dans la même veine de *Mashi wentong*. Ils diffèrent de ce dernier par une plus ample adaptation aux notions grammaticales anglaises, tandis que MA Jianzhong qui connaît plusieurs langues européennes ne s'inspire pas de la seule langue anglaise pour concevoir la grammaire de la langue chinoise. [...] Quelque temps plus tard, LIU Fu (劉復) publia *Grammaire générale de la langue chinoise* («*Zhongguo wenfa tonglun* » 《中國文法通論》) qui avait pour modèle *A New English Grammar* de H. Sweet." HE Rong, *ibid.,* pp. 26-27.

Une petite remarque : MA Jianzhong a fait des études à l'occidentale en Chine. Il est allé en France en 1876 pour poursuivre ses études et a travaillé pendant un certain temps en qualité de traducteur à l'Ambassade de Chine en France. L'ouvrage de LIU Fu qu'a mentionné He Rong a été vite remplacé par un autre qui s'intitule *Cours de grammaire du chinois* («*Zhongguo wenfa jianghua* » 《中國文法講話》), [1ᵉ éd. Shanghai, Beixin, 1932], réédité à Taibei (Xinwenfeng chuban gongsi, 1974.)

[101] WANG Li, *Zhongguo yufa lilun,* Taibei, Landeng wenhua shiye gongsi, 1987, t. 1, p. 4.

naturellement dès que l'on s'attribue la noble tâche de mettre sur pied l'édifice d'une grammaire à l'occidentale au sein de la langue chinoise. Ils ont en plus l'avantage de fournir des sujets de réflexion intarissables. Car, d'une part, ces notions en soi ont leurs assises sur de solides théories maintes fois analysées et définies par une abondante littérature, ce qui enhardit les explorateurs et, d'autre part, quand on s'attelle à la tâche de faire entrer la langue chinoise dans ces moules homologués aux normes latines, elle offre en général des prises si peu convenables que les échecs et l'insuffisance des thèses avancées par les uns et par les autres ne font qu'inciter, aussi paradoxal que cela puisse paraître, de nouvelles tentatives. Des études ont été faites, il est vrai, sur l'ordre des mots du chinois. Mais au lieu d'examiner la structure fondamentale de la langue à la lumière de l'ordre des mots, ce dernier n'est envisagé que pour déterminer si le chinois est une langue de structure SVO ou SOV, une question qui oppose deux camps[102]. Nous nous gardons d'entrer dans ce champ de bataille en terrain pâteux[103]. Néanmoins la démonstration relative à ce

---

[102] "[...] there are two principal schools of thoughts about the word order of the Chinese language. One is that the basic order has been changing from SVO to SOV, though the process is not yet complete. This school is represented by Tai (1973, 1976) and Li and Thompson (1974b). The other is that despite the rise of some constructions close to the configuration SOV, Chinese has remained a fundamentally SVO language. This theory is strongly subscribed to by CHEUNG (1976), Light (1979) and MEI (1980)". Cf. CHU Chauncey C. *Historical syntax-Theory and Application to Chinese,* Taibei, Wenhe chuban youxian gongsi, 1987, p. 177. Cf., pour toute référence bibliographique dans le texte cité, la bibliographie du livre, pp. 227-237.

[103] Voici une remarque faite avec assez d'à-propos concernant le débat sur la structure SVO/SOV : "Most of the facts of the history of Chinese syntax are as yet not well known. Both Tai and Li and Thompson rely heavily on Volume 2 of Wang Li's *Draft History of the*

problème définira notre position à l'égard de ces deux courants. Auparavant, voyons un peu la situation relative au débat qui nous intéresse dans les milieux des grammairiens occidentaux.

Comme tout le monde le sait, l'ordre des mots tient une place moins importante dans les langues à flexions: plus le système flexionnel est sophistiqué, moins important il est[104]. Les linguistes ont l'habitude de citer en latin, langue à flexions par excellence, des phrases telles que *Pater amat filium* et *Agricola colit agros* pour illustrer ce fait. On a beau y changer l'ordre des mots, le sens de ces phrases reste inchangé. Pour la grammaire des langues occidentales, le problème de l'ordre des mots n'est plus à l'ordre du jour mais il est intéressant de s'attarder quelques instants sur les débats passés. Dans son *Précis de Grammaire historique,* publiée la première fois en 1887, Ferdinand Brunot accordait de l'importance à cet aspect :

> Au point de vue logique, il s'agit, tout d'abord, de placer les éléments de la phrase dans l'*ordre* et la *perspective* qui correspondent à la *succession des faits* ou aux *étapes de la pensée* : «Avant d'aller au jardin, je ferai mon devoir», ne dit pas exactement la même chose que : «J'irai au jardin après avoir fini mon devoir». Il n'est pas indifférent que l'une ou l'autre des deux actions «aller au jardin», «finir son devoir»,

---

Chinese Language (1957-58), which briefly sketches the major salient developments in surface structure over broad periods and may still exclude some linguistically crucial periods." Cf. Timothy Light, "Word Order and Word Change in Mandarin Chinese", *Journal of Chinese Linguistics,* vol. 7, 1979, p. 162.

104 "Avant la ruine de la déclinaison, la place du nom pouvait être indépendante de son rôle dans la phrase; après la ruine de la déclinaison, l'ordre des mots s'est trouvé rigoureusement fixé par leur fonction." F. Brunot & C. Bruneau, *Précis de Grammaire historique de la langue française*, Paris, Masson et Cie., 1969, p. 444.

soit présentée en «gros plan», l'autre étant considérée comme secondaire.[105]

L'ordre des mots vu par Henri Weil

Dans la seconde moitié du XVIIIe siècle, le problème de l'ordre des mots faisait l'objet d'un débat extrêmement vif entre grammairiens[106]. Un peu moins d'un siècle après, en 1844, Henri Weil publia un ouvrage sur ce problème : *De l'ordre des mots dans les langues anciennes comparées aux langues modernes. Question de grammaire générale*[107]. L'ouvrage de Weil est précieux pour nous non seulement parce qu'il nous apporte des éléments de comparaison en ce qui concerne l'ordre des mots entre, d'une part les langues occidentales dont le français, et d'autre part la langue chinoise, mais surtout parce qu'il introduit un paramètre nouveau — l'ordre des idées, qui soutient avec force notre point de vue. Ce qui nous a permis d'élaborer avec conviction une approche et un mode d'appréciation de la poésie de Verlaine dans une optique jusqu'ici ignorée.

Dans sa thèse, Weil affirme que l'ordre des mots a une importance primordiale dans toutes les langues et il introduit dans ce problème un paramètre nouveau: l'"ordre des idées" comme trame de l'"ordre des mots". Celui-là sert en quelque sorte de guide à celui-ci et l'ordre des mots, à son tour, matérialise l'ordre des idées :

---

[105] *Ibid.*, p. 441.

[106] Les protagonistes les plus en vue sont Beauzée et l'abbé Batteux. Cf. Henri Weil, *op. cit.*, p. 7.

[107] Il s'agit d'une thèse de doctorat présentée en France.

Oublions pour un moment les constructions particulières au français, à l'allemand, à l'anglais, au grec, déga-
geons-nous de tout ce que nous savons sur les variations
de l'usage d'une langue à l'autre, et demandons-nous à
nous-mêmes, quel principe, à en juger par le simple bon
sens, devrait présider à l'ordre des mots. Nous nous répon-
drons : puisqu'on tâche de tracer par la parole l'image
fidèle de la pensée, l'ordre des mots doit reproduire l'ordre
des idées, ces deux ordres devront être identiques.[108]

Il fait d'abord un exposé sur l'historique concernant le
problème de l'ordre des mots traité par les grammairiens.
Weil confronte une série d'arguments avancés par des
savants anciens et modernes. Les uns pensent que "l'arrangement naturel des parties de la phrase consiste à placer
toujours l'idée «la plus importante à la tête, c'est-à-dire dans
le lieu le plus apparent de la phrase» et à donner toujours
aux idées qui présentent un plus grand intérêt le pas sur
celles qui en présentent un moindre. Il est donc évident qu'il
qualifie d'arrangement naturel l'ordre pathétique, l'ordre de
l'imagination vivement émue[109]" ; d'autres sont persuadés
que la règle qui règne sur l'ordre des mots consiste à primer
l'homme, sujet de l'action sur les objets qui sont les personnes ou les choses sur lesquelles l'action se dirige[110]. La
phrase *Darium vicit Alexander,* par exemple, est correcte
grammaticalement parlant. Mais étant donné que c'est
Alexandre qui vainquit Darius, il convient de dire *Alexander
vicit Darium,* sous peine de pêcher contre la nature.

Quelques anciens grammairiens ont l'habitude dans leurs
commentaires de polariser sur l'ordre des mots. En face

---

[108] H. Weil, *op. cit.,* p. 11.
[109] *Ibid.,* pp. 7-8.
[110] I*bid.*, p. 12.

d'un arrangement inhabituel de l'ordre des mots, les uns cherchent des arguments appréciatifs en puisant dans la rhétorique. "Ce qui décide de cet ordre, ce serait, à entendre les rhéteurs anciens, le concours plus ou moins harmonieux des lettres placées à la fin et au commencement des mots qui se suivent (*conglutinatio verborum*), le mouvement rythmique produit par la succession de syllabes longues et brèves (*numerus*), des motifs enfin tirés de l'euphonie et dont l'oreille seule peut juger[111];" d'autres les expédient comme charabia.

Weil constate qu'il y a "une marche de la pensée qui diffère de la marche syntaxique, puisque celle-là est indépendante et qu'elle reste la même sous les diverses transformations de la phrase, et même quand on traduit en une langue étrangère[112]". C'est là où réside l'un des thèmes principaux de sa théorie : la distinction entre l'ordre des mots et la syntaxe. L'élaboration de Weil commence à devenir ici très intéressante pour la question qui nous préoccupe : quelle est donc cette marche de la pensée ? et de quelle manière diffère-t-elle de la syntaxe ? Il donne l'exemple suivant pour illustrer la marche de la pensée : *Éclair ! Une fusée ! Mon père !* "Ces exclamations [...], dit Weil, renferment à elles seules une phrase entière[113]." Cette phrase reflète fidèlement la marche de la pensée. Mais quand un décalage de temps

---

111 *Ibid.*, p. 2. Il est d'avis que tout arrangement de la position des mots dans une langue à système de déclinaison complète est motivé par des questions de style : "En très ancien français, comme en latin, l'ordre des mots était libre : c'est pour des motifs de *style* et non pour des raisons de grammaire que l'on commençait la phrase par le sujet, ou par un autre mot que le sujet (ce qui amenait à placer le verbe avant le sujet). F. Brunot & C. Bruneau, *op. cit.*, p. 448.

112 *Ibid.*, pp. 18-19.

113 *Ibid.*, p. 20.

survient entre la pensée et la parole, c'est-à-dire quand la parole n'est pas prononcée au moment même de la perception comme c'est le cas des exclamations, elle ne peut plus correspondre entièrement à l'unité de la pensée : dans ce cas, une expression simple n'est pas à même de se faire comprendre sans introduire d'autres éléments. De là Weil tire en clair la différence entre la marche de la pensée et la syntaxe :

> Par exemple, le fait que Romulus a fondé la ville de Rome peut, dans les langues à construction libre, être énoncé de plusieurs manières différentes, tout en conservant la même syntaxe. Supposons qu'on ait raconté l'histoire de la naissance de Romulus et des merveilles qui s'y rattachent, on pourrait ajouter : *Idem ille Romulus Romam condidit.* En montrant à un voyageur la ville de Rome, on pourrait lui dire : *Hanc urbem condidit Romulus.* En parlant des fondations les plus célèbres, après avoir mentionné la fondation de Thèbes par Cadmus, celle d'Athènes par Cécrops, on pourrait continuer : *Condidit Romam Romulus.* La syntaxe est la même dans ces trois phrases : dans tous les trois le sujet est *Romulus,* l'attribut est *fonder,* le complément direct est *Rome.* Pourtant on dit dans ces trois phrases des choses différentes, parce que ces éléments, tout en restant les mêmes, sont distribués d'une manière différente dans l'introduction et la partie principale de la phrase. Le *point de départ,* le point de ralliement des interlocuteurs, c'est la première fois Romulus, la seconde fois Rome, la troisième fois l'idée de la fondation. De même ce que l'on voulait apprendre à autrui, le *but du discours,* est différent dans ces trois manières de s'exprimer.[114]

Il s'agit effectivement d'un point qui mérite notre attention. Cette notion de base lui paraît si importante qu'il

---

[114] *Ibid.,* pp. 20-21.

la réitère avec une explication approfondie sur la différence entre l'ordre des mots et la syntaxe qui souscrit à d'autres impératifs. Il poursuit :

> Il faut insister sur cette distinction, car elle forme la base de la théorie que nous essayons d'établir. Dans ces trois exemples le fait dont il s'agit est le même, et néanmoins on communique des choses tout à fait distinctes et différentes. **Le fait ne change pas, l'action sensible et extérieure est la même : voilà pourquoi la syntaxe n'a pas changé non plus; car la syntaxe, nous l'avons dit plus haut, est l'image d'un fait sensible. La marche, les rapports de la pensée changent : voilà pourquoi la succession des mots doit changer aussi, car elle est l'image de la marche de la pensée.** La syntaxe se rapporte aux choses, à l'extérieur, la succession des mots se rapporte au sujet qui parle, à l'esprit de l'homme. Il y a dans la proposition deux mouvements différents : un mouvement *objectif,* qui est exprimé par les rapports syntaxiques, un mouvement *subjectif,* qui est exprimé par l'ordre des mots. On pourrait dire que la syntaxe est la chose principale, puisqu'elle réside dans les objets mêmes et qu'elle ne varie pas avec les points de vue du moment. Mais c'est précisément une raison pour attribuer la plus grande importance à la succession des mots.[115]

La distinction entre l'ordre de la pensée et la syntaxe permet à Weil de marquer l'indépendance de la syntaxe à l'égard de la marche de la pensée; et de là, l'importance de l'ordre des mots. Mais dans la langue chinoise, cette distinction est quasi inexistante : l'ordre des pensées et des mots se confond avec la syntaxe à peu d'exception près. Nous allons en faire la démonstration plus loin. En ce qui concerne la notion de temps que Weil a introduite dans le texte cité ci-

---

[115] *Ibid.,* p. 21. La mise en caractère gras est de nous.

dessus, il ne lui a pas accordé une grande importance par la suite. Étant helléniste et latiniste, il puise ses sources principalement dans ces deux langues classiques. S'il avait été initié au chinois il aurait sans doute été fasciné par un élément temps autrement intéressant dans cette langue et n'aurait pas manqué de l'introduire dans sa thèse[116]. Cet élément temps qui constitue la base sur laquelle repose toute notre étude est propre à la langue chinoise. Le mot *temps*, il faut l'entendre autrement que la définition qu'on donne habituellement dans la grammaire des langues occidentales. Du point de vue de la théorie de la proposition, on interprète les exclamations comme des ellipses. Ce sont à peine des propositions, dirait-on[117]. Mais cet exemple illustre magnifiquement la caractéristique spécifique de la langue chinoise. Car il y a un ordre inéluctable dicté par la hiérarchie de l'apparition des idées. Un autre exemple, la phrase composée des mots célèbres par lesquels César annonça au sénat la rapidité de la victoire qu'il venait de remporter près de Zéla sur Pharnacé, roi de Pont : *Veni, vidi, vici*. C'est dans le cadre de cet ordre impératif dicté par la hiérarchie d'apparition des faits que nous allons maintenant aborder un aspect propre à la langue chinoise.

---

[116] Mais il a bien mentionné le chinois et dit ceci : "Certaines langues enfin sont dépourvues et de flexions et d'affixes, et même, jusqu'à un certain point, de particules syntaxiques.", *ibid.,* p. 42.

[117] Voir la définition donnée par Grevisse : "Nous appelons **proposition** les membres de phrase qui contiennent un verbe à un mode conjugué et qui servent de sujet ou de complément.", Maurice Grevisse, *Le Bon usage,* [1ᵉ éd. 1936], Paris-Gembloux, Duculot, 1986, 1768, § 1055.

L'Ordre des mots dans la langue chinoise

Il faut signaler également que, partant d'un point de vue suffisamment différent de celui des grammairiens en général, nous essayerons d'expliquer le mécanisme de l'ordre des mots en suivant strictement les principes qui nous semblent justes et dont nous avons donné quelques notions ci-dessus. Nous nous écarterons par conséquent de la voie classique d'analyse grammaticale, au risque de piétiner, voire de nous égarer dans une forêt de vocabulaire non baptisé.

La langue chinoise observe au premier abord l'ordre naturel dont nous avons montré plus haut un exemple par la phrase *Alexander vicit Darium*. Le sujet est suivi donc d'un mot d'action qui à son tour sert de point de repère pour tous les autres mots dont la règle est la suivante : tous les mots qui découlent de cette action se trouvent après le mot d'action, tandis que tous les autres ayant un rapport avec elle, le précèdent. Procédons à la démonstration par des phrases de structure simple :

1   Ta chi fan. (Il mange du riz.)

2a   *Ta chi duo le.* (Il a trop mangé)
2b   *Ta chi hen duo.* (Il mange beaucoup.)

3a   *Ta bu chi fan* (Il ne mange pas de riz.)
3b   *Ta kuaikuai [de] chi fan.* (Il mange du riz rapidement.)[118]

La phrase 1 est une phrase type avec l'ordre dit naturel : *Ta,* le sujet de qui émane l'action *chi,* le mot qui indique

---

[118] La particule *de* facultative est mise entre crochets.

l'action (le verbe) et *fan* l'objet sur lequel l'action se dirige[119].
Les phrases 2a et 2b montrent que les mots qui expriment
les choses qui découlent du mot d'action *chi* se placent après
celui-ci. Dans la phrase 2a, le mot *duo* (beaucoup/trop) est le
résultat d'avoir mangé il se trouve par conséquent après le
mot d'action *chi* ; et le mot *le,* étant particule modale, il ne
peut avoir lieu qu'après le résultat d'une action, se trouvant
à la fin; de même, la phrase 2b laisse entendre qu'il mange
beaucoup (du moment qu'il se met à manger), c'est-à-dire
qu'"Il a l'habitude/la capacité de manger beaucoup". On
peut considérer cette phrase comme une variante de la
phrase suivante : *Ta chi de duo* , avec cette petite nuance que
celle-ci a une valeur plus générale. Dans les phrases 2a et 2b,
la consommation d'une grande quantité de riz découle du
fait qu'il s'est effectivement mis à manger. Il suffit de mettre
le mot *duo* avant le mot d'action *chi* pour renverser la
situation. Une phrase telle que *Ta duo chi fan [jshao chi tang]*
formule un souhait, un conseil, ou même un ordre atténué :
"Qu'il mange plus de riz [moins de bonbons][120] ! " Quand
on parle de souhait ou de conseil etc., non seulement
l'action n'a pas lieu mais on n'est pas du tout sûr qu'elle aura
lieu plus tard. Il s'agit d'un sentiment unilatérale, un départ
sans perspective d'arrivée. Placer l'adverbe avant le mot
d'action ponctue donc un fait inachevé, tandis que le placer
après le mot d'action, indique un fait qui découle d'une
action. On ne cesse d'entendre ce genre de dialogue engagé

---

[119] Si l'on joint les deux caractères *chi* et *fan* pour en faire un seul
mot *chifan,* on aura ce que l'on appelle un verbe-objet complexe dont la
propriété diffère de la forme en caractère séparé.

[120] Il faut dire qu'une telle phrase isolée est rare dans la réalité. On
dirait plutôt : *"Ta duo chi fan shenti jiu hui hao."* (S'il mange davantage,
alors il aura bonne santé.)

entre un hôte et son invité. De son côté, l'hôte respectant l'hospitalité coutumière exprime son souhait que l'invité mange beaucoup, mange plus : chose à venir; l'invité repu avoue qu'il n'y a plus de place puisqu'il a déjà bien mangé, trop mangé : chose faite. On y remarque la place appropriée exigée par la circonstance :

4a   L'hôte : _Duo chi fan._ (Mange plus de riz.)
4b   L'invité : _Xiexie, wo yijing chi_duo le_ ! (Merci. J'ai déjà trop mangé!)

La troisième série, les phrases 3a et 3b, mettent en évidence que les mots qui ne découlent pas de l'action mais qui ont un rapport avec elle, se placent alors avant le mot d'action. La phrase 3a est la forme négative de la phrase 1. L'adverbe de négation _bu_ se rapporte au mot d'action _chi_. Il le précède pour la simple raison qu'il annule l'action, donc la devance. Dans la phrase 3b, l'adverbe _kuaikuaide_ est en relation étroite avec le mot d'action _chi_ puisqu'il précise la manière avec laquelle l'action se fera[121]. La circonstance de manière ici ne découle pas de l'action "manger", mais au contraire la détermine, puisqu'elle se place avant lui. La traduction française la plus adéquate de la phrase 3b serait : "Il se hâte de manger". "Se hâter" est une volonté déterminée d'avance par le sujet agissant. Exactement comme l'opération effectuée sur les phrases de la série 2, il suffit de mettre l'équivalent de _kuaikuaide_ après le mot d'action pour

---

[121] Une précision pour les non-sinisants. Il s'agit d'une homonymie : le _de,_ particule adverbiale, s'écrit différemment de la particule résultatif _de._

renverser la situation[122]. Dans ce cas, on retourne au type de phrases faites avec le résultatif *de* : *Ta chi de kuai* ou sous une forme dite plus circonstancielle *Ta chi hen kuai*.

Bien qu'on puisse assigner un mot à une catégorie grammaticale, l'importance de l'ordre est telle qu'il ne peut y être confiné[123]. C'est sa positon par rapport aux autres mots dans la phrase qui détermine la catégorie à laquelle il appartient. C'est pourquoi le qualificatif se place obligatoirement avant le substantif. Car sa place immédiatement après le substantif le condamne à changer de fonction : il deviendra en général soit mot d'action soit restrictif. Par exemple *hong* (rouge)*hua* (fleur) veut dire "fleur rouge", tandis que *hua hong* signifie "fleur devient rouge (littéralement : fleur rougit)[124]". Et *qian men* désigne la porte de devant (l'entrée principale) tandis que dans l'ordre renversé *men qian* signifie alors le devant de la porte. La grammaire couramment pratiquée donne l'explication suivante : le mot *qian men* est composé d'un adjectif *qian* et un substantif *men*, tandis que le mot *men qian* est composé d'un substantif *men* et une particule qu'on appelle locatif. Or à notre sens, *qian men* et *men qian* relèvent tout deux de la même structure adjectif-substantif. Dans la combinaison *men qian, men* (la porte) détermine *qian* (le devant) : le devant de quoi ? le devant de la porte. Cette

---

[122] On dit l'"équivalent" parce que les adverbes réitératifs qui sont en général suivis de *de* sont confinés exclusivement dans leur rôle préverbal.

[123] Abstraction faite de certaines particules et des adverbes ayant un "suffixe" *de*.

[124] On peut dire évidemment *Lian hong le* (le visage rougit), ou bien dans le sens figuré, *Ta hong le* (Il est devenu quelqu'un/Il se fait une grande réputation); mais normalement il est impossible d'imaginer une phrase telle que *zhuozi hong le*. (La table rougit). Soucieux d'être le plus clair possible, au lieu de regrouper les caractères en un mot, nous les maintenons séparés dans nos exemples.

façon de voir la structure a l'avantage de s'accorder avec la solide structure déterminant/déterminé. Un des arguments forts selon lequel le chinois est une langue de structure SOV, consiste justement à dire que dans cette langue, l'adjectif se place avant le substantif et que les langues dotées de cet ordre ont généralement une structure SOV[125]. Sans vouloir nous engager davantage dans ce débat, nous disons qu'il est peut-être constructif pour l'étude de la grammaire du chinois de prendre en considération le mécanisme de déterminant/déterminé dicté par la nécessité de clarté et soumis aux règles de l'ordre des mots[126].

L'ordre des mots et l'ordre des images

Les principes simples néanmoins fondamentaux une fois arrêtés, nous pouvons procéder maintenant à la vérification

---

[125] C'est un argument bien connu. Cf. CHU Chauncey C., *op. cit.*, p. 175 : "According to Greenberg (1963), there are grammatical correlates with dominant word orders. For instance, SVO languages tend to have the modified-modifier structure (such as the English relative construction) while SOV languages tend to have modifier-modified structure (such as the Chinese adjective-noun construction);"

[126] Ce mécanisme, T. Light l'a sans doute remarqué. Afin de donner une explication au changement de structure de la langue chinoise moderne, il préconise la théorie dite de "Règle de signification par positionnement" (Rule of Positional Meaning) en disant notamment que "The meaning of nouns and adverbs depends on their location before or after the main verb." Et James H-Y TAI semble l'avoir discuté brillamment. Mais, ni l'un ni l'autre ne l'ont associé à la règle fondamentale de la structure. Leur regard est complètement ailleurs : "Tai 1973b contains a very illuminating discussion of this problem. His general claim is that preverbal adverbs modify the verb; postverbal adverbs do not. This distinction is too broad for me to graps, and hence I have chosen to specify the before-and after-meanings of locatives, time adverbs, and descriptive adverbs separately." Light, *op. cit.*, pp. 167-168.

par des phrases plus complexes. Nous avons dit dès le début du chapitre que dans la langue chinoise, le discours, à partir d'un point précis, c'est-à-dire la première image qui se présente au regard mental, se déplie et se déploie en une succession d'images. C'est par ailleurs une des raisons pour lesquelles la langue chinoise a tendance à préférer le concret à l'abstrait. Le pronom impersonnel dans le sens strict du mot étant inexistant et pour cause, on met toujours un substantif, qui convient à la circonstance, en tête, c'est-à-dire à la place la plus importante de la phrase. Pour exprimer : "Il y a beaucoup de monde en Chine", on dit "La Chine a beaucoup de monde"; au lieu de dire "Il pleut", on dit "Le ciel pleut." etc. Les deux séries de phrases suivantes seront analysées et comparées deux par deux. Voyons d'abord la série 5 :

5a   *Ta zai zhuozi shang tiao.* (Il se trouve sur la table et saute.)

5b   *Ta tiao zai shuozi shang.* (Il saute et se trouve sur la table.)

La phrase 5a est un des types de structure les plus fréquents dans la langue chinoise. Elle est composée de cinq éléments, soit *Ta / zai / zhuozi / shang / tiao. Ta* (il/lui) est la première image qui se prête aux yeux suivie immédiatement d'un mot d'action *zai* (demeurer) qui fera entrer la deuxième image dans le film, c'est-à-dire le lieu dans lequel "demeure" le sujet[127]: *zhuozi* (la table). Or, la table n'est pas un lieu

---

[127] Selon la grammaire en vigueur, *zai* est considéré plutôt comme préposition de lieu, tandis que nous préférons, toujours dans l'optique de nos principes, le prendre dans cette circonstance pour un mot d'action. Donner un équivalent en langue étrangère à un mot est toujours risqué. Pour le mot *zai,* par exemple, on dit qu'il pourrait signifier "demeurer" ici. Mais une définition plus prudente serait

proprement dit. On peut très bien dire : *Ta zai Zhongguo*. (Il se trouve en Chine), parce que la Chine est un lieu dans le sens étymologique du mot (*locus*). Là, aucune précision supplémentaire n'est nécessaire. Mais la règle veut que l'emploie du mot d'action *zai* nécessite la présence d'un locatif pour tous les compléments qui n'indiquent pas en soi une localité. Une particule de lieu (*shang* en l'occurrence) doit accompagner "la table" pour apporter une précision spatiale. Se présente alors au regard la troisième image : le dessus de la table[128]. La phrase s'achève sur la dernière image, un deuxième mot d'action *tiao* : sauter. Les deux verbes se rapportent bien sûr au même sujet "Il", puisqu'au cours du déroulement du film, le sujet reste inchangé. Ici, deux détails non sans importance sont à préciser.

Premièrement, soucieux d'être le plus clair possible pour ceux qui ne sont pas initiés à la langue chinoise, nous avons séparé dans notre analyse la particule *shang* du mot *zhuozi*. En réalité, toute la catégorie de particules dites locatives *shang, xia, pang, li,* etc. (le dessus, le dessous, les côtés, l'intérieur) se lient si intimement avec les mots auxquels elles apportent la précision qu'elles forment souvent avec eux une unité sémantique. Il conviendrait donc de transcrire *zhuozishang* et de le considérer comme un seul mot indiquant le dessus de la table. Mais on verra que notre façon de les

---

quelque chose comme "mot d'action qui introduit un lieu ou un temps".

[128] Dans la langue chinoise l'ensemble l'emporte toujours sur les parties. L'exemple qui vient tout de go à l'esprit en est celui de la rédaction de l'adresse dont l'ordre est le suivant : Pays / Région / Province / Ville / quartier / rue / section de la rue / ruelle / numéro de l'immeuble / escalier / étage /appartement/le nom du destinataire. La table, étant l'ensemble, précède les parties telles que le dessus (*shang*), le dessous (*xia*) ou les côtés (*pang*).

traiter en deux unités séparées pourra être justifiée à la lumière de nos principes. La deuxième remarque porte sur le
mot d'action *zai*. La grammaire en vigueur considère *zai*
plutôt comme une préposition de lieu, et elle l'associe par
conséquent aux prépositions de la langue française "à, en,
dans etc.", tandis que nous préférons, toujours dans l'optique de nos principes, le considérer comme mot d'action
plutôt atténué, puisqu'il exprime non pas une action
effective mais un état. Il s'agit d'un pur lien sans contenu
sémantique. En raison de cette absence de contenu sémantique, *zai* est parfois omis, tout comme le verbe copulatif
"être" de la langue française. Des phrases telles que *Ta
zhuozi shang tiaowu* (Il danse sur la table) peut passer sans *zai*,
quoique considérées comme d'un style peu soutenu. En
conséquence, la présence du mot d'action *zai* ne soulève pas
d'image dans le film. Ceci dit, l'ordre dans lequel la
succession d'images défile est en fait le suivant : le sujet —
le dessus de la table — action. Comme la langue chinoise
supporte mal l'abstraction du contexte, une phrase isolée
mise hors situation, prête à des interprétations différentes
beaucoup plus facilement que le français. La phrase 5a
pourrait vouloir dire : "Il saute à partir de la table." ou bien
"Il sautille sur la table." La phrase 5b comprend exactement
les mêmes éléments que celle de 5a, seulement dans un
ordre différent, ce qui change complètement le sens. Ayant
donné une explication minutieuse pour la phrase précédente, de structure similaire, nous nous permettons ici
d'indiquer simplement l'ordre. Le film des images est le
suivant : sujet — action — le dessus de la table. La phrase
veut dire : "Il saute [et il se trouve] sur la table." Le point de
départ et d'arrivée sont différents entre 5a et 5b à cause de
la différence dans l'ordre des mots.

Les phrases 6a et 6b ci-dessous sont un peu plus compli-
quées que les phrases précédentes. Chacune renferme deux
mots d'action qui se dirigent sur deux objets.

6a   *Ta zuo huoche qu Bali* (Il prend le train [et dans le
     train] se dirigera vers Paris.)

6b   *Ta qu Bali zuo huoche.* (Il se dirige vers Paris [et là]
     prendra le train.)

La phrase 6a met en scène également une personne (*Ta*)
qui prend (*zuo*) le train (*huoche*) et se dirige (*qu*) vers Paris. Le
sens propre du mot d'action *zuo* est "s'asseoir" qui laisse
voir l'image d'un voyageur qui prend son siège, ce qui
présuppose que le deuxième mot d'action *qu* prend effet
dans le train. Le sujet restant le même, l'action de "se
diriger" se rapporte toujours au voyageur *ta*. La grammaire
du chinois en vigueur envisage une telle structure sous un
angle différent. Elle y verra une proposition principale *Ta qu
Bali* (Il se dirige vers Paris.) et un complément adverbial *zuo
huoche* (prendre le train) indiquant le moyen de transport.
Cette analyse convient évidemment beaucoup mieux à
l'esprit formé dans le module grammatical occidental, mais,
à notre sens, elle risque de perdre l'essentiel pour la commo-
dité en apparence. La phrase 6b renferme exactement les
mêmes éléments dans un ordre différent; le sens de la
phrase change en conséquence. L'ordre d'apparition des
images est le suivant : L'homme — se dirige — Paris —
voyageur qui prend une place dans le train.
Un autre argument fort plaidant en faveur de la structure
SOV dans la langue chinoise consiste à mettre en avant les
phrases formées avec la "particule" *ba* qui transforme

l'ordre en SOV. Cet argument mérite une analyse dans le sens où il consolide davantage notre point de vue.

7a   *Ta gei wo shu.* (Il donne [à] moi livre)
7b   *Ta ba shu gei wo.* (Il prend le livre [et le] donne [à moi])

La phrase 7a se déploie dans une succession d'images. L'ordre d'apparition des mots s'accorde avec l'ordre de la pensée. Le pronom *Ta* est le sujet de qui émane l'action *gei* (donner). Le mot d'action se dirige sur une personne *wo* (moi) qui reçoit l'objet *shu* (livre). Le "livre" se trouve à la fin de la phrase, car il n'occupe pas une place importante dans l'esprit du locuteur. Dans le cas contraire, si c'est le livre et non pas la personne qui préoccupe l'esprit du locuteur, on aura une phrase comme la 7b dans laquelle le mot *shu* (livre), grâce à l'intervention du mot *ba,* se place avant le mot d'action *gei* et davantage avant *wo.* Le mot *shu* prend du coup en importance. L'intervenant *ba* qui apparaît immédiatement après le sujet *Ta* et avant l'objet *shu* occupe une place là où se trouve normalement un mot d'action principal (V_1). Là aussi, comme pour le mot *zai* que nous avons discuté plus haut, nous préférons considérer *ba* comme mot d'action[129]. Notre distribution est non seulement justifiée par sa place dans la phrase mais aussi confirmée étymologiquement. *Ba* veut dire "prendre ou tenir un objet dans la main ou avec la main; autant que la main

---

[129] Les partisans qui prétendent que le chinois est une langue SOV ne prennent pas *ba* comme mot d'action. Ils obtiennent évidemment satisfaction, puisque le verbe *gei* se place dans ce cas après l'objet *shu.*

fermée peut contenir[130]. Le film des images est le suivant :
Un homme (lui) — prendre le livre — donner — à un autre
homme (moi). On peut même pousser l'exemple à l'extrême
en mettant le livre à la tête de la phrase : *Shu, ta gei wo.* (Le
livre, il me le donne.) L'image du livre, qui précède les autres
mots de la phrase, est ainsi mis en gros plan .

Les images et le mouvement

On pourrait multiplier de tels exemples pour illustrer
l'accord entre l'ordre de l'apparition des images dans le
temps et l'ordre d'apparition des mots dans un discours.
Mais nous ne voulons pas abuser de la patience de nos
lecteurs. Le temps est maintenant venu pour la question du
mouvement.

"Puisqu'on tâche de tracer par la parole l'**image** fidèle de
la pensée, affirme Henri Weil, l'ordre des mots doit
reproduire l'ordre des idées, ces deux ordres devront être
identiques[131]." La pensée se conçoit en effet en image. Weil
n'a peut-être pas donné au mot "image" un sens aussi
concret que nous l'entendons, mais l'essentiel est là. Qu'il
s'agisse de l'ordre des idées ou de la pensée, il se concrétise
par les images qui se présentent au regard mental. Comme
nous l'avons montré, cela est particulièrement vrai pour la
langue chinoise. Dans ce chapitre, du caractère à la syntaxe,
nous n'avons parlé jusqu'ici que d'une seule chose : le visuel.

---

[130] Par exemple : Tang zi ba yue yi fa kunwu (Alors Tang prit la
hache de guerre pour soumettre les Kunwu ('湯自把鉞以伐昆吾', in
《史記》〈殷本紀〉).

[131] H. Weil, *op. cit.*, p. 11. La mise en caractère gras est de nous.

D'une écriture vouée au visuel est née la calligraphie qui porte le visuel statique au mouvement. "Tandis que la calligraphie occidentale produit des formes arrêtées, dit Billeter, la calligraphie chinoise est par essence un art du mouvement[132]." Cet art incarne le mouvement pour celui qui le pratique :

> Il est difficile à quelqu'un qui ne l'a pas pratiquée d'imaginer la jubilation qui l'accompagne. La force de ces sensations est proportionnelle à la mobilisation des énergies et de la sensibilité, mais sans rapport, par contre, avec l'ampleur extérieure des gestes. Qu'ils soient de petite ou de grande envergure, ils ont toujours la même dimension intérieure, celle du corps propre. Le calligraphe qui écrit de petits caractères n'est pas moins actif et ne se sent pas moins en mouvement que lorsqu'il en brosse de grands.[133]

Billeter ne parle ici que de celui qui pratique la calligraphie. Le mouvement se transmet en vertu de la calligraphie qui s'abandonne au regard et fait partager la jubilation de l'artiste à ceux qui la regarde. C'est le regard qui dirige. On se laisse emporter par les traits, ou plutôt, par les flots rythmiques tissés des traits, et se transporte d'un plaisir physique presque aussi intense que celui ressenti par le calligraphe à l'œuvre : la sensation du mouvement. Billeter établit ainsi le lien entre la personne à l'œuvre et celle qui voit agir :

> C'est dire que la calligraphie est fondée toute entière sur l'appréhension dynamique du réel par le corps actif. Elle

---

[132] J. F. Billeter, *op. cit.*, p. 11.
[133] *Ibid.*, p. 163.

rend visible ce que nous ressentons en agissant et en voyant agir.[134]

Et il poursuit :

> Les textes anciens sont éloquents sur ce point. Certains caractères de cursive, dit par exemple un ouvrage du IIIᵉ siècle, suggèrent le mouvement du phénix qui, alerté par un bruit, «ouvre ses ailes pour prendre son vol, mais, à peine soulevé, se repose.»[135]

En fait, cette façon de présenter la force du mouvement exprimée par la calligraphie date déjà dès les Han. Un texte intitulé *Sur le mouvement de la cursive* («*Caoshu shi* » 《草書勢》) attribué à CUI Yuan (崔瑗~107-?), grand calligraphe des Han postérieurs, met en évidence le mouvement propre au genre cursive (*caoshu*) de la calligraphie par analogie aux impétuosités des animaux. Le texte de CUI Yuan n'existant qu'en titre, ce passage est tiré d'un texte intitulé *"Caoti shu"* (《草體書》) dans *l'Histoire des Jin* («*Jinshu*» 《晉書》) dont LI Zehou et LIU Gangji attribuent l'inspiration au texte du même titre de CUI Yuan[136]:

> Tel un oiseau, le cou tendu et les serres soulevées, se dresse et est prêt à prendre le vol; ou bien un fauve, surpris et

---

[134] *Ibid.*, p. 185.

[135] *Ibid.* J. F. Billeter indique le titre du recueil édité en 1980 sans donner d'autre précision : *Lidai shufa lunwenxuan,* Shanghai, Shanghai shuhua, 1980, p. 19.

[136] Il existe six grands genres d'écriture soit, la sigillaire (*zhuan*), la chancellerie (*li*), la régulière (*kai*), la courante (*xing*), la cursive ancienne (*zhang*), la cursive (*cao*).

effrayé, esquisse un élan et est sur le point de fendre l'air (
'竦企鳥峙，志在飛移，狡獸暴駭，將馳未奔。') [137]

LI Zehou et LIU Gangji classent la cursive au-dessus des autres styles "parce qu'à côté de la sigillaire et de la chancellerie, la cursive a l'énorme supériorité de pouvoir exprimer le plus pleinement la sensation intense du mouvement, [...] ce qui fait que la calligraphie qui est un art visuel à deux dimensions réclame tant soit peu la propriété de l'art musical, soit la dimension temps[138]".

Et cette écriture vouée au visuel et évocatrice du mouvement fait souche d'un discours dont les mots traduisent dans un ordre presque identique la marche de la pensée. L'unité entre l'ordre des mots et la marche de la pensée permet au lecteur réceptif de revivre un film d'images à travers une suite de mots. Par ailleurs, il n'y a qu'un tel discours qui puisse se passer de désinences et de toute une série de termes nécessités par l'articulation logique. Ce qui a pour effet au niveau de la lecture de diminuer la part de l'intelligence au bénéfice de l'appréhension dynamique du discours. A l'instar de la reproduction sonore, chaque fois que la tête de lecture lit les microsillons d'un disque de phonographe, le regard mental du lecteur fait ranimer la marche de la pensée en parcourant dans l'ordre physique les mots, une espèce de gravure d'images.

---

[137] LI Zehou et LIU Gangji *Zhongguo meishu shi*, t. 1, Taibei, Liren shuju, 1986, p. 626. Dans la citation précédente aussi bien que dans celle-ci, il est clair que ce qui fait la «force» de la calligraphique c'est en quelque sorte l'état pré-déflagration de l'art : le dynamisme retenu s'accumule au point d'atteindre le seuil d'explosion mais reste encore à détoner. Il s'agit en effet d'un des points principaux de l'esthétique de l'art chinois.

[138] *Ibid.,* p. 630.

II

LANGAGE POÉTIQUE CHINOIS :
LE MOUVEMENT ET LA SUGGESTION

Every feeling contributes, in effect, cer-
tain special gestures which reveal to us,
bit by bit, the essentiel characteristic of
Life : mouvement [...].

Susane Langer, *Problems of Art*

INTRODUCTION

De même que l'écriture ne se met en mouvement qu'à l'état pur, *c'est-à-dire après s'être transformée en calligraphie, le mouvement du discours ne s'exacerbe que dans le langage poétique*[139]. *De même que l'écriture doit se défaire de toutes les* impuretés *qu'a nécessitées l'intelligence, le langage poétique va transgresser quelques tabous résistants imposés par l'articulation grammaticale. La langue chinoise qui s'appuie fortement sur l'ordre des mots est à même de se proposer comme matière première au langage poétique. Mais celui-ci doit décaper la langue de ses superflus. Élaboré à partir d'une langue riche en images et chargée de mouvement, le langage poétique chinois sait frapper l'esprit en posant crûment les images sans autres accessoires encombrants, tout comme une peinture qui passe d'une couleur à une autre sans emprunter de zone transitoire.*

Nous sommes parvenu dans notre analyse à sensibiliser le lecteur à un aspect quelque peu ignoré par les grammairiens : le discours de la langue chinoise est comparable à une succession d'images. Mais cette

---

[139] Il faut préciser que par langage poétique nous entendons surtout celui de la poésie classique. La poésie écrite en chinois moderne s'appuie sans doute sur cette même caractéristique dont la discussion n'est pas de notre ressort.

caractéristique qui a été mise en relief par nos soins s'oblitère dans la langue quotidienne. Il ne faut tout de même pas imaginer que chaque énoncé prononcé, entendu ou lu, s'accompagne systématiquement d'un film d'images. Cette caractéristique ne devient manifeste que dans le langage poétique parce qu'elle s'est purifiée. Le langage poétique a poussé si loin cette caractéristique que nous dirions alors que dans un de ses aspects les plus spécifiques, le langage poétique chinois se déplie et se déploie en une succession d'images, tel un rouleau horizontal de peinture traditionnelle qui offre au regard, au fur et à mesure qu'il se déroule, les méandres d'un cours d'eau et tout un paysage le long de son passage. Le déplacement du regard ne cesse qu'au bout du rouleau[140]. Et le poète comme le peintre comptent sur la sensibilité de son interlocuteur qui sait fléchir au mouvement escompté par le passage d'une image ou d'une couleur à une autre.

---

[140] L'avis général est que la musique est la plus évocatrice de la sensation de mouvement que l'art plastique l'est à un moindre degré. On n'accorde ce pouvoir à la poésie qu'en valeur connotative. Car on doute de la capacité de l'homme à restituer spontanément les mots en images qui s'enchaînent, et encore fautil que cet enchaînement d'images puisse faire naître chez le lecteur la sensation de mouvement. Le passage suivant prête à réfléchir sur ce sujet : "La distinction entre les éléments d'une vision réelle et les apports de la mémoire et de l'intellect remonte aux origines d'une réflexion de l'homme sur les problèmes de la perception. Pline résumait brièvement le point de vue de l'Antiquité, lorsqu'il déclarait : « C'est au moyen de l'esprit que nous voyons et observons : les yeux ne sont qu'une sorte de réceptacle qui reçoit et transmet la partie des choses visibles qui parvient à la conscience. » Ptolémée, dans son *Optique* (vers les années 150 de notre ère), accorde une grande importance au rôle de jugement dans le processus de la vision. Le lettré arabe Alhazen († 1038) qui s'est longuement intéressé à ce problème, apprit au monde occidental du Moyen Âge à distinguer, dans la perception, l'intervention de trois éléments : la sensation, les données acquises, le résultat perçu." E. H. Gombrich, *L'art et l'illusion. Psychologie de la représentation picturale.* trad. de l'anglais [*Art and Illusion*], par Guy Durand, Paris, Gallimard, 1971, pp. 35-36.

LE MOUVEMENT

Le *Qi* ou mouvement cosmique

Très tôt, la théorie littéraire chinoise a su mettre l'accent sur le mouvement dans la poésie. Une seule réalité traverse de part en part les macro- et micro-cosmes : le mouvement. La poésie est née du souffle cosmique (氣) qui est dans la philosophie chinoise le commencement et l'origine de tout. C'est ZHANG Zai (張載 1020-1077) qui fut le premier philosophe chinois d'avoir fondé entièrement sa doctrine sur le *qi* [141]:

> Le mot *qi* signifie littéralement gaz ou éther. Dans le néo-confucianisme sa signification est tantôt plus abstraite et tantôt plus concrète, selon les systèmes des divers philosophes. Quand on le prend au sens le plus abstrait, il se rapproche du concept de matière, entendu dans la philosophie de Platon et d'Aristote par contraste avec

---

[141] Philosophe des Song du Nord dont la doctrine consiste en la conviction que "le Vide est le *Qi* ", s'opposant ainsi aux doctrines bouddhiste et taoïste. Il fut le maître à penser de toute une génération de philosophes néo-confucianistes des Ming et des Qing dont WANG Fuzhi (王夫之 1619-1692).

l'Idée platonicienne ou la Forme aristotélicienne. En ce sens il signifie la matière première indifférenciée, dont toutes les choses individuelles sont formées. Dans sa signification la plus concrète, il désigne la matière physique qui constitue toutes les choses individuellement existantes. C'est dans ce sens concret que ZHANG Zai parle de *qi*. ZHANG Zai, de même que ses prédécesseurs, appuie sa théorie cosmologique sur le passage suivant de l'«Appendice III» du *Livre des mutations* : "Dans le «*Yi*» (《易》) réside le Suprême ultime qui produit les Deux formes [c'est-à-dire le *yin* et le *yang*]." Mais pour lui, le Suprême ultime n'est rien d'autre que le *qi*. Dans son ouvrage principal, le *Zhengmeng* (《正蒙》) ou *Discipline correcte pour les débutants,* il écrit : "La Grande harmonie est appelée le *Dao* (道) [par là il entend le Suprême ultime]. Parce qu'il y a en lui les qualités interagissantes de flotter et de couler, de s'élever et de tomber, de mouvement et de repos, apparaissent en lui les mouvements des forces qui en émanent, et qui se meuvent l'une l'autre, qui triomphent alternativment l'une et l'autre, qui se contractent l'une en regard de l'autre [...] " .

Un passage particulièrement fameux de *Zhengmeng* est le *Ximing* (〈西銘〉) [...]. Dans ce passage, ZHANG Zai soutient que, puisque toutes les choses dans l'univers sont constituées du seul et même *qi*, les hommes et toutes les autres choses ne sont que les parties d'un grand corps.[142]

---

142 FONG Yeou-lan, *Précis d'histoire de la philosophie chinoise* [*Zhongguo zhexue xiaoshi*], trad. de l'anglais d'après le texte édité par Derk Bodde. Préface de P. Demiéville, Paris, Payot, 1952, p. 286. À part quelques ellipses, le passage est cité tel qu'il est sauf la transcription des mots en chinois que nous nous sommes permis de rendre en *pinyin*. À noter qu'au lieu de FONG Yeou-Lan, notre transcription sera FENG Youlan dans le texte en conformité avec le système *pinyin*.

Le *Qi* littéraire et vertueux

Pour les théoriciens de la littérature, c'est bien au *qi* que le ciel et la terre doivent leurs dessins (*wen* 文). Et la littérature, qui n'est qu'un dessin manifesté par la voie humaine, lui doit aussi son existence. Dans ce sens tout se résume en un seul mot, *Wen* (文) :

> En tant que figuration sensible en même temps que cohérence interne, le monde naturel existe comme *wen* (文) et, si le roi WEN (文王) a mérité de porter un tel nom, c'est qu'il a intégré en lui l'ordre du Ciel et de la Terre et a contribué à promouvoir celui-ci au sein de l'humanité en tant que «civilisation» (*wen-hua* 文化). C'est en ce sens que l'on peut comprendre la formule ancienne selon laquelle :
>
>> recourant au Ciel et à la Terre comme à la chaîne et la trame [de son caractère], c'est ce qu'on appelle l'aspect *wen* (accompli) [de sa nature individuelle].[143]

CAO Pi (曹丕 187-226) est le premier critique littéraire de l'époque de Wei-Jin (魏晉) qui ait associé le *qi* au *wen* dans son œuvre majeure, *Les Institutions* («*Dianlun* » 《典論》) : "*Wen* (l'écriture) a pour essentiel le *qi*[144]." Sa théorie de *Wenqui* (文氣) a influencé LIU Xie (劉勰 ~465-~532) qui, dans le *Wenxin diaolong* (《文心雕龍》〈神思〉), insiste sur le *qi,* facteur déterminant de la création artistique : "Le *shen* (l'esprit, sentiment ou émotion subjective) qui

---

143 F. Jullien, *op. cit.,* p. 23.

144 CAO Pi, "Sur l'écriture", *Les Institutions.* cité in ZHANG Naibin et al. (éd.), *Zhongguo gudai wenlun gaishu.* Chongqing, Chongqing chubanshe, 1988, p. 8.

habite notre poitrine est régi par le *zhi* et le *qi* ('*Shen juxiongyi er zhiqi tongqiguanjian*' '神居胸臆而志氣統其關鍵') [145]."

Dans un des traités les plus connus sur la poésie, *Classique de la poésie* («*Shipin* » 《詩品》), ZHONG Hong (鍾嶸 518) associe la poésie à un art caractérisé par le mouvement, la danse; l'une comme l'autre, croit-il, sont mandatées par le mouvement émotionnel qui à son tour est inspiré par le mouvement cosmique ('氣之動物，物之感人，故搖蕩性情，形諸舞詠。' 鍾嶸《詩品》) :

> Le souffle cosmique met en mouvement les réalités
> [du Monde
> et les réalités du Monde émeuvent l'homme :
> il en résulte une oscillation de sa nature
> [émotionnelle
> qui se manifeste extérieurement dans la danse et le
> [chant.[146]

Cette notion a été davantage développée par des critiques des Tang. LI Ao (李翱772-841), disciple de HAN Yu (韓愈 768-824), l'explique dans le passage suivant :

> Le soleil, la lune et les étoiles répartis au travers du ciel : tel est le *wen* du Ciel; montagnes et rivières, plantes et arbres disposés à la surface de la terre : tel est le *wen* de la Terre; le contenu de conscience émanant du for intérieur et la

---

[145] LIU Xie, *Wenxin Diaolong* [L'Esprit littéraire et la sculpture du dragon], Texte établi et annoté par HUANG Shulin [1ᵉ éd. 1738], Taibei, Shangwu yinshuguan, 1974, p. 19.

[146] ZHONG Hong, "*Shipin*", in HE Wenhuan (éd.), *Lidai shihua*, vol. 1, p. 21. La traduction est de F. Jullien. Cf. F. Jullien, *ibid.*, p. 63. À noter que le mot *yong* (詠) s'applique en chinois classique au chant aussi bien qu'à la poésie.

parole exprimée par l'homme : tel est le *wen* de l'Homme.[147]

Il est donc naturel que ce soit aussi le souffle qui inspire de la vie à la poésie :

«L'harmonie du souffle», avait écrit XIE He (謝赫 *circa* 500 apr. J.-C.), «c'est le mouvement de la vie». Le Souffle originel (*yuanqi* 元氣), qui circulait dans le corps du poème, donnait vie à l'écriture et le mouvement de l'écriture amplifiait à son tour le rythme du poème[148].

Ce mouvement dans la poésie inspire de multiples analogies aux phénomènes naturels. SIKONG Tu (司空圖 837-908), par exemple, propose dans son *Classique de la poésie en vingt-quatre styles* («*Ershisi shipin* »《二十四詩品》) un des ultimes critères poétiques qui consiste à «Faire surgir l'esprit [avec la grandeur de] l'empyrée et le souffle déferlant du vent [aussi majestueusement que] l'arc-en-ciel, et brassant des nuages dans l'espace de mille millions de mètres cubes qu'embrasse la Gorge de Wu ('行神如空，行氣如虹，巫峽千尋，走雲運風。') [149]».

Toujours dans ce même sens du mouvement cosmique qui se manifeste chez l'homme et, à travers lui, par la littérature, le mot vent-flux (*fengliu* 風流) s'attache à la

---

[147] Ce passage est tiré de KE Qingming & ZENG Yongyi (éd.), *Zhongguo wenxue piping ziliao huibian,* Taibei, Chengwen chubanshe, 1978, vol. 2, p. 164, cité et traduit par F. Jullien, *ibid.,* p. 33.

[148] Vandier-Nicolas, *op. cit.,* p. 45.

[149] SIKONG Tu, *Ershisi shipin,* in HE Wenhuan (éd.), *ibid.,* p. 40. Cet ouvrage est connu en général sous le nom de *Shipin* tout court. C'est sans doute par souci de ne pas le confondre avec l'ouvrage du même titre de ZHONG Hong que HE Wenhuan préfère l'intituler *Ershisi shipin*.

personne physique de l'homme aussi bien qu'au style artistique dans sa création. La calligraphie de WANG Sengqian (王僧虔~426-~485) lui a valu la haute appréciation de l'empereur Liang Wudi (梁武帝蕭衍464-549) parce que l'art de WANG Sengqian lui paraissait "manifester l'esprit-ossature avec la qualité de *fengliu* ('有一種風流氣骨') [150]". Le terme *fengliu* ici désigne, affirme XU Fuguan, la vitalité de l'homme, le *qi* (氣 souffle/énergie) qui se manifeste dans la calligraphie (ou d'autres genres artistiques). *Feng* et *liu* reflètent l'idée de fluidité, en somme de mouvement[151].

Pour les moralistes, *qi*, étant le souffle vital cosmique, inspire à l'homme la noblesse de l'âme. Le célèbre texte *Le Chant de la loyauté* («*Zhengqi ge*» 《正氣歌》) de WEN Tianxiang (文天祥1236-1283) l'affirme en ces termes : "Il y a le souffle vertueux entre le Ciel et la Terre auquel tout doit son existence sous une forme ou sous une autre. Ce souffle donne naissance en bas à des montagnes et à des rivières, en haut à des corps célestes. Il inspire enfin, chez les hommes,

---

[150] *Fengliu qigu* s'abrège aussi en *feng-gu* qui désigne l'homme dans sa vitalité physique et spirituelle ainsi que le style artistique qui en découle. Voir le passage de F. Jullien à ce sujet : "Ce qu'a réussi à effectuer LIU Xie dans un chapitre du *Wenxin diaolong* à partir des notions de vent et d'ossature (*feng-gu*) dont on sait qu'elles proviennent de la tradition de caractérisation psychologique qui a tant marqué la formation de la critique littéraire en Chine. L'aspect d'ossature évoque le caractère « solide » d'une personnalité, difficile à ébranler, tandis que le vent représente l'air limpide et transcendant qui émane de sa subjectivité. Dans le cadre de la création littéraire, ses deux notions se réfèrent également au dynamisme vital de l'écrivain [...]." F. Jullien, *op. cit.*, p. 114. Il existe plusieurs versions françaises pour le terme *fengliu* dont les plus connues : "vent et eau courante" (Vandier-Nicolas, G. Dunstheimer) et "vent-flux" (F. Jullien).

[151] XU Fuguan, *Zhongguo wenxue lunji*, 3ᵉ éd. rév. et augm, Taibei, Xuesheng shuju, 1976, pp. 310-312.

la grandeur et la noblesse de l'âme. Si grande est l'Âme qu'elle remplit tout l'univers. (*'Tiandi you zhengqi, zaran fu liuxing, xia ze wei heyue, shang ze wei rixing. Yuren yue haoran, peihu se cangming'* '天地有正氣，雜然賦流形，下則為河嶽，上則為日星。於人曰浩然，沛乎塞蒼冥。') [152]."

---

[152] *Zhongguo Lida shigexuan*, Taibei, Yuanliu chubanshe, 1982, p. 786.

LE LANGAGE POÉTIQUE CHINOIS :
LE MOUVEMENT

Qu'il s'agisse du *qi* ou du *wen*, on entre inéluctablement dans le domaine de la philosophie. Mais aussi important soit-elle pour le fondement de la littérature chinoise, nous préférerions aborder le sujet de la littérature sans trop nous y attarder. Car l'essentiel pour nous ici est d'insister sur l'idée de mouvement cosmique qu'a apporté le *qi* à la poétique.

De l'ordre des mots au mouvement

Et ce mouvement, sur le plan formel, doit avoir recours à la caractéristique spécifique de la langue chinoise, à savoir l'ordre des mots. Voici deux poèmes qui en sont une bonne illustration, l'un intitulé *Pensée d'automne* («*Qiusi* » 《秋思》) de MA Zhiyuan (馬致遠 ?-~1321) et l'autre, *Paysage en quatre saisons : Automn* («*Siji fengjing tu : qiu*» 《四季風景圖》〈天淨沙・秋〉) de BAI Pu (白樸 1226-~1312) que nous traduisons respectivement comme suit, d'abord en version littérale[153] :

I

8a. Lianes desséchées, vieil arbre, choucas au
      [crépuscule
8b. Petit pont, cours d'eau, maisons,
8c. Ancienne route, vent d'ouest, cheval efflanqué,
8d. Soleil couchant, [à] l'ouest descend, Homme
      [chagriné se trouve au bout du monde.

'枯藤老樹昏鴉、小橋流水人家、古道西風瘦馬。夕陽
西下，斷腸人在天涯。' (馬致遠《秋思》)

II

9a. Village isolé, soleil couchant, dernières rougeurs.
9b. Brume légère, vieux arbres, choucas.
9c. Une petit tache, l'ombre de l'oie sauvage en vol et
      [dessous
9d. Montagnes bleues, eau verte, herbes blanches,
      [feuilles rouges, fleurs jaunes.

'孤村落日殘霞、輕煙老樹寒鴉、一點飛鴻影下。青
山、綠水、白草、紅葉、黃花。' (白樸《四季風景
圖》〈天淨沙·秋〉)

Les français, qui sont habitués à une syntaxe bien structurée, seraient sans doute désorientés à la lecture de tels poèmes. Ils seraient même gênés intellectuellement :

---

153 Il s'agit de deux poèmes tirés du théâtre chanté des Yuan, composés dans la mélodie *Tianjing sha.* (天淨沙).

L'enfant, l'homme simple se servent de courtes phrases juxtaposées : «Je ferai mon devoir. Après, j'irai au jardin». Une phrase telle que «Avant d'aller au jardin, je ferai mon devoir», représente déjà un état intellectuel avancé.[154]

On aurait l'impression ici de se trouver devant un tas de matériaux sans signification parce qu'inorganisés. Les mots ont l'air tout simplement de s'empiler pêle-mêle en attendant de devenir quelque chose. Il faut les mettre debout, les animer, y inspirer une vie pour qu'ils soient acceptés à titre de discours. En somme, il faut les investir d'une structure syntaxique. Pour ce faire, nous sommes obligé d'agencer les divers membres de phrases et d'introduire des mots grammaticaux, des particules syntaxiques etc. afin d'évoquer leurs positions concrètes ou figurées et de définir les rapports entre les mots d'une part et entre les propositions de l'autre. Ce qui donne quelque chose comme ceci :

I

10a. Autour d'un vieil arbre couvert de lianes desséchées,
     [tournoient des choucas au crépuscule,
10b. Sous un petit pont un cours d'eau s'écoule et passe
     [devant les maisons.
10c. Sur une ancienne route, par un vent d'ouest un
     [cheval efflanqué trotte,
10d. Au soleil couchant un homme est chagriné d'être
     [au bout du monde.

II

11a. Un village isolé se niche sous les dernières
     [rougeurs du soleil couchant.

---

154 F. Brunot & C. Bruneau, *op. cit.*, p. 441.

11b. De la brume légère qui voile les vieux arbres aux
[choucas.
11c. La petite tache d'ombre d'une oie sauvage se
[déplace à travers
11d. Des montagnes bleues, une rivière verte et toute
[l'étendue jonchée d'herbe blanche, de feuillage
[rouge et de fleurs jaunes.

Une fois "traduits", ces deux poèmes paraissent plus agréables à lire. On a alors l'impression d'y percevoir un tableau organisé dont les éléments entretiennent des rapports rassurants. Mais, il faut avouer que l'essentiel de l'original n'y est plus : les différents membres des phrases sont si bien emboîtés les uns dans les autres et les rapports entre les propositions si précisément définis que la démarche dynamique conçue par leurs auteurs est complètement détruite; et la perspective initiale qui a voulu y être ouverte se trouve irrévocablement figée dans une architecture rigide.

Dans la poésie chinoise le monde est un perpétuel devenir et l'espace poétique, infiniment ouvert. Malgré notre effort pour garder scrupuleusement dans la traduction l'ordre original des mots, nous n'y sommes parvenu que superficiellement. On remarque bien que dans la traduction l'ordre n'est plus ce que l'on entend dans l'original. Il s'agit précisément d'un autre ordre qui relève de l'importance qu'accorde la syntaxe. Tenter de reproduire dans la traduction l'ordre original semble une entreprise vouée à l'échec. Car dans la langue française, comme Weil l'a constaté, l'ordre des mots est souvent une chose et celui du réel en est une autre. Or l'ordre des mots dans les poèmes originaux tient à l'ordre de l'apparition des images accompagnées, si besoin est, de leurs actions. Dans la traduction, celui-là n'a plus la même valeur, puisque c'est la structure grammaticale des phrases qui prime.

Dans la traduction du poème de MA Zhiyuan (vers 10a), on est obligé de préciser le rapport, entre les lianes desséchées et l'arbre d'une part et le rapport entre l'arbre et les choucas d'autre part; et pour la traduction du poème de BAI Pu (vers 11a), il faut préciser le rapport entre le village, le soleil couchant et les dernières rougeurs. Le verbe ayant une valeur prédominante dans la langue française, "tournoyer" forme l'axe de la phrase et met le sujet "choucas" en évidence, tandis que l'"arbre" étant le complément du verbe et introduit dans un syntagme prépositionnel, occupe la deuxième place dans la hiérarchie. Quant au substantif "lianes", introduit par le participe passé adjectivé "couvert", il ne peut que se contenter de la place la moins importante dans le vers. Pour traduire le vers 9d, il est difficile de ne pas faire passer "les rougeurs" avant "le soleil" afin d'introduire le verbe "se nicher" (vers 11d). Pour le vers 8b, il faut établir le même rapport entre le "petit pont", le "cours d'eau" et les "maisons". Les divers membres de la phrase, dans le vers 10b, sont soumis aux mêmes règles grammaticales : le "cours d'eau" l'emporte sur le "pont" et les "maisons" etc.

Or il n'en est absolument pas ainsi dans les poèmes originaux. On passe d'un mot à un autre, d'image en image un peu à la façon d'un peintre qui passe de couleur en couleur. L'appréhension se fait avec l'intervention minimale de l'intellect. Le lecteur n'a pas besoin de faire appel à la logique pour saisir l'interaction des mots. Dans l'original, c'est l'ordre physique des mots qui compte effectivement : les "lianes desséchées" s'offrent les premières au regard. On dirait qu'elles frappent l'œil par leur présence physique. Vient ensuite "le vieil arbre" et en dernier lieu, les "choucas" (vers 8a). Puisque les mêmes principes s'appliquent à tous les vers sans exception, nous n'allons pas répéter l'opération pour chaque vers. Le tableau ci-dessous indique la différence de l'ordre des mots entre les poèmes originaux et leur traduction :

	Original			Traduction		
8a	lianes	arbre	choucas	10a	3	2	1
8b	pont	cours d'eau	maisons	10b	2	3	1
8c	chemin	vent	cheval	10c	3	1	2
8d	soleil	homme	bout du monde	10c	idem		
9a	village	soleil	rougeur	11a	1	3	2
9b	brume	arbre	choucas	11b	idem.		
9c	tache	oie sauvage	ombre	11c	1	3	2
9d	montagne etc.			11d	idem		

Dans le poème original de MA Zhiyuan, l'enchaînement de l'image des lianes à celle de l'arbre se fait naturellement, puisque lianes et arbre sont intimement liés. L'entrée de l'arbre dans le champ visuel a pour effet de l'élargir et en même temps d'amorcer la démarche du mouvement. Car l'arbre change l'espace plan de deux dimensions en espace volumique. L'image de l'arbre présente une expansion par ses branches qui s'étirent en un épanchement vers le ciel, ce qui fait entamer au regard un mouvement centrifuge. Cet élan cautionne d'ailleurs la signature du souffle vital qui anime les corps célestes aussi bien que les brins d'herbes. De l'état absolument statique des lianes desséchées au dynamisme virtuel d'un arbre qui s'élève comme une fontaine verte[155], le regard s'élève vers le mouvement des choucas, mouvement qui apparaît d'autant plus intensément dynamique que la trajectoire en a été lancée depuis l'arbre. Le passage d'un état à l'autre s'opère sans nécessiter d'autres indications "verbales" de la part du poète : l'enchaînement seul des mots, c'est-à-dire des images, suffit. Les choucas dessinent-ils des feux d'artifice contre un ciel taché des dernières rougeurs du soleil couchant ou tournoient-ils autour de l'arbre ou encore, certains parmi eux, s'immobilisent-ils en se perchant sur les branches ? Toute tentative de réponse rend hypothèque le devenir, qui se veut perpétuel dans la poésie chinoise, et fait obstruction à l'espace poétique infiniment ouvert. Ici, il ne s'agit nullement de faire apparaître un tableau avec tous les détails arrêtés net[156]. À quoi bon présenter un tel tableau qui est condamné d'avance à être banal, voire faux, puisque dans la réalité le monde est en mouvement constant. Présenter un tel tableau signifie une lecture coercitive qui ne sert qu'à étouffer l'imagination, à dérober la participation au lecteur : la lecture ne sera au mieux qu'une vaine reprise de la démarche de l'écriture.

Rien que par la disposition des mots, l'accélération du mouvement atteint le point culminant, dans le poème de BAI Pu, au vers 9d. Une série de mots uniformément dissyllabiques, cadencés et dans un débit précipité, visualise le défilement rapide et régulier des objets passés sous l'ombre de l'oie sauvage.

---

[155] Un vieil arbre représente dans l'esthétique chinoise une vitalité éprouvée.

[156] Un tableau, par exemple, de Caspar David Friedrich (1774-1840), intitulé «L'arbre aux corbeaux».

Dans certains vers, la sensation que donne le mouvement peut atteindre une très haute intensité. Nous songeons, par exemple, à ceux de DU Fu (杜甫 712-770). Voici le premier quatrain d'un de ses poèmes, intitulé *Pensée intime écrite une nuit de voyage* («*Lüye shuhuai*» '*Xicao weifeng an, / Weiqiang duyezhou. / Xing chui pingye kuo, / Yue yong dajiang liu* ') dont nous donnons la traduction littérale ci-dessous[157] :

12a. Herbe fine [ondule au gré de la] brise, la rive,
12b. Mât élevé [que dresse] seul dans la nuit la barque
12c. Les étoiles descendent [si bas que] la plaine s'étend
12d. La lune jaillit [de sorte que nous voyons] le grand
　　　　　　　　　　　　　　　　　　[fleuve couler.

'細草微風岸，危檣獨夜舟。星垂平野闊，月湧大江流。' (杜甫《旅夜書懷》)

Suivant l'ordre d'apparition des images, le regard du poète au commencement du poème décrit un mouvement horizontal. Le poète voit d'abord qu'il y a de l'herbe fine et aperçoit ensuite qu'elle est ondulante. Il *voit* donc la brise. En retirant son regard, il se rend compte, par la présence de l'eau, que c'était la rive dont il s'agissait. De là, s'amorce un mouvement ascendant. Il porte son regard sur le mât qui lui donne le vertige. La sensation de vertige permet par enchaînement, au mouvement de gagner en intensité et en envergure. On dirait que le regard se met alors à osciller, tour à tour vers le ciel et vers la terre (ou le Fleuve). L'image des étoiles qui descendent au point de toucher l'horizon invite le regard du voyageur à embrasser l'immense étendue formée par la plaine. Les yeux se lèvent et aperçoivent la lune; ils se

---

157　La traduction du titre est de P. Jacob, *op. cit.*, p. 75.

baissent et voient le fleuve couler. L'ordre des images épouse rigoureusement l'ordre poétique pour répondre à un sentiment d'admiration devant la nature grandiose et éternelle qui n'est troublé que par un soupçon d'angoisse dans le terme du mât vertigineux[158]. La poétique y est essentiellement due à la disposition des images, certes. Mais il y a plus que cela. Observons de plus près du point de vue de la grammaire et de la versification.

Dans le vers 12d, la structure $S_1V_1S_2V_2$ (lune jaillit/ Fleuve coule) est évidente[159] : la lune jaillit de quelque part et le grand Fleuve coule. Les deux verbes ont chacun leur substantif respectif. Il n'y a pas d'ambiguïté. Or, pour la plupart des lecteurs, le vers 12c suscite quelque doute à ce propos. A-t-il la même structure $S_1V_1S_2V_2$? Car le mot *kuo* est pris normalement en chinois comme adjectif, adverbe ou nom[160]. *Pingye kuo* est pour cette raison compris généralement dans le sens de "la plaine est vaste". Ce qui est d'ailleurs la traduction donnée par P. Jacob que nous citerons plus loin. Dire que *kuo* est un adjectif a pour effet de soustraire l'image de la plaine à un ensemble dynamique. Car par l'adjectivation de *kuo*, la plaine perd son mouvement dynamique. *Kuo* ici est, à notre sens, un mot d'action par excellence. Nous l'avons traduit donc par le verbe : "s'étendre". Nous avons parlé plus haut d'une des particu-

---

158 À propos, le poète y glisse très discrètement la dimension de temps : le scénario commence par un temps plutôt clair puisqu'on distingue encore que l'herbe est fine et finit par les reflets de lune.

159 Dans l'optique strictement grammaticale, la meilleure solution est par conséquent de le traduire en propositions juxtaposées reliées par un conjonctif : "La lune jaillit et le Grand Fleuve coule."

160 En verbe, il veut dire "faire grâce, exempter". "Leur faire grâce de leurs redevances et de leurs charges". (*Kuoqi zufu* '闊其租賦'《前漢王莽傳》).

larités de la langue chinoise qui consiste en ceci : la fonction d'un mot dans un énoncé est déterminée par sa position par rapport aux autres mots. La règle générale, nous nous permettons de la répéter, est la suivante : le substantif est précédé d'un adjectif et suivi d'un mot d'action[161]. Tout comme le mot *liu* (couler), *kuo* suit immédiatement un substantif *pingye* (la plaine). Il occupe la place propice à l'action, comme *liu*. Il n'y a pas de raison de le considérer autrement. Sur le plan de la versification, il faut rappeler que le *duizhang* (對仗 la symétrie ou le parallélisme) est de rigueur dans la poésie classique chinoise[162]. Prenons comme exemple le premier distique du poème de DU Fu intitulé *Mon retour au printemps* («*Chungui*» '*Tai jing lin jiang zhu* / *Mao yan fu di hua* ') :

13a. *Tai jing lin jiang zhu* (Mousse / sentier / border /
                               [fleuve / bambou);
13b. *Mao yan fu di hua* (Roseau / toit / couvrir / terre /
                            [fleur).

'苔徑臨江竹，茅簷覆地花。' (杜甫 《春歸》)

On voit que les mots de positions correspondantes sont assortis : mousse / roseau ; sentier / toit ; border/couvrir; fleuve/terre et bambou/fleur. Étant donné que les vers 12c et 12d forment un distique, la symétrie y est normalement exigée. Reprenons-les mot par mot :

---

161 Cf. *supra*. chapitre I, La langue chinoise : L'ordre des mots.

162 "Le parallélisme consiste à faire correspondre à chaque mot (donc à chaque pied) d'un vers un mot en rapport symétrique de similarité grammaticale et en rapport symétrique d'opposition, de complémentarité ou d'analogie sémantique dans le vers suivant." Cf. P. Jacob, *op. cit.*, p. 12.

14a. *Xing chui ping ye kuo* (Etoile/descendre/plate/
　　　　　　　　　　　　　　　　　[plaine/s'étendre);
14b. *Yue yong da jiang liu* (Lune/jaillir/grand/fleuve/
　　　　　　　　　　　　　　　　　[couler).

On obtient des paires de mots dont les positions se
correspondent : étoiles / lune; descendre / jaillir; plate /
grand; plaine / fleuve; s'étendre / couler. Si la structure du
vers 12d est de type $S_1V_1S_2V_2$, celle du vers 12c doit l'être
aussi de préférence. *Kuo* se trouvant dans la position
correspondant au verbe "couler" (*liu*) est présupposé être un
mot d'action comme *liu*. Force est de convenir qu'entre "la
plaine est vaste" qui est une simple constatation et "la plaine
s'étend" qui est une métonymie, le mouvement du regard
que le lecteur pourrait ressentir n'est pas comparable.

Pour nous permettre de comparer la différence sur le
plan du dynamisme entre l'original et la traduction, nous
reproduisons la version française intégrale du poème dont la
série 15 correspond à celle de la série 12 citée ci-dessus[163] :

15a. Sur la rive à l'herbe fine du vent;
15b. Seule la nuit la barque au mât qui roule.
15c. La plaine est vaste aux étoiles penchant;
15d. Le Fleuve avec la lune haute coule.

16e. Mon nom dans l'art des lettres vaut-il cher?
16f. Au mandarin vieux, rendu, la retraite !
16g. Tourbillonnant, de quoi donc ai-je l'air ?
16h. Entre le ciel et la terre mouette.

On sait gré à P. Jacob d'avoir conservé la sobriété du
poème. On voit également qu'il est sensible à un certain
effet créé par l'ordre des mots de l'original. Dans le dernier

---

163 Traduction de P. Jacob, *ibid.*, pp. 75-76.

vers, cet ordre y est exactement conservé : Ciel, terre, mouette (*'Tiandi yi shaou'* ' 天地一沙鷗'). Mais, pour rendre ce poème en français et, hélas, en poésie française, le traducteur est obligé de l'agencer : définir les rapports entre les différents membres des phrases afin de les doter d'une structure grammaticale. L'ordre soigneusement mis en place par DU Fu y subit forcément des altérations.

Le vers 15a met en avant la rive suivie d'un syntagme prépositionnel qui introduit l'herbe et le vent, en qualité de déterminant. Ce qui ne manque pas de compromettre sérieusement le rôle de ces derniers. On y fait enlever *hic et nunc* tout un itinéraire. Le parcours du regard prévu en trois temps (Herbe, vent, rive) est annulé et le recul progressif du regard vers la rive d'abord puis sa relance vers le mât, escamoté.

Pour le vers 15b, l'altération subie, inévitable dans la traduction, est regrettable à double titre : en ce qui concerne l'ordre des images et au niveau de l'interprétation. L'entrée du mât dans le champ visuel crée la sensation de vertige[164]. C'est grâce à sa présence que le poète prend conscience du lieu où il se trouve et du temps qu'il fait[165]. "*Du*" (seul), "*ye*" (nuit), "*zhou*" (navire) est la conclusion tirée d'après les informations recueillies jusqu'ici par le regard : on est seul, il fait nuit et on est à bord d'un bateau[166]. À partir du mât, il

---

[164] *Weiqiang* signifie "mât très élevé". La traduction qui convient le mieux serait "mât vertigineux", compte tenu du sens *wei* dont le sens propre est "dangereux" : le vertige qui nous prend sur les hauteurs est causé par la présence du danger.

[165] La mise en place d'un temps absolu a pour effet de contraster avec l'existence éphémère de l'homme.

[166] La barque est sans doute une référence poétique. Mais tenant compte du mât très élevé, on s'interroge sur la justesse de la traduction. C'était au mois de mai en la première année du règne Yongtai (永泰元

suffit de rajuster le foyer pour voir le ciel. C'est ce que tout le monde ferait naturellement dans une telle circonstance. Le poète voit alors la nuit étoilée ! Or dans la traduction la barque est mise en évidence par le verbe "rouler" et son déterminant "Seule" qui coiffe le vers, tandis que le mât, étant réduit à former le syntagme prépositionnel, perd sa place de pivot en sorte que le vers 15b se voit coupé de son lien légitime avec le vers précédent. Cette modification de l'ordre des mots est due à l'exigence syntaxique de la langue française, ce qui est regrettable mais difficile à éviter. Au niveau de l'interprétation, nous aimerions faire une remarque sur le verbe "rouler". Il nous semble que rien ne laisse supposer dans l'original que le bateau roule, bien qu'un bateau, surtout une barque, roule à la moindre houle. Néanmoins plusieurs ouvrages sont d'avis, sans se donner la peine de fournir de preuve, que DU Fu écrit ce poème sur un bateau qui *mouille*[167]. D'autres ne donnent pas de précision à ce propos. On peut supposer que dans la Chine ancienne, les navires sur le Yangzi ne naviguent pas la nuit pour des raisons de sécurité. Le premier distique montre en tout cas le paysage sur un fond très calme sauf au quatrième vers à cause du verbe "jaillir". Le traducteur aurait été amené probablement à imaginer le roulis pour deux raisons. Il voit dans le mot *wei* (danger) l'indication d'une secousse, parce qu'un mât associé à l'idée de danger laisse entendre

---

年 ~765) que DU Fu et toute sa famille quittèrent Chengdu par bateau sur le Yangzi pour se rendre à Yun'an (雲安) dans le Sichuan. Il nous semble qu'une barque est tout de même un peu juste pour un tel voyage.

167 YIN Menglun, *DU Fu shixuan,* Taibei, Songgao shushe, 1985, p. 295 et HUANG Yongwu & ZHANG Gaoping, *Tang shi sanbaishou jianshang,* t. 1, Taibei, Liming wenhua shiye gufen youxian gongsi, 1986, p. 465.

l'agitation des eaux. Ou bien le verbe *yong* (湧 jaillir) lui donne l'idée d'un fleuve torrentiel. La note du traducteur consacrée au vers 15d dit ceci : "Le *Grand* Fleuve dans le texte ; le Yangzi, où semble couler la lune qui s'y reflète." Si le reflet de lune *jaillit* dans le Fleuve, le courant doit être assez fort. Le bateau y roule donc.

Nous voyons la chose sous un angle différent. Rien dans le texte n'indique que ce soient les reflets de lune qui jaillissent des flots[168]. On sait que le verbe *yong* ne s'applique pas nécessairement au jaillissement de l'eau[169]. Et sa combinaison avec une source lumineuse (le soleil, la lune, la lampe etc.) est très usitée. La lune peut très bien "sortir (*yong*)" de par derrière des nuages, d'un sommet de montagne ou encore d'une cime de sapin. Néanmoins nous n'écartons pas l'idée qu'il y ait des reflets dans le fleuve qui coule sous la lune : il est dans l'ordre des choses que la lune se reflète dans l'eau. Dire que la lune coule dans le Yangzi n'est pas injustifié et crée une belle image, mais il n'empêche qu'en l'affirmant on anticipe, voire surinterprète l'intention de l'auteur. En tout cas il est difficile d'en conclure que le Fleuve est fortement agité et fait rouler le bateau.

Si nous insistons sur la traduction du vers 15d, c'est parce que ce vers nous intéresse quant à la thèse que nous défendons dans cette étude. Qu'il s'agisse de l'ordre des mots ou de l'interprétation au niveau sémantique du vers, il touche le problème du mouvement, du souffle de ce poème.

---

168 Il faut reconnaître qu'un certain nombre d'ouvrages que P. Jacob aurait sans doute consultés, adhèrent à cette interprétation.

169 Ayant la racine d'eau, le sens propre du caractère *Yong* est "jaillir" en parlant d'une fontaine ou d'une source. Par extension, ce verbe s'applique à toute action qui évoque l'idée de flux plus ou moins précipité.

Les raisons principales pour lesquelles nous préférerions ne pas adhérer à l'interprétation du traducteur se situent au niveau de la poétique. Premièrement, mettre le bateau en roulis risque de détruire la grandeur que la nature déploie dans sa sérénité immense, laquelle tolérerait mal un tel dérangement. Ce premier quatrain fait partie de la poésie paysagiste chinoise (*Shanshui shi* 山水詩). Et il ne faut pas oublier qu'un de ses principes esthétiques est "vide et quiétude" (*xujing* 虛靜). Ce balancement cadencé au rythme d'un berceau se concilie plutôt mal, en fin de compte, avec la suite du poème. Dans le deuxième quatrain le poète exprime, devant la nature grandiose et éternelle, son angoisse d'homme vieillissant : la solitude, la précarité et l'inutilité de l'existence même[170]! Deuxièmement, interpréter que la lune coule dans le Fleuve a pour effet d'aplatir la fluctuation du regard, donc de l'émotion : en fixant les yeux sur les reflets de la lune, le regard est confiné au plan horizontal. Mais vu dans l'autre optique, la nôtre, le vers 12d s'inscrit dans un même mouvement vertical amorcé dès les premiers vers du poème. Seul (que ce soit le bateau ou le poète, peu importe), jeté dans l'obscurité de la nuit à partir du deuxième vers (12b), le poète découvre dès le troisième vers (12c) le ciel étoilé et voit la plaine en train de s'étendre. Surpris alors par une lumière qui inonde l'espace, il lève les yeux sur la lune pour la contempler; il baisse ensuite le regard pour admirer le fleuve qui pourrait faire étinceler la lune dans ses eaux (12d). Entre le Ciel et la Terre, cette fluctuation du regard constitue la note dominante de la musique plastique du poème. C'est en elle qu'il s'achève. Le dernier vers du deuxième quatrain donne un ton à la fois

---

170 *Pensée intime écrite une nuit de voyage* est parmi les derniers poèmes de DU Fu.

plaintif et résigné : Ciel et Terre, entre les deux, le moi insignifiant (16h).

Dans ce poème de DU Fu, après le déclenchement d'un mouvement s'accélérant, il s'ensuit dans le deuxième quatrain (série 16) une manifestation de l'émotion provoquée par le contact avec le monde extérieur catalyseur : un sentiment d'inutilité et de précarité est suscité au contact de la nature dont l'existence même est sa raison d'être. Et le dernier vers (16h) a su remettre le tout dans l'orbite élaboré dans le quatrain précédent, un retour au mouvement sans pour autant rompre le fil du sentiment qui se lit en filigrane. Ce procédé provocation-monde extérieur/réaction-émotion intérieure est la démarche essentielle de la poésie chinoise, démarche que nous discuterons dans les pages suivantes.

Nous disions que le premier quatrain faisait partie de la poésie paysagiste chinoise (*Shanshui shi* 山水詩). En effet, la visualisation est surtout évidente dans ce genre de poèmes. Un poème de LIU Zongyuan (柳宗元 773-819) constitue une excellente illustration. Nous aimerions nous y arrêter un instant avant de passer au sujet suivant. Voici *Le fleuve enneigé* («*Jiang xue* » '*Qianshan niaofeijue, wanli renzongmie, guzhou dailiweng, dujiao hanjiangxue.*') dont nous donnons ci-dessous la traduction littérale (série 17) et celle de P. Jacob (série 18) :

17a. Mille monts oiseau vol, invisible,
17b. Des milliers de sentiers, humaine trace, nulle.
17c. Barque délaissé, chapeau de feuilles de bambou,
    [imperméable en écorce de palmier, [un] vieillard,
17d. Seul [y] pêche, dans le glacial fleuve, la neige.

18a. En mille monts un vol d'oiseaux s'épart;
18b. En lieux sans nombre on perd l'humaine trace.
18c. Un bateau veuf, chapeau, cape, un vieillard

18d. Pêche seul la neige sur l'eau de glace.[171]

'千山鳥飛絕，萬徑人蹤滅。孤舟戴笠翁，獨釣寒江雪。'(柳宗元《江雪》)

Dans ce poème, le regard scrute le ciel, fait le tour des milliers de sentiers et s'achève sur un point : la ligne dans l'eau au fond de la vallée. Du ciel, le regard fait une descente spectaculaire qui est accompagnée d'un mouvement centripète : l'immense voûte céleste se rétrécit en un point de disparition, pris dans le sens propre du mot ! Le premier vers (17a) met en œuvre un mouvement circulaire, à la recherche d'un oiseau qui ne se laisse voir nulle part. Après de vains efforts, le regard décrit un mouvement de descente en spirale afin de trouver dans des milliers de sentiers la trace d'un homme. Peine perdue. La descente continue et finit par marquer un arrêt sur l'unique barque dans l'eau et on distingue un vieillard et ses habits : chapeau de feuilles de bambou (笠) et imperméable en écorce de palmier (簑). Le mouvement s'opérant maintenant sur un même plan accuse dès lors un ralentissement avant de s'achever sur la ligne, ou plutôt sur le point où la ligne entre en contact avec l'eau. Point final d'un discours. On assiste à un double mouve-

---

171 Cf., pour la traduction de la série 18, P. Jacob, *op. cit.,* p. 94. Il serait sans doute utile de reproduire ici la note sur le verbe conjugué *s'épart* : "Ce verbe qui signifie *se répandre, se distribuer* a vieilli mais traduit bien ce qu'exprime ici le chinois *jue* dont le sens premier est *rompre* (*un fil*)." Nous donnons à titre de référence la traduction de Patricia Guillermaz qui est plus fidèle à l'original : « Mille montagnes, nul vol d'oiseaux, /Dix mille sentiers, nulle trace humaine. /Dans la barque solitaire, un vieillard vêtu de palmier, coiffé de bambou, /Pêche seul sous la neige sur la froide rivière. » (P. Guillermaz, *La poésie chinoise des origines à la révolution* [1e éd. Seghers, 1957], Verviers [Belgique], Gérard et Cie.), p. 118.

ment parallèle, l'un centripète, l'autre spiral, tout deux obéissant à la loi de la dynamique : départ, accélération, ralentissement et arrêt.

S'il est vrai pour la calligraphie que "la 'force' de l'exécution se manifeste autant dans le geste d'écriture que dans la forme écrite qui en résulte[172]", il n'en est pas moins vrai que le mouvement ressenti par le poète se manifeste en terme de dynamisme dans les lignes que nous avons analysées ci-dessus.

La poésie et la peinture : *ut pictura poesis*

Qu'il s'agisse du poème de DU Fu, ou de celui de LIU Zongyuan, quand on se met à le lire, on a l'impression de vivre l'expérience visuelle de quelqu'un qui contemple un tableau, en raison du mouvement du regard.

Confondre la peinture et la poésie est effectivement un thème qui s'inscrit dans la tradition des critiques d'art chinois. "La peinture et la poésie sont souvent qualifiées de disciplines sœurs, constate QIAN Zhong-shu, et certains ont même soutenu qu'elles étaient jumelles[173]." SU Dongpo (蘇東坡1036-1101) a émis à plusieurs reprises cette opinion dans ses commentaires sur la peinture : "Les poèmes de DU Fu sont des peintures invisibles, les peintures de HAN Gan sont des poèmes sans parole (*'shaoling hanmo wuxingshi, Han'gan danqing buyushi.'* 少陵翰墨無形畫，韓幹丹青不語詩 。') [174]." "La poésie et la peinture ne connaissent que la même loi; toutes deux doivent à l'ingéniosité de l'Univers

---

172 J.F. Billeter, *op. cit.,* p. 163.
173 QIAN Zhongshu, *op. cit.,* p. 30.
174 Cité in QIAN Zhongshu, *ibid.,* p. 31.

et à la limpidité et à la rénovation de l'homme. (*'Shihua ben yilü, tiangong yu qingxin.'* 詩畫本一律，天工與清新。') [175]." Cette sorte de commentaire abonde dans la littérature de la critique d'art. GUO Xi (郭熙 1068-1077), un contemporain de SU Dongpo et peintre renommé, a émis un avis semblable :

> Ainsi que le disaient les anciens : le poème est une peinture invisible, la peinture est un poème visible. J'ai fait ma devise de cette formule souvent répétée par les sages. [176]

KONG Wuzhong (孔武仲 XIIe) dans une espèce de panégyrique en l'honneur de Su Dongpo a indirectement cité la formule de celui-ci : «Le poète compose des peintures invisibles et le peintre des poèmes visibles, tous deux visent au même but par des voies différentes[177].» Un moine peintre Hui Hong (惠洪 ?-~1128), aussi contemporain de SU Dongpo le dit en ces termes plus détournés :

> Les huit scènes de SONG Di（宋迪）sont si merveilleuses qu'on les appelle des "vers muets". Le Moine Supérieur Yan m'ayant mis en défi en me demandant si "un homme de la voie serait capable de composer des peintures sonores", j'ai écrit un poème. [178]

175　LI Fushun (éd.), *Su Shi lunshuhua shiliao.* Shanghai, Renmin meishu chubanshe, 1988, p. 78.

176　GUO Xi, *Traité des Forêts et des Sources* (*Lin Quan gaozhi*) II, «Le Sens de la peinture » (*Hua yi*), cité in QIAN Zhongshu, *op. cit.,* p. 31.

177　KONG Wuzhong, *Recueil de zongbo* («*Zongbo ji* »《宗伯集》), I, «Poème sur la Pierre Étrange, une peinture du Maître Dongpo» (*Dong Po jushi guaishi fu*), cité in QIAN Zhongshu, *ibid.*

178　Shide HONG Juefan (釋德洪覺範), *Le Chan de l'écriture selon Shimen* («*Shimen wenzi Chan*»《釋門文字禪》), cité in QIAN Zhong-

On en trouve également l'idée chez YUE Ke (岳珂 1183-1234), mandarin lettré :

> La peinture est bonne quand elle est "sonore", et le poème acquiert de la renommée s'il est "muet". Si [le poète XUE] Daozu (薛道祖) savait faire du "sonore", il n'est jamais parvenu, malgré son désir, à faire du "muet".[179]

On sait que dans la tradition occidentale, la doctrine sur la parenté qui lie la poésie et la peinture date de la Rome classique. On retrouve chez certains écrivains classiques occidentaux des formules étonnamment semblables à celles qu'on vient de citer. La formule attribuée à Simonide de Céos (~556-~467) consiste à dire que "la peinture est une poésie muette, la poésie une peinture parlante[180]". Cicéron (Marcus Tullius Cicero, ~106-~43) "donne au titre du quatrième exemple de la *«commutatio»* dans sa *Rhétorique* : *«item poema loquens pictura, pictura tacitum poema debet esse»* (de même que le poème est une peinture parlante, la peinture

---

shu, *ibid.,* pp. 31-32. À noter que Shide HONG s'appelle également Hui Hong (惠洪), alias Juefan (覺範) a pour nom patronymique PENG.

[179] YUE Ke, *Éloge de la calligraphie du Pavillon du Trésor et de la Vérité* (*«Bao Zhen Zhai fashu zan »* 《寶真齋法書讚》), I, «Le poème Le Lac de la pierre blanche de Xue Daozu » (*«Xue Daozu Baishi Tan shi ti »* 《薛道祖白石潭詩帖》), cité in QIAN Zhongshu, *ibid.*, p. 32. YUE Ke est le petit fils du célèbre général YUE Fei (岳飛 1103-1142).

[180] Formule attribuée par Plutarque à Simonide de Céos, citée in Rensselaer W. Lee, *Ut pictura poesis. Humaniste & Théorie de la Peinture. XV-XVIIIe siècles,* [1e éd. 1967, W. W. Norton and Company Inc], trad. de l'angl. [*Ut pictura poesis Humanistic Theory of Painting*] et mis à jour par Maurice Brock, Paris, Macula, 1991, p. 7.

doit être un poème silencieux)[181]. On note la comparaison faite par Horace (~65-~8) entre la poésie et la peinture : la poésie est comme la peinture (*ut pictura poesis*)[182]. Et Léonard de Vinci (1452-1519) est cité pour avoir adhéré à cette conception dans le passage suivant :

> [...] *considerando la cagione onde sia noto quel detto antico tanta esser la conformità della Poesia con la pittura, che, quai nate ad un parto, l'una pittura loquace e l'altra poesia mutola s'appellarono.* ([...] considérant le fondement de l'adage antique selon lequel la poésie a une telle conformité avec la peinture que, nées pour ainsi dire d'un même accouchement, l'une fut appelée peinture parlante et l'autre poésie, muette.)[183]

D'après Rensselaer Lee, le meilleur exposé de toute la doctrine fondée sur l'*ut pictura poesis* est un passage du poème *De arte graphica* écrit par Charles Du Fresnoy dont voici la traduction française :

> La poésie sera comme la peinture; et que la peinture soit semblable à la poésie; à l'envi, chacune des deux reflète sa sœur, elles échangent leurs tâches et leurs noms; on dit que la peinture est une poésie muette, on donne habituellement à la poésie le nom de peinture parlante; les poètes chantent ce qui est agréable à l'ouïe, les peintres s'occupent de dépeindre ce qui est beau pour la vue; et ce qui est indigne

---

[181] Cicéron, *Rhétorica ad Herennium,* IV, 28, éd. Loeb, p. 236, cité in QIAN Zhongshu, *op. cit.,* p. 34.

[182] Horace, *Art poétique,* v. 361, cité in Rensselaer W. Lee, *op. cit.,* Cf., pour le passage complet, p. 13, n15.

[183] Giovani Paolo Lomazzo, *Trattato dell'arte della pittura, scoltura e architettura,* ·Milan, 1585, VI, 66, p. 486 [éd. R. P. Ciardi, *Gian Paolo Lomazzo. Scritti sulle arti,* Florence, 1975, II, p. 420], cité in Rensselaer W. Lee, *ibid.,* p. 7.

des vers des poètes ne mérite pas non plus que les peintres y consacrent leurs efforts.[184]

Les racines de cette doctrine ont de multiples ramifications. On sait qu'elle prend sa source dans l'Antiquité. À l'origine de cette doctrine sont non seulement des passages plus ou moins explicites tirés de la *Poétique* d'Aristote et des vers d'Horace, mais aussi la théorie aristotélicienne selon laquelle la poésie est une imitation de la nature, enfin de la nature humaine telle qu'elle devrait être. C'est surtout au milieu du XVIe siècle que cette conception se répand. Ludovico Dolce va jusqu'à déclarer dans son ouvrage publié en 1557 que les poètes, que tous les écrivains même, sont des peintres et que la poésie, voire tout ce qu'un homme cultivé puisse écrire est peinture («*qualunque componimento de'dotti*»[185]). La déclaration de Ludovico Dolce est suivie de près par Giovanni Paolo Lomazzo qui le soutient en avançant une proposition complémentaire, considéré d'ailleurs généralement comme exagérée. Il prétend que nul peintre n'est digne de ce nom s'il n'a à quelque degré, l'esprit poétique[186].

Mais quelles sont les causes de cette exacerbation ? Disons qu'une des réponses à cette question pourrait se ramener à peu près à ceci, quitte à être simpliste : il y avait une volonté de revalorisation de la peinture, art artisanal à l'époque. Faute d'un statut convenable, on chercha à l'attacher à la poésie qui était un art dont la noblesse était établie

---

[184] *Ibid.,* n5, p. 8.

[185] Ludovico Dolce, *Dialogo della pittura intiolato l'Arétino.* Venise, 1557, p. 9, cité in Rensselaer W. Lee, *ibid.*, p. 8.

[186] Lomazzo, *op. cit.,* VI, 2, p. 282, cité in Rensselaer W. Lee, *ibid.*, p. 10.

depuis l'Antiquité. Et à défaut de théorie propre à la peinture, les critiques se livrèrent à une opération d'appropriation : on remplaça le terme de "poésie" par celui de "peinture[187]".

Il s'ensuit presqu'un siècle d'extravagance, d'hésitations et de confusion avant que les critiques d'art se défassent de cette conception. Les principales raisons de ce changement dans la critique d'art occidentale proviennent de l'affirmation d'un réalisme qui entend puiser ses thèmes directement dans la nature au lieu de les chercher comme la poésie dans la mythologie, la Bible ou les épopées classiques et des théories du génie et du sublime qui autorisent les excès de l'expression individuelle. C'est enfin les travaux du philosophe Gotthold Ephraïm Lessing qui ont porté le coup de grâce à l'ancienne vision de l'art. Ses recherches aboutirent à un ouvrage devenu un jalon dans l'histoire de la critique d'art, *Laokoon*[188]. Lessing rompt avec cette doctrine du classicisme en délimitant les frontières entre la poésie et la peinture. La peinture acquit dès lors son autonomie complète en tant qu'art libéral.

---

[187] "Comme une large part de l'art de l'époque, cette théorie a ses racines dans l'Antiquité, en particulier chez Aristote et chez Horace. Dans des textes célèbres, ceux-ci avaient établi des comparaisons entre peinture et poésie. Ces textes suggèrent aux critiques de la peinture, qui ne trouvaient chez les Anciens aucune véritable théorie de cet art, de reprendre en bloc la théorie antique de la littérature et de l'appliquer à un art pour lequel elle n'avait pas été initialement connue. Les résultats de cette appropriation et les diverses inflexions qui affectèrent cette doctrine à l'époque de la Renaissance, pendant le maniérisme ou à l'âge baroque, constituent un commentaire intéressant sur les progrès des arts. Les critiques ont parfois fait fausse route en plaquant de force une esthétique littéraire sur l'art de la peinture, mais, dans l'ensemble, ils ont eu plus souvent raison que tort." Rensselaer W. Lee, *ibid.*, p. 5.

[188] Gotthold Ephraïm Lessing, *Laocoon*, *op. cit.*

Cette conception théorique et la révision de Lessing sur la parenté poésie/peinture en occident a donc son origine propre qu'il convient de ne pas confondre avec les affirmations dans ce sens émises par les critiques chinois classiques. Le revirement théorique de l'un ne signifie pas nécessairement la mise en cause de l'autre. La comparaison poésie/peinture a une signification différente dans le contexte particulier du monde chinois.

QIAN Zhongshu a consacré un chapitre de son livre *Cinq essais de poétique* à expliquer ce phénomène d'un point de vue philosophique. "La peinture et la poésie classiques chinoises, dit-il, relèvent l'une comme l'autre, de «l'École du Sud» qui s'est définie par la religion *Chan* (禪) du Sud[189]." Le passage suivant en est une bonne synthèse :

> A la même époque, les historiens de la peinture constataient l'existence des deux styles dits : *mi* (密) et *shu* (疏), le premier faisant apparaître graduellement le détail des objets, le second procédant par évocation soudaine de l'image totale. Le succès de la prédication du maître de *Dhyâna*, Huineng (惠能 †713), dans le sud de la Chine, avait assuré, au VIIIᵉ siècle, le triomphe des méthodes subitistes, et la faveur croissante du lavis avait, à la même époque, emporté l'adhésion des peintres-lettrés. Il restait à jeter un lien entre les deux phénomènes, et à les présenter comme deux manifestations équivalentes d'une même tendance spirituelle. C'est ce qui fut proposé par l'écrivain de l'art MO Shilong (莫是龍), dans les termes suivants : «Dans l'école du *Chan* il y a deux lignages qui, à l'époque Tang, ont commencé à se distinguer. En peinture, [il y a

---

[189] QIAN Zhongshu, *op. cit.,* p. 37. *Chan, Dhyâna* en sanscrit et *zen* en lecture japonaise du caractère chinois.

eu] deux lignées, [celle] du Sud et [celle] du Nord qui, elles aussi, se sont séparées à l'époque de Tang [...].[190]

Le plus ancien document qui assimile explicitement la poésie à la peinture semble dater d'une époque ultérieure des Tang. Et ce n'est qu'à partir des Tang que le rapport entre la poésie et la peinture s'est établi en vertu de la religion *Chan*. Cependant, des poèmes antérieurs aux Tang révèlent déjà une qualité picturale. La *Chanson du vent d'automne* («*Qiufeng ci*» '*Qiufeng qixi baiyunfei, caomuhuangluoxi yannangui.*') de l'Empereur Wu des Han (漢武帝 140-88) dont nous citons les premiers deux vers) en traduction littérale (série 19) et celle de Patricia Guillermaz (série 20) :

19a. Vent d'automne se lève, blancs nuages volent
19b. Herbe et bois jaunissent, [les feuilles] tombent, oies
[sauvages sud retournent.

20a. Le vent d'automne se lève, les nuages blancs
[volent.
20b. L'herbe jaunit, les feuilles tombent, les ois sauvages
[retournent vers le sud.

'秋風起兮白雲飛，草木黃落兮雁南歸。' (漢武帝
《秋風辭》)

On y ressent le même mécanisme de mouvement créé par la simple disposition de l'ordre des mots. Cela n'est nullement étonnant, cette caractéristique du langage poéti-

---

190 Vandier-Nicolas, *op. cit.*, p. 238. Sa traduction est reproduite telle quelle sauf la transcription des mots chinois. Pour faciliter la lecture, nous y avons ajouté les caractères chinois correspondants. À noter que le Sud et le Nord ne sont pas ici des termes strictement géographiques : tous les membres de l'école du Sud ne sont pas sudistes et vice versa.

que chinois ayant subi fort peu de modification. De tels exemples sont nombreux. En particulier, dans les poèmes anciens («*Gushi shijiu shou* »《古詩十九首》), écrits vers la fin des Han orientaux (東漢 25-220), c'est-à-dire bien avant l'affirmation du *Chan* qui servait de nourriture spirituelle commune à la peinture et à la poésie et où la séparation des deux lignages n'avait pas encore eu lieu. Le poème intitulé *Vertes sont les herbes du bord du fleuve* («*Qingqing hepan cao* » 〈青青河畔草〉), par exemple, illustre bien cette caractéristique du langage poétique chinois. Il est vrai que l'affinité entre la peinture et la poésie qui cherchaient l'une et autre à s'exprimer à travers le paysage sont particulièrement frappante et que l'une et l'autre se sont axées sur le *Chan* à partir d'une certaine époque de sorte que leur influence réciproque apparaît manifeste. Ce qui n'a pas manqué de sensibiliser des critiques sur ce rapport poético-pictural particulièrement intime. Nous disons que l'ordre des mots y a joué un rôle aussi important. Seulement, son évidence-même l'a fait passer paradoxalement au second plan.

LA SUGGESTION

L'esthétique de la poésie chinoise, disons-nous, est fondée sur la valeur suggestive. En effet, la valeur suggestive est un choix fondamental qui fait partie de l'esprit chinois. La calligraphie, la peinture, la littérature, toutes ces formes d'expression artistiques et même la philosophie chinoise s'appuient, à différent degré, sur cette valeur. Reconnaissant le manque d'articulation dans les écrits philosophiques chinois, FENG Youlan affirme qu'ils se rattrapent par leur caractère suggestif :

> Aphorismes, allusions et exemples ne sont donc pas assez articulés. L'insuffisance d'articulation est cependant compensée par leur caractère suggestif. Or, plus une expression est articulée, moins elle est suggestive.[191]

Et cette valeur s'étend, toujours selon FENG Youlan, à tous les domaines dont celui de la littérature :

---

[191] FONG Yeou-Lan, *op. cit.,* p. 33. Cf., pour la transcription du nom, *supra* note 142.

De même qu'une expression est d'autant moins poétique qu'elle est plus prosaïque et les écrits des philosophes chinois sont si inarticulés que leur puissance de suggestion est sans limites.

L'idéal de l'art chinois, qu'il s'agisse de poésie, de peinture ou de tout autre art, est d'être suggestif et non d'être articulé. Le poète veut souvent communiquer, non ce qu'il exprime directement dans le poème, mais ce qu'il n'y dit pas. Selon la tradition littéraire chinoise, dans une bon poème, «le nombre des mots est limité, mais les idées suggérées sont innombrables».[191]

Xing, le Credo pour la poésie classique

En effet, la poésie se définit dès l'antiquité en terme de valeur suggestive résumée en un mot, *xing* (興)[193]. *Les Institutions des Zhou* («*Zhouli* »《周禮》) semblent être le document le plus ancien qui ait mentionné *xing*[194]. C'est dans le chapitre intitulé "Présidents du Tribunal des Rites"

---

[192] *Ibid.*

[193] Le sens propre de *xing* est "se mettre debout, se lever" et en sens figuré, "exciter/être excité, émouvoir/être ému" que F. Jullien traduit par "incitation" dans un contexte précis. Cf. F. Jullien, *op. cit.,* p. 67. Selon *Maozhuan* (cf. *infra* note 197), la notion de *xing* sert de marque de motif qui indique, dans les *Poèmes anciens*, le sens du poèmes. GU Jiegang prétend que *xing* dans les *Poèmes anciens* n'a d'autre fonction que de donner la rime pour permettre d'entamer indirectement le thème d'un poème. (Cf. XU Fuguan, *op. cit.*, pp. 94-95.) ZHAO Peilin essaie de prouver que la croyance primitive de la Chine antique est à l'origine des images qui servent de *xing* au début des *Poèmes anciens* tels que les oiseaux, les poissons, les arbres et les animaux légendaires. Cf. ZHAO Peilin, *Xing de qiyuan — lishi jidian yu shige yishu.*

[194] L'authenticité de cet ouvrage a été mise en doute. Une des hypothèses a été de le considérer comme un faux de la main de LIU Xin (劉歆 ? -23) vers la fin des Han Occidentaux. Mais des recherches récentes le datent pour la période de Royaumes combattants (475-221).

(«*Chunguan* ›〈春官〉) qu'on rencontre les "six sens de la poésie, à savoir *feng* (風), *ya* (雅), *song* (頌), *fu* (賦), *bi* (比) et *xing* (興)". Les exégèses de ce passage ont été nombreuses et peu concluantes jusqu'à l'époque de Tang. On admet depuis généralement l'acception de KONG Yinda (孔穎達 574-648) qui classe *feng, ya, song* comme trois styles de la poésie et *fu, bi, xing,* trois procédés poétiques : expression directe, comparaison et incitation. LIU Xie définit au chapitre "*Bi-Xing*" (〈比興〉) en une phrase : "*Xing* désigne le fait de susciter [la subjectivité] ('*Xingzhe qiye*' '興者起也')[195]."

L'acte à la suite de l'émotion suscitée par des objets

Sans avoir mentionné expressément le mot *xing,* la tradition chinoise de la critique littéraire a été assez claire sur ce point dès l'antiquité. La création littéraire trouve sa définition dans le chapitre "Traité sur la musique" dans les *Usages et Cérémonies* («*Liji : Yueji* »《禮記》〈樂記〉) comme "l'acte à la suite de l'émotion suscitée par des objets ('*Gan yu wu er houdong*' '感於物而後動')[196]". Mais que désigne *wu* (objet) ? Il en existe deux interprétations qui sont les plus représentatives : "l'Ordre du monde" selon le "Traité sur la musique " et "La Grande Préface (*‹Shi Daxu›* 〈詩大序〉)[197]"; "l'ordre de la nature" d'après *Huainanzi* (

---

195 La traduction est de F. Jullien, *op. cit.,* p. 69.

196 *Liji*, textes anciens sur les usages et les cérémonies existant avant les Qin, compilés par DAI Sheng (戴聖) vers la fin des Han occidentaux.

197 («*Shijing* »《詩經》) regroupées et éditées par Maogong (Maoheng 毛亨) sont appelées traditionnellement *Maoshi* dont chaque poème est précédé d'une petite préface. La "Grande préface" désigne

《淮南子》) de LIU An (劉安179-122)[198]. Dans le chapitre "L'harmonisation des mœurs" (‹*Qisu xun*›〈齊俗訓〉) de ce dernier, on lit la phrase suivante relative à la création littéraire : "Joie, colère, tristesse, contentement, sont l'expression des sentiments suscités par la nature[199]." Cette acception prime surtout après les Han alors que la conception selon laquelle la poésie exprime le sentiment d'ordre du monde (*'Shi yan zhi'* '詩言志') commence à céder la place au lyrisme montant[200]. Elle a connu un long enrichissement au cours de l'histoire avant de se résumer dans cette phrase de LIU Xie : "L'homme est nativement doué de sept sortes de sentiments et ceux-ci sont suscités en réponse à l'incitation produite par le Monde extérieur : suscité par le Monde extérieur l'homme chante ce qu'il éprouve dans son for intérieur : rien en tout cela qui ne soit de l'ordre de la nature ('人稟七情，應物斯感，感物吟志，莫非自然。' «*Wenxin dialong* »《文心雕龍》〈明詩第六〉) " où l'ordre de la nature finit par l'emporter largement[201].

---

le texte qui suit immédiatement la petite préface consacrée au premier poème *Guanju* (〈關雎〉). Ce texte qui, au lieu de viser un des poèmes en particulier, se propose de donner une vision globale sur la poésie est extrêmement important dans l'histoire de la critique littéraire chinoise.

[198] Recueil d'écrits de différents philosophes sous ce titre en l'honneur d'un des principaux auteurs, le Prince LIU An qui a hérité de son père le titre de noblesse *Huainan Wang*.

[199] Cité in ZHANG Naibin et al. (éd.), *Zhongguo gudai wenlun gaishu*, Chongqing, Chongqing chubanshe, 1988, p. 26.

[200] Le "monde" par opposition à la "nature."

[201] Cf., pour la traduction, F. Jullien, *op. cit.*, p. 64. Nous nous permettons d'apporter une légère modification à la fin de la phrase : "ne soit de l'ordre de la nature" au lieu de "ne soit naturel".

Pour marquer la différence entre la simple émotion et l'émotion créative, LIU Xie emploie dès le chapitre d'ouverture de *Wenxin diaolong* le terme *shen* (神) dont le sens propre est esprits célestes ou divinité. Il approfondit l'idée de confusion reliant l'objectivité à la subjectivité en disant qu'il s'agit d'une concordance parfaite entre le *shen* et le *wu* (物 phénomène objectif) à tel point que les frontières entre eux disparaissent dans l'intensité de la création et que l'homme est habité par le *shen* ('*shen yu wu you*', '*shen ju xiongyi*' '神與物遊' '神居胸臆' 〈神思第十六〉).

La conception d'un texte est donc un processus d'inter-pénétration entre l'esprit subjectif et les choses objec-tives[202].

"Sentiments suscités en réponse à l'incitation produite par le Monde extérieur" ('*yingwu sigan*' '應物斯感') est devenu un des aphorismes les plus cités dans la critique littéraire. De là se dégage un lien entre la subjectivité (l'émotion, *qing* 景) et l'objectivité (le monde extérieur, *jing* 景). Dans un autre chapitre, *Objet-couleur* (‹*Wu-Se*› 〈物色〉)[203], LIU Xie met en évidence la corrélation entre le monde extérieur et la conscience de l'homme, car la configuration du monde changeant avec les saisons et le paysage, le sentiment de l'homme change en conséquence ('歲有其物，物有其容；情以物遷，辭以情發。'):

> Telles sont les réalités physiques qui interviennent au cours de l'année et chacune d'elles a son aspect particulier : les dispositions de la conscience sont en mutation de par le

---

202 LIU Xie, *op. cit.*, pp. 18-19.

203 Cf. la traduction du terme Wu-Se (*Wuse*) de F. Jullien, "Du monde extérieur comme manifestation", *op. cit.*, p. 69.

fait des réalités extérieures et l'expression littéraire se déploie de par le fait des dispositions de la conscience.[204]

LIU Xie poursuit l'idée en disant que *"qing* change en fonction de *wu* (*'Qing yi wu qian'* '情以物遷') ” et qu' "il fluctue avec le *wu* (*'Suiwu yi wanzhuan* ' '隨物以宛轉') ”, mais en même temps le *wu* est à même d'exprimer le *qing*, car "la manifestation de *wu* qui a des limites est capable d'exprimer une surabondance d'émotion" (*'Wuse jin er qing youyu'* '物色盡而情有餘'). L'idée est reprise et rendue plus explicite un siècle plus tard par un important philosophe néo-confucéen et théoricien de la poésie WANG Fuzhi (王夫之), dans *Jiangzhai shihua* (《薑齋詩話》). C'est la doctrine connue généralement sous le terme "confusion" (*'Qingjing jiaorong'* '情景交融', *'yuxiang rongjia'* '與相融浹' chez WANG Fuzhi) :

> *Qing* et *jing* sont deux termes en apparence mais ne font en réalité qu'une chose indissociable. Les poètes habiles font apparaître le *jing* fondu dans le *qing* ou le *qing* dans le *jing*; ceux qui maîtrisent l'art poétique savent les fusionner si merveilleusement qu'on ne décèle aucune trace de soudure entre eux.[205]

WANG Fuzhi confond jusqu'à la source de ces deux éléments en disant ceci :

---

[204] Cf., pour la traduction, F. Jullien, *ibid.*, p. 65.

[205] Cité in XIA Chuancai, *Zhongguo gudai wenxue lilun mingpian jinyi,* Tianjin, Nankai daxue chubanshe, 1987, t. 2, p. 346.

[...] *jing* engendre *qing* et *qing* engendre *jing*, [...] mutuellement, l'un conserve la source chez l'autre ('而景生情，
情生景，[...]互藏其宅。').[206]

Il existe donc entre *jing* et *qing* non seulement une corrélation mais aussi une interaction : *jing* et *qing* s'engendrent,
s'évoquent, s'enchaînent, s'interpénètrent et l'un ne peut
exister sans l'autre[207].

La dialectique de l'incitation et de la réponse

Il est entendu donc que ce n'est pas l'homme qui cherche
à s'exprimer en poésie, l'acte étant provoqué et, en quelque
sorte, forcé par l'incitation du monde extérieur. HAN Yu
l'exprime dans un texte célèbre *À MENG Dongye en partance*
(«*Song MENG Dongye xu* » 《送孟東野序》) en ces termes :

Le bruit ne se produit en principe que quand a lieu un
heurt : l'herbe ni l'arbre ne font de bruit sans les secousses
du vent; l'eau est silencieuse sans le vent qui l'agite; [...] il

---

[206] Cité in YANG Songnian, *WANG Fuzhi Shilun yanjiu* (coll.
Wenshizhe jicheng), Taibei, Wenshizhe chubanshe, 1986, p. 33.

[207] Dans le système philosophique de WANG Fuzhi *qing* signifie
"la mutation onto-cosmologique" ('*Qing zhe yinyang zhi ji ye* ' '情者陰陽
之幾也' 《詩廣傳》卷一). Mais *qing* signifie, en matière de
littérature, l'ensemble du mécanisme par lequel l'émotion réagit au
contact avec *jing* (YANG Songnian, *ibid.*, pp. 26-33.); tandis que par *jing*
il n'entend pas exclusivement le paysage qu'offre la nature à la
conscience de l'homme, mais tout élément extérieur susceptible
d'inciter l'émotion de l'homme. (XIA Chuancai, *op. cit.*, t. 2, p. 346).
Cf., pour un développement plus explicite de *qing*, F. Jullien, *op. cit.*, p.
79 : "la modification initiale qui survient incessamment au sein du
couple dynamique *yin-yang* qui fait évoluer et mouvoir la totalité du
Monde".

est de même pour l'homme qui prend la parole : il
s'exprime malgré lui [...] .[208]

L'advenue de l'écriture (*wen* 文) est pour SU Xun (蘇洵
1009-1066) un phénomène naturel, à l'instar de la formation
des rides (*wen* 文) à la surface de l'eau quand un vent passe.
De la rencontre des deux éléments, le vent et l'eau, que
naissent les rides. "Ces deux éléments, dit-il, ne sont à
même de produire ce *wen*, mais ne peuvent ne pas le
produire. (*'feineng weiwen, er buneng buweiwen ye.'* 非能為文，
而不能不為文也。')[209]."

Dans *Les livres à brûler* («*Fenshu*» 《焚書》〈雜說〉), LI
Zhi (李贄 1527-1602) affirme aussi que ce n'est pas les
écrivains qui désirent écrire, mais "l'emmagasinage des
sentiments qui s'accumulent si longtemps et à tel point de
saturation chez eux qu'ils ne peuvent plus les retenir (*'Xuji
jijiu shi buneng e.'* 蓄極積久，勢不能遏。') [210]". Alors,
"on délire et on crie, on sanglote et on pleure à chaudes
larmes sans pouvoir s'arrêter (*'Fakuang dajiao, liuti tongku,
buneng zizhi.'* 發狂大叫，流涕痛哭，不能自止。') [211]".

On en dégage une dialectique de l'incitation du monde
extérieur et de la réponse du for intérieur de l'homme.
D'une part, il s'agit d'un phénomène naturel : deux éléments
intrinsèques de la nature produisent le *wen* en se rencontrant.
Ce phénomène est d'ordre symbiotique dans le sens
étymologique du mot, car ils s'engendrent et l'un ne saurait
se manifester sans l'autre. D'autre part, pour que le *wen* se

---

[208] *Zhongguo lidai wenlun xuan*, Taibei, Muduo chubanshe, 1981, t. 1,
p. 443.

[209] *Ibid.*, t. 2, p. 46.

[210] Cité in ZHANG Naibin et al. (éd.), *op. cit.,* p. 29.

[211] *Ibid.*

manifeste, il faut que l'incitation soit assez puissante et dure suffisamment longtemps afin de permettre à la conscience de l'homme de réagir. Dans cette optique, il est normal de penser que plus l'incitation est puissante, plus la réponse est forte; et plus soutenue est la résistance de la conscience à l'incitation, plus intense est l'incitation qui aboutit, si bien que la vibration de l'émotion est proportionnelle à l'intensité de l'incitation quand, le point critique est atteint, l'homme laisse échapper la réponse qui se projette malgré lui. Ainsi dit-on par analogie que l'herbe fine s'affole à la moindre brise, tandis que la forêt de pins ne murmure qu'au vent violent : on entend de très loin le mugissement des pins, mais on s'aperçoit à peine, même de près, de l'affolement de l'herbe. "L'herbe s'incline au gré du vent (*Fengchui caodong* 風吹草動)" est une expression méprisante à l'égard de ceux qui s'affolent.

Dans la création, la conscience de l'homme doit non seulement être mise en disponibilité vis à vis de l'incitation du monde extérieur mais, plus encore, si l'on cherche à lui attribuer une incitation à intensité créative maximale, elle exige une mise "en vacuité", voire une abstraction du soi. WANG Shizhen (王士禛1634-1711) a dit notamment dans les *Réflexions sur la poésie au Pavillon aux canons* («*Daijingtang shihua*» 《帶經堂詩話》) :

> [quelque chose] vient et nous y répondons sans que jamais cela dépende de nous; il faut attendre que cela arrive de lui-même, sans qu'intervienne aucun effort de notre part. WANG Shiyuan (王士源) dit ceci dans sa *Préface* aux poèmes de MENG Haoran «quand on compose il convient

d'attendre qu'une incitation se produise pour se mettre à l'œuvre ('每有製作，佇興而就。'). »[212]

L'apport taoïste et bouddhiste

On constate que d'une part l'évolution de la pensée esthétique correspond effectivement à cette dialectique et, d'autre part, les influences taoïste et du *chan* bouddhiste (禪) y ont posé leur marque déterminante. Bien que la conception d'une ""«incapacité à ne pas écrire» de même que le dépassement de toute intentionalité, rappelle la tradition des grands textes taoïstes"[213], le monde artistique était, jusqu'au milieu des Tang, sous la domination d'un courant que l'on appellera plus tard, de manière lâche, l'École du Nord et sa peinture sera connue comme le style serré (*mi* 密)[214]. Le type de peinture le plus représentatif de ce courant est la peinture paysagiste Or-Vert (*Jin-bi shanshui* 金碧山水) qui se caractérise par le "plein (*shi* 實)" du tableau et par l'utilisation des couleurs criardes consistant principalement en paillettes d'or et en pigments extrait de l'azurite et de la

---

[212] Cité in F. Jullien, *op. cit.*, p. 83. F. Jullien l'explicite comme ceci : "C'est donc de la *disponibilité* de la conscience que procédera la fécondité de l'occasion rencontrée. Dans la tradition de l'abstinence subjective des taoïstes (thème du *xinzhai* 心齋 chez Zhuangzi) l'avènement d'une conscience esthétique ne peut apparaître que lorsque l'individu accède à la libération de son moi volitif (thème de *wuji* 無己) et appréhende le Monde à travers le vide (*xu* 虛) de ses dispositions subjectives." *ibid.* À noter que d'autres sources attribuent cette citation au *Yuyang shihua* (《漁洋詩話》).

[213] F. Jullien, *op. cit.*, p. 82.

[214] Cf. *supra* Chapitre II, LANGAGE POÉTIQUE CHINOIS : La poésie et la peinture : *ut pictura poesis*.

malachite. Né pendant les Six Dynasties, ce style appelé également style détaillé (*fan* 繁) atteignit son apogée au début des Tang[215].

Du côté de la littérature, la prose dite symétrique (*pian-tiwen* 駢體文) connue pour son style très recherché, orné au point d'être surchargé marque le début des Tang. De même que le style détaillé prédomine dans la peinture, la somptuosité est de rigueur dans les sphères de la littérature. Le *pianti* dont la genèse remonte aux Han consolidera sa position sous les Wei-Jin. Il dominera les Six Dynasties et se perpétuera jusqu'aux Song du Nord. Cette prose symétrique qui s'appuie fortement sur la symétrie (*pai'ou* 排偶), les figures de style (*cizao* 辭藻), les règles de la musique (*yinlü* 音律) et les allusions littéraires et historiques (*diangu* 典故) deviendra, à force d'excès, emphatique au début des Song[216].

À ce style jugé maniériste et décadent, HAN Yu, LIU Zongyuan et d'autres lettrés soucieux de le rénover opposent un mouvement de retour aux valeurs anciennes de la littérature (*Guwen yundong* 古文運動). Ils préconisent un style qui garde la vigueur et la sobriété de l'écriture ancienne tout en étant plus proche de la langue parlée. Le mouvement est accompagné d'une visée morale : revalorisation de la notion de la littérature en tant que "véhicule de *Dao* (*wen yi zai dao* 文以載道) ". L'homme moral a été identifié à son art. HAN Yu dans la *Réponse à LI Yi* («*Da LI Yi shu* » 《答李翊書》) dit notamment ceci :

> Une racine robuste produit de bons fruits, la riche graisse brille à l'apparence, un homme qui a de la bienveillance et

---

215 "Criardes" par opposition au lavis de Chine qu'aura choisi l'École du Sud.

216 *Zhongguo lidai wenlun xuan, op. cit.,* t. 2, p. 14.

de la justice se reconnaît à ses paroles bien agréables (*'Gen
zhi maozhe qishisui, gao zhi wozhe qiguangye, renyi zhiren, qiyan
airuye.'* '根之茂者其實遂，膏之沃者其光曄，仁義之
人，其言藹如也。').[217]

Le mouvement de renouveau littéraire lancé par HAN
Yu et LIU Zongyuan est impuissant à prendre le pas sur ce
courant qui se perpétuera d'ailleurs, jusqu'aux Song[218]. Il
faut attendre le soulèvement d'un MEI Yaochen (梅堯臣
1002-1060) et d'un OUYANG Xiu (歐陽修 1007-1072)
pour tourner définitivement la page.

Parallèlement à cette évolution dans la peinture aussi bien
que dans la poésie, un autre courant réactionnaire, peu
répandu au début, finit par triompher. Son influence sur l'art
et la poésie atteindra un tel degré qu'il en deviendra l'unique
représentant. C'est le courant qu'on appellera, à tort ou à
raison, l'École du Sud (*nanzong* 南宗) :

> [...] la poésie et la peinture classiques chinoises relèvent
> toutes deux de «l'École du Sud» (*Nanzong*), tout comme les
> historiens de l'art occidental disent que le théâtre de
> Shakespeare et la peinture de Rubens ou de Rembrandt
> sont «baroques».[219]

Puisant aux sources de la tradition taoïste et s'inspirant
de la doctrine du *chan* (禪) de la lignée du Sud, un certain
nombre d'artistes, peintres et poètes, définissent leur art par
opposition à l'Ecole du Nord, courant dominant de

---

[217] *Ibid.*, t. 1, p. 431.

[218] On en trouve encore la trace dans des ouvrages sans intérêt à
l'époque des Qing.

[219] QIAN Zhongshu, *op. cit.,* p. 37. Cf., pour les mots entre
guillemets, note de l'auteur à la même page.

l'époque, tout en prenant leurs distances à l'égard des rénovateurs qui défendaient les vertus confucéennes[220] : l'art n'a pas pour but de "véhiculer le *Dao* ", en tout cas pas le *Dao* que les moralistes entendent. Tout s'opère pour eux autour d'un axe : "nature/spontanéité (*ziran* 自然)" qui leur paraît le véritable *Dao*. Par opposition à la peinture "pleine et détaillée (*shi-mi* 實密)", ils se mettent à la recherche d'un art qui se fait révéler par "le vide et l'abrégé (*xu-shu* 虛疏) ". Cette recherche n'a pas été vaine. Dans son *Classique de la poésie en vingt-quatre styles*, SIKONG Tu, la plus importante figure de la critique littéraire pendant le dernier tiers de la dynastie Tang, montre sa préférence pour le style dit "vide et limpide (*chongdan* 沖淡) [221]". Il attache beaucoup de valeur à une poésie qui sait "rester insipide et silencieuse (*suchu yimo* 素處以默)" et dont les "images s'esquivent à peine esquissées ('*tuoyou xingsi, woshou yiwei*' 脫有形似，握手已違。') [222]". Pour l'atteindre, il faut que le poète se laisse guider par l'émotion naturelle et il tombera, sans l'avoir cherché, sur le merveilleux ('*qingxing suozhi, miao bu zixun*' '情性所致，妙不自尋。')[223]. C'est pour cette raisons que la poésie paysagiste d'un WANG Wei (王維

---

220 C'était aussi la ligne défendue par le pouvoir politique qui cherchait à canaliser les sensibilités artistiques sous la coupe du confucianisme, car les valeurs confucéennes avait connu un déclin alarmant depuis les Wei-Jin. Cf. QI Xubang, *Daojia sixiang yu zhongguo gudai wenxue lilun*, Beijing, Beijing shifan xueyuan chubanshe, 1988, p. 118.

221 XIA Chuancai, t. 1. *op. cit.*, p. 363.

222 SIKONG TU, *Ershisi shipin*, cité in XIA Chuancai, t. 1. *op. cit.*, p. 341.

223 *Ibid.*, p. 363.

701-761) et d'un WEI Yingwu (韋應物 VIIIᵉ siècle) est si appréciée de lui[224].

Cette idée d'abrégé (*shu* 疏) ou de simplicité (*jian* 簡) a été examinée par de célèbres critiques d'art occidentaux. Bien qu'ils l'aient placée dans une lumière différente, ils sont parvenus à des conclusions à peu près comparables. Leur point de départ est la beauté des œuvres d'art inachevées. Vasari avança comme exemple l'œuvre bien achevée de Luca et la compara avec celle peu soignée de Donatello :

> Il lui avait laissé, déclare Vasari, un aspect fruste et inachevé, de sorte que vue à peu de distance elle paraissait bien inférieure à celle de Luca, mais bien que Luca ait très diligemment et finement achevé son œuvre, à distance le regard ne pouvait pas aussi bien percevoir ce raffinement minutieux que dans les formes de Donatello qui ne sont souvent guère plus qu'ébauche.
>
> [...] l'expérience prouve que tout ce qui se trouve placé assez loin de nous, que ce soit peinture, sculpture, ou formes quelconques, a plus de force quand il s'agit d'une belle ébauche(*una bella bozza*) que lorsque tout y est pleinement achevé.
>
> [...] il en est souvent de même pour ces esquisses qui, jaillies soudain dans la fureur de l'inspiration, expriment l'idée en quelques traits, alors qu'un effet recherché avec trop de constante application rend parfois inhabiles et prive de vigueur efficace ceux qui ne parviennent pas à quitter le travail qu'ils sont en train d'accomplir.[225]

---

[224] N. Vandier-Nicolas, *op. cit.*, p. 59 : "Le jeune homme [WANG Wei] cachait sous une certaine froideur extérieure une âme délicate et religieuse. Né au Shanxi, [...] il perdit son père avant d'avoir atteint l'âge d'homme et paraît avoir surtout subi l'influence de sa mère, bouddhiste fervente et fille spirituelle du moine Pouji, célèbre disciple de Shenxiu. [...] Elle transmit à son fils le goût de la solitude et l'amour de la nature, le sens de la médiation et la connaissance du *Chan*."

[225] Cité in E. H. Gombrich *op. cit.*, pp. 245-246.

Ce qui est en jeu ici, ce n'est plus seulement la distance qui sépare l'œuvre et le spectateur, le rôle de l'imagination a été également pris en considération pour expliquer ce phénomène : le fait qu'une œuvre soit moins parfaitement achevée laisse plus de marge à l'imagination. E. H. Gombrich commente ce passage de Vasari en ces termes : "Ce passage de Vasari est d'un très grand intérêt, car il montre qu'il était parfaitement conscient du lien qui existe entre l'imagination de l'artiste et celle de son public. Seules, dit-il en substance, des œuvres conçues par une imagination effervescente peuvent solliciter l'imagination. [...] L'exécution trop soignée est caractéristique de l'esprit de l'artisan respectueux des normes de la Guilde. Le véritable artiste, comme le vrai gentilhomme, doit travailler avec aisance. C'est la célèbre doctrine de la *sprezzatura* de Castiglione, la nonchalance selon laquelle se distinguent le parfait homme de cour et le parfait artiste. «Une ligne écrite sans peine, une simple touche du pinceau, donnée avec une telle aisance que la main sans effort ou sans art semble d'elle-même aller au but, accomplir l'intention du peintre, voilà qui révèle l'excellence de l'artiste.[226]»'' Cela rejoint en effet l'idéal que les poètes chinois poursuivent sans relâche.

Paul Claudel qui a passé successivement plus de quatorze années en Chine a subi une influence taoïste. Il dit notamment ceci : «C'est par le vide qu'un vase contient, écrit-il, qu'un luth résonne, qu'une roue tourne, qu'un animal respire. C'est dans le silence qu'on s'entend le mieux.»[227]

---

[226] *Ibid.*, p. 247.

[227] P. Claudel, "Jules, ou l'homme-aux-deux-cravates", *Conversations,* notes n°13 [5], p. 859, cité in M. Plourde, *Paul Claudel, une musique*

Persuadé de la justesse du principe de l'esthétique chinoise, il a fait à maintes reprises des réflexions sur l'importance du *vide* dans la peinture, ce qui touche en effet l'art poétique. M. Plourde en a fait une présentation synthétique que nous citons ci-dessous :

> Le vide et la perspective sont les éléments de la composition les plus propres à provoquer un appel vers l'intérieur et à ménager le silence essentiel. Nous avons déjà eu l'occasion d'indiquer comment, sous l'influence de la philosophie taoïste, Claudel en est arrivé à accorder beaucoup d'importance au vide. [...]   Et il s'en prend au peintre occidental dont le souci est de «bourrer le cadre» au point de faire de son tableau un «carré qui plutôt qu'ouvrir, il incarcère». Pas un pouce de sa toile qui soit ouvert au vide, au silence, au blanc, au rêve, à la suggestion, au sous-entendu, à l'inexprimé ! Et pourtant nous l'avons déjà dit : «Le sens ne passe que par les interstices.»
> Claudel s'en prend aussi au cubisme sur ce chapitre. «On dit (et rien n'est plus faux), écrit-il, que la nature a horreur du vide, les peintres cubistes aussi. Autant que de la distance. A tout prix, il leur faut du plein, du dur, quelque chose sans fissure comme un volet qui bouche, qui aveugle le vasistas vertical ». Pour eux : «À bas la hiérar chie, le mystère, la nuance, le sous-entendu. Tout ce qui était par derrière ou de côté, on va le fourrer en avant.»[228]

Toujours dans cette optique, P. Claudel ne cache pas sa préférence pour les artistes chinois ou japonais :

> L'artiste chinois ou japonais, au contraire, les «yeux plus longtemps fermés qu'ouverts [...]   profère un mot», et s'arrête, laissant «le reste du panneau d'un délicieux blanc».

---

du silence, Montréal, Les Presses de l'Université de Montréal, 1970, p. 279.

[228] M. Plourde, *ibid.*

Ce mot entouré de silence (expression d'une «vision profondément inhalée») est comme une semence d'émotion dans l'œil de celui qui l'écoute, et il ne retentirait pas si profondément dans son cœur s'il n'était aussi chargé de silence. Ainsi le son de la cloche qui tinte, ou «un cri d'oiseau, ce n'est pas si long [...] . Que notre oreille déjà n'appréhende ininterrompu le silence qui va lui succéder.»

De même qu'il y a des *breaks* dans le vers et des blancs dans le poème, ainsi il faut qu'il y ait sur la toile des trous et des bouches d'air, des appels de silence, des «vide[s] peuplé[s] de possibilités», des ouvertures sur le mystère. «Rien n'attire davantage que le mystère et quoi de plus mystérieux que le vide ? » En butte à la résistance quotidienne et au «plein» des obstacles avec lesquels il est aux prises, l'homme est attiré par le vide : c'est comme une porte devant lui, synonyme de détente et d'admission dans un autre monde.[...]

À la faveur de ce vide qui est rémission, l'homme-spectateur est également soutiré vers l'intérieur pour une considération plus profonde. Il reconnaît son ombre sur le tableau et le silence lui laisse tout le loisir d'«authentifier la forme vide que [son] cœur [...] a d'avance projetée sur la toile tendue». Suivant la rapidité de notre «œil qui écoute», c'est tantôt l'ombre ou l'image de Dieu lui-même, par qui «notre obscurité native [cette résistance et cette dureté en nous] est attirée jusqu'au cœur de la Trinité.»[229]

Villiers de l'Isle-Adam a exprimé, dans *Ève future,* son roman d'inspiration faustienne et d'un idéalisme métaphysique absolu, son idée de la combinaison du vide et du silence en la création :

Deux forces essentielles de l'univers villiérien, provenant de sources extérieures à l'œuvre, viennent se réunir en elle : l'En-dedans et l'Au-delà. L'âme qu'on attribue enfin à l'Andréide est le résultat d'une combinaison de forces : elle

---

[229] *Ibid.*, pp. 279-281.

est faite d'imagination, d'amour et de volonté d'un côté, et de Dieu d'étoiles et de mystère de l'autre. De même le livre ne contient pas en lui-même sa signification; il en est tout simplement évocateur. [...]

La réalité consiste en la réunion de ces deux forces; mais c'est toujours une réunion dynamique, un véritable dialogue fait de questions et de réponses, une réciprocité entre des rêves et leurs reflets, entre des paroles et leurs échos.

Si cette réciprocité prend naissance et s'achève dans le vide et dans le silence, elle n'en reste pas moins significative. Villiers, pour qui le paradoxe est une arme très efficace, trouve naturel d'appeler une réponse positive par une question posée négativement. L'Andréide, le vide le plus vide du monde, est naturellement celui qui attire d'un autre monde l'âme la plus chargée de signification. La suggestion, la possibilité, l'imagination ont une valeur suprême : le vide et le silence deviennent, par leur action, le lieu de genèse d'une œuvre d'art, car tout y est encore à l'état de pure virtualité.[230]

L'appréhension par l'intuition

Il est vrai qu'appliquer la notion de *chan* à la poésie était très à la mode sous les Song. LI Zhiyi (李之儀) a même dit que "Il n'y a pas de différence entre parler du *chan* et composer de la poésie." ('*Shuochan zuoshi, ben wu chabie* ' '說禪作詩，本無差別。'《姑溪全集》卷二十九)[231]. Mais YAN Yu (嚴羽 XIe s.) est considéré comme le premier poéticien à l'avoir fait de manière systématique[232], non seulement

---

[230] D. Conyngham, *Le Silence éloquent. Thèmes et structure de l'Ève future de Villiers de l'Isle-Adam* Paris, José Corti, 1975, pp. 10-11.

[231] Cité in XIA Chuancai, *ibid.*, t. 2, p. 135.

[232] Date de naissance et de décès inconnues, YAN Yu vivait pendant les règnes de Ningzong et de Lizong (1021-1264). Canglang est l'un des surnoms qu'il s'est donnés.

parce qu'il a consacré une partie importante de ses «*Réflexions sur la poésie*» de Canglang («*Canglang ‹shihua ›* » 《滄浪詩話》) à l'établissement d'un lien entre la poésie et le *chan*, mais aussi à cause de l'influence considérable de cet ouvrage. Les notions d'incitation poétique (*xinghui* 興會) de WANG Fuzhi et de résonance spirituelle (*shenyun* 神韻) de WANG Shizhen, par exemple, sont sans doute inspirées du terme "résonance spirituelle' (*xingqu* 興趣) qu'a proposé YAN Yu dans son ouvrage[233]. C'est en effet lui qui a réitéré l'inintentionnalité de la conscience de l'homme et assimilé l'accès à la pensée philosophique à l'intuition saisissante (*dunwu* 頓悟)[234] qui est le principe du *chan*, pour appréhender la poésie : "l'intuition subtile [et saisissante] donne accès au *dao* du *chan*, elle permet également l'appréhension du *dao* de la poésie." ('*chandao wei zai miaowu, shidao yizai miaowu*' '禪道惟在妙悟，詩道亦在妙悟。')[235].

Esthétique de la fadeur et du flou

Cette orientation de la poésie chinoise évolue vers une esthétique de l'inarticulé et, par conséquent, de dépassement du sens de la parole. La bonne poésie de la meilleure époque de Tang selon YAN Yu, illustre bien ces idées. YAN Yu cite cette poésie-là à titre de paradigme dans ses *Réflexions sur la*

---

233 *Xingqu* signifie la résonance spirituelle (*shenyun* et *yiqu*). Cf. XIA Chuancai, *op. cit.*, t. 2, n5, p. 132.

234 Cf. l'explication de F. Jullien : "par révélation dans l'immédiateté la plus absolue". F. Jullien, *op. cit.*, p. 138.

235 XIA Chuancai, *op. cit.*, p. 129. À remarquer qu'un terme existant porte la valeur sémantique; le terme *miaowu* qui dérive de *dunwu* garde le sens d'"'intuition saisissante" et y ajoute le sens de subtilité.

poésie de Canglang, parce qu'elle "vise la résonance spirituelle" (*xingqu*興趣) et "ne cherche pas à s'articuler ni à s'enfermer dans le sens des mots" ('*bushe lilu, buluo yanquan*' '不涉理 路，不落言筌。') ; elle "n'offre aucune prise telle une antilope qui s'est suspendue aux branches sans laisser de trace " ('*Lingyang guajiao, wujikeqiu.*' '羚羊掛角，無跡可 求。')[236]; "tel un son dans le vide, l'air qu'esquisse une figure, l'image reflétée dans le miroir et la lune dans l'eau, le merveilleux poétique est ce qu'il a de transparent et de subtil qui exclut toute possibilité d'imbrication". ('*Gu qi miaochu touche linglong, buke coupo, ru kongzhong zhi yin, xiangzhong zhi se, shuizhong zhi yue, jingzhong zhi xiang*' '故其妙處透徹玲瓏， 不可湊泊，如空中之音，相中之色，水中之月，鏡中 之象。')[237]. Et il conclut que "[le merveilleux poétique] s'adressant à l'au-delà, ignore les limites que connaît la parole ('*yan youjin er yiwuqiong*' '言有盡而意無窮')"[238].

---

[236] Cette idée rejoint celle exprimée par Villiers de l'Isle-Adam qui prétendait qu'"Un sonnet sans défaut est celui [...] *sans un soupçon d'émotion ou d'idée.*" Cf. F. Vincent, *Les Parnassiens. L'esthétique de l'École. Les œuvres et les hommes,* Paris, Gabriel Beauchesne et ses fils, 1933, p. 31. Comparez avec la formule suivante de Claudel : "Le sens ne passe que par les interstices." P. Claudel, "Jules, ou l'homme-aux-deux-cravates", *Conversations, ibid.,* cité in M. Plourde, *op. cit.,* p. 279. Nous préférions, pour la traduction du mot *gua* (掛), *se suspendre* à *se pendre.* Car, une chose qui *pend* peut traîner, pas une chose *suspendue.*

[237] *Réflexions sur la poésie de Canglang* V, cité in XIA Chuancai, t. 2, *ibid.,* p. 131. Comparez-les à la formule suivante de Théophile Gautier : "La vraie gloire, pour un homme de lettres, serait de donner des sensations inconnues, de rendre des sensations encore innommées." Cf. P. Verlaine, *Œuvres en prose complètes,* p. 873.

[238] *Ibid.* Cf., pour une traduction plus fidèle au texte original : "le texte a une fin mais le sens n'en a pas.", F. Jullien, *op. cit.,* p. 256. Comparez cette formule avec celle de Spencer : "Le mérite du style consiste à loger une pensée maximum dans un minimum de mots." Cf. V. Chkalovski, "L'Art comme procédé" in T. Todorove, *Théories de la*

L'idée de ne pas offrir de prises dans la poésie et de l'appréhender par intuition, ainsi que les images d'origine bouddhiste évoquées par YAN Yu seront reprises avec délectation par WANG Shizhen qui aime également citer la formule de SIKONG Tu : "révéler la totalité de l'essentiel poétique sans avoir à recourir à un seul mot." ('*Buzhuo yizi, jinde fengliu.*' '不著一字，盡得風流。')[239]. WANG Shizhen en développe une esthétique de flou et de mystère (*menglong miaowu* 朦朧妙悟 dans la poésie. L'essentiel de la poésie selon lui ne peut être transmis par la parole, il faut le ressentir ('*Zhike yihui, buke yanchuan.*' 祇可意會，不可言傳。'). Il s'agit de savoir le faire *prendre*[240].

En effet "flou et mystère" résument la poésie de l'inexprimable, de l'insaisissable et de l'incommunicable par la parole ! Le flou finit par devenir un des thèmes principaux pour un certain nombre de critiques. Examinons ce passage tiré d'un essai intitulé *Ode sur les images dans le flou* de XU Guan (徐觀 《恍惚中有象賦》: '惚不可視，無臭無聲；恍不可聽，希夷杳冥。於不可為之內，有不可狀之形，則可徇其惚，徇其恍。於無是無非之間，見若存若亡之象。'):

> Tellement c'est flou qu'on n'y peut rien distinguer par la vue et qu'il n'y a ni odeur ni bruit; tellement c'est flou qu'on n'y peut rien distinguer par l'ouïe. Sans bruit ni couleur est la profondeur infinie. Au sein de cet En-dedans inaccessible, il existerait quelque chose dont la forme est indéfinissable; aussi, n'a-t-on qu'à se laisser prendre par le

---

littérature. Textes des Formalistes russes réunis, présentés et traduits par Tzvetan Todorov, Paris, Seuil (coll. "Points"), 1965, p. 80.

239 SIKONG Tu, *Classique de la poésie en vingt-quatre styles*, cité in XIA Chuancai, t. 1, *ibid.*, p. 353.

240 Au sens où l'on dit que le feu *prend*.

flou. Et se situant à mi-chemin entre la non-positive et la non-négative, on pourrait entrevoir quelque chose dont l'image oscille entre l'existence et l'inexistence [...] .[241]

Il faut dire que le flou s'obtient par différentes voies que l'on pourrait résumer en un seul mot : incertitude ou imprécision. Mais ce flou épouse bien la limpidité qui semblerait appartenir pourtant à toute autre conception esthétique. Il est intéressant de voir comment un poète des Song du Nord LIN Pu (林浦 967-1028) est parvenu à réconcilier ces deux exigences[242]. Voici deux de ses vers si appréciés et tant cités par les critiques depuis les Song. La traduction que nous donnons ci-dessous est tout à fait approximative :

21a Rares reflets s'éparpillent de travers, l'eau peu
[profonde et claire,
21b Un parfum sombre vague, la lune au crépuscule.

(*'Shuying hengxie shui qingqian, anxiang fudong yue huanghun.'* ‘疏影橫斜水清淺，暗香浮動月黄昏。’）

C'est se placer devant un dilemme que de vouloir analyser une poésie vouée par principe à l'inexprimable, l'insaisissable et l'incommunicable. Nous nous contentons ici de faire remarquer dans ces deux vers, d'une part, le procédé de la mise en place de la limpidité et du flou et, d'autre part, le mécanisme qui les réconcilie.

---

[241] Cité in QI Xubang, *op. cit.*, p. 119.

[242] Nous les citons à titre d'exemple, tant est la richesse de cet aspect dans la poésie chinoise. Il nous est d'ailleurs matériellement impossible d'embrasser tous les aspects de l'incertitude que l'on pourrait y relever. Un autre aspect qui nous concerne directement sera discuté plus loin.

Le vers 21a installe une parfaite limpidité qui survient à l'instant précis où le monde extérieur et l'émotion esthétique de l'homme se rencontrent. Malgré la faible luminosité, l'eau peu profonde et claire ne saurait servir de support matériel efficace à la réflexion; or, il y a des reflets dans l'eau qui sont forcément rares et sur lesquels on est incapable de donner des précisions. Il serait absurde de chercher à savoir quels sont les objets qui auraient donné cette forme réfléchie : eau et reflets font une entité autonome, car la règle est de ne pas "chercher à articuler (ou à raisonner), ni à s'enfermer par le sens des mots" ('不涉理路，不落言筌。'). Ce vers s'accorde à peu près avec les principaux idéaux auxquels aspire cette poésie dont nous avons tracé l'évolution : nature/spontanéité (*ziran* 自然), vide et limpidité (*chongdan* 沖淡), insipidité et silence (*suchu yimo* 素處以默) etc. Ce jeu de reflets survenant à un moment donné dans la nature est gratuit et inintentionnel. C'est à celui qui se trouve dans l'état de sérénité et de désintéressement requis de le capter. Ainsi est née la poésie : l'harmonie entre l'objectivité et la subjectivité y est si parfaite qu'elle n'offre aucune prise au décollement d'une "confusion", "telle une antilope qui s'est suspendue aux branches grâce à ses bois sans laisser de trace". C'est à travers une telle rencontre entre la nature et l'esprit créateur que le poète se hisse à un monde immatériel.

Quant au vers 21b , il illustre parfaitement le principe esthétique du flou. Ce vers heptasyllabique renferme, selon la tradition, trois unités composantes soit, 2-2-3 (*anxiang / fudong / yuehuanghun*). Dans la première unité, le "parfum" est ambigu à cause du qualificatif "sombre" (暗), destiné normalement à la vision. Au lieu de dire "parfum subtil" (幽 香), qu'on nous permette de mettre en parenthèses la versification, le poète a choisi un autre qualificatif pour allécher le lecteur dans une oscillation déroutant entre deux sensations : l'odeur ou l'image ? Cette ambiguïté est renforcée par le verbe "vaguer" (浮動) qui s'applique également à la vision. Le flou s'installe alors en ce qui concerne l'odorat. La troisième unité "la lune au crépuscule" a pour effet de légitimer cette ambiguïté et, en même temps, de fondre le vers 21a avec le vers 21b pour en faire un couplet indissociable.

Le crépuscule marque un moment délicat de la journée où la luminosité atteint, avant l'obscurité totale, le point le plus bas et où l'opacité commence à gêner la vue. La diminution de la visibilité produit un curieux effet qui semble justifier l'application du qualificatif *sombre* à l'odorat : le parfum discret prendrait forme et se propagerait par nappes ou par vagues, dans le crépuscule. Quand la nuit tombe, la lune luit et éclaire. Mais au crépuscule elle émet pendant une très courte durée une sorte de lumière, faible et diffuse. Et pendant ce laps de temps, sa faible lueur plonge le monde entier dans le flou : c'est un moment particulièrement privilégié dans la poésie chinoise à cause précisément du flou. Le flou est doué d'une puissante force évocatrice. On se souvient que c'est dans ce crépuscule et sous le charme de cette lueur à peine perceptible que le jeu de reflets et d'eau s'est fait.

Ce couplet à lui seul réunit un grand nombre de principes chers aux poètes chinois dans cette tradition dont nous avons décrit schématiquement la courbe d'évolution. Mais le flou ne va pas sans la *fadeur* (*dan* 澹). Ces deux facteurs doivent être réunis pour que la poésie atteigne le mystérieux :

Tandis que la musique et les friandises séduisent et excitent mais ne peuvent procurer une jouissance qu'on puisse approfondir [...] , la *fadeur* du *Dao* est le signe provocant d'une richesse et d'une abondance qui sont d'autant plus inépuisables qu'elles ne se manifestent pas comme telles, ne s'extériorisent pas [...] mais restent *contenues*. Dès lors «d'insipidité» (*wu wei* 無味) ou la *fadeur* dépassant radicalement la valeur — trop immédiate, trop éphémère aussi — du *savoureux* [*wei* 味] : moins la saveur se laisse percevoir et appréhender — moins elle se laisse actualiser et donc épuiser dans le *hic et nunc* de l'expérience concrète — plus aussi elle demeure riche de potentialité et préserve sa capacité interne de déploiement.[243]

Ici, on renverse la vapeur de la dialectique : plus l'incitation du monde extérieur est contenue, plus la jouissance obtenue peut être approfondie. Et comment ? S'il s'agit toujours de l'interaction entre le *jing* (景) et le *qing* (情), la jouissance a affaire avec la conscience de l'homme. Il y a donc lieu de supposer que moins l'incitation du monde extérieur serait puissante, plus la réceptivité de la conscience de l'homme aurait tendance à devenir sensible à ce qui est au-delà de la capacité de nos sens : plus sensible est la réceptivité, plus subtile l'émotion provoquée, si bien que l'intensité de la subtilité avec laquelle l'homme s'exprime, s'il daigne le faire, est proportionnelle à la *fadeur* du monde.

---

[243] F. Jullien, *op. cit.*, p. 128. Nous nous permettons, à propos de la *fadeur*, d'emprunter la traduction de Jullien, malgré l'avis contraire de J. F. Billeter. Il a dit notamment : "Dans les textes [de L'*Éloge de la fadeur*] qu'il cite, il rend uniment le mot *tan* par 'fadeur' ou 'insipide', alors que, dans la plupart des cas, il eût été plus juste de le rendre par *fin, léger, délicat, subtil, imperceptible, atténué, dilué, délavé, faible, raréfié* etc." (Cf. *Contre François Jullien*, pp. 49-50.) On sait remonter la notion de *wei* appliquée à la littérature aux écrits de WANG Chong (王充 ~27-~97) : '大羹必有厚味'. Cf. ZHANG Naibin et al. (éd.), *op. cit.*, p. 63.

Mais il faut que la *fadeur* soit le signe de la richesse. OUYANG Xiu dit que "la *saveur antique* était fade sans être pauvre"[244]. La mise en   garde de SU Shi est significative à ce propos :

> Ce qu'il y a de précieux [dans la poésie] dépouillée et fade, c'est qu'elle ne l'est qu'en apparence : elle est dépouillée à l'extérieur et riche à l'intérieur et dont la fadeur apparente cache la beauté en réalité. (*'Suo guihu kudan zhe, wei qiwaiku er zhonggao, sidan er shimei.'* 蘇軾《評柳韓詩》：'所貴乎枯澹者，謂其外枯而中膏，似澹而實美。') [245]

Il ne s'agit donc pas de l'absence de l'émotion mais de son abstraction provisoire en vue de se mettre en disponibilité. En revanche, l'émotion n'y est jamais aussi forte, seulement elle est sous le contrôle strict du poète. Il s'agit d'une parfaite maîtrise de l'émotion afin d'atteindre un état supérieur de l'âme, donc celui de la poétique. La mise "en vacuité" ou "l'abstraction du soi" que nous avons soulignée ci-dessus doit s'opérer en se fondant sur la maîtrise de l'émotion. L'esthétique touche l'aspect moral : plus grande est l'émotion, plus forte doit être la personnalité pour la maîtriser. La grandeur de la personnalité est devenue ainsi le garant de la grandeur poétique.

Deux anecdotes dans les *Anecdotes contemporaines et nouveaux propos* («*Shishuo xinyu* » 《世說新語》) de LIU Yiqing (劉義慶 403-444) l'illustrent brillamment. La première est

---

244 Cité in F. Jullien, *op. cit.*, p. 143 et p. 150, n11. Nous tenons à attirer l'attention sur le fait que la *fadeur* ne concerne pas seulement le monde extérieur en tant qu'objectivité, mais elle a à faire avec ce que le poète exprime : l'ensemble poétique.

245 *Zhongguo lidai wenlun xuan, op. cit.*, t. 2, p. 79.

citée, à tort, par FENG Youlan afin de démontrer l'absence d'émotion chez certaines personnes :

> Le *Shishuo* parle de nombreuses personnes qui n'éprouvaient aucune émotion. Le cas le plus fameux est celui de XIE An [謝安 320-384]. Alors qu'il était premier ministre à la cour des Jin [晉], l'Etat septentrional de Qin [南秦] lança, sur une large échelle, une offensive contre Jin. L'armée, conduite par l'empereur de Qin en personne, était tellement grande que celui-ci se vantait de ce que ses soldats, en jetant leurs cravaches dans le Yangzi, pourraient bloquer sa course. La capitale des Jin était grandement alarmée. [...] XIE An désigna un de ses neveux, XIE Xuan [謝玄] pour conduire une armée contre les envahisseurs. À la bataille, fameuse dans l'histoire, de la rivière Fei [淝水], en 383, XIE Xuan remporta une victoire décisive, et les hommes de Qin furent repoussés. Quand la nouvelle de la victoire finale parvint à XIE An, il était en train de jouer aux échecs avec un ami. Il ouvrit la lettre, la lut et, sans mot dire, continua calmement sa partie. Quand son ami demanda quelles étaient les nouvelles du front, XIE An répondit : «Nos gaillards ont écrasé les bandits envahisseurs.»[246]

Ce calme complet est qualifié par FENG Youlan d'absence totale d'émotion, alors que si l'on avait lu le texte intégral que présente *l'Histoire des Jin* («*Jinshu*» 《晉書》), source dans laquelle a puisé *Shishuo xinyu*, on en aurait tiré une conclusion tout à fait différente. Nous donnons ci-dessous la suite de l'histoire que *Shishuo xinyu* a omis de citer :

> La partie d'échecs achevée, XIE An quitta la salle. Quand il passa le seuil, il y brisa un talon de son sabot sans s'en

---

246 LIU Yiqing, *Shishuo xinyu,* §VI, 35, cité in FONG Yeou-lan, *op. cit.*, p. 247. Nous y avons converti la transcription et ajouté les caractères chinois entre crochets.

apercevoir, tellement il était transporté de joie. Quelle supercherie en matière de sentiments ![247]

La deuxième anecdote illustre d'une manière dramatique cette extraordinaire maîtrise :

> GU Shao (顧邵) décéda durant son mandat de Gouverneur de Yuzhang (豫章太守). Son père GU Yong (顧雍) fit rassembler son entourage et se mit à jouer aux *qi* (棋) en attendant de ses nouvelles[248]. On annonça l'arrivée du courrier de Yuzhang, mais il n'y avait pas de lettre de son fils ! Il comprit tout de suite que son fils avait succombé. Mais il continua à jouer sans que la moindre ombre ne vînt troubler sa contenance. Seulement ses ongles s'enfoncèrent dans la paume de sa main au point que le sang coula jusque sur le coussin de son siège.[249]

Et comme pour le dépouillement et la fadeur, il faut que la maîtrise de l'émotion s'opère sans laisser apparaître aucune trace évidente d'effort et qu'elle soit revêtue de la spontanéité.

Jueju, le quatrain

Le quatrain (*jueju*) est une forme poétique connue depuis longue date. Il en existe deux variantes : le pentasyllabique (五言絕句) et le heptasyllabique (七言絕句). L'un comme l'autre ont été très couramment utilisés par les poètes,

---

[247] YU Jiaxi, *Shishuo xinyu jianshu*, Beijing, Zhonghua shuju, 1983, annotation1, p. 374.

[248] *Weiqi*, jouer aux échecs; *go* en lecture japonaise du caractère chinois *qi* (碁).

[249] YU Jiaxi, *op. cit.*, (§VI, 1), p. 343.

surtout depuis la Dynastie des Tang. Il est intéressant de voir à travers le *jueju* comment se concrétisent certaines des conceptions essentielles de la poésie chinoise[250].

Un certain nombre d'hypothèses ont été émises quant à l'origine du *jueju*. Les unes prétendent que le *jueju* résulte de la scission du poème régulier (*lüshi* 律詩) qui est un huitain; d'autres supposent qu'il provient de la "poésie sur les quatre saisons" qui requiert un vers par saison pour en faire un poème en quatre vers (*Sishi yong* 四時詠)[251]. Selon FU Maomian (傅懋勉) et LI Jiayan (李嘉言), c'est le *lianju* (聯句)qui est à l'origine du *jueju*. Le *lianju* est un poème collectif composé par plusieurs personnes, les unes à la suite des autres. Les plus anciens exemples du *lianju*, appelé style *Boliang* (柏梁體), remontent aux Han[252]. On sait aussi que JIA Chong (賈充) et sa femme Mme LI (李夫人) à l'époque de Jin ont composé ensemble des *lianju* ; tandis que REN Fang (任昉460-508) et l'Empereur Wudi de Liang en ont aussi fait ensemble. D'un vers ou deux à l'époque de Han, le nombre de vers composés par participant augmente jusqu'à quatre sous la Dynastie du Sud (*Nanchao* 南朝). Étant donné que le *lianju* est par définition un poème composé par plus de deux personnes, au cas où les quatre

---

[250] Une raison supplémentaire d'en parler : nous allons dans le chapitre IV de cette étude faire une comparaison entre *jueju* et la démarche poétique de Verlaine.

[251] FU Maomian, "Cong jueju de qiyuan shuodao DU Gongbu de jueju" in LI Jiayan, *Li Jiayan gudian wenxue lunwen ji : "Jueju qiyuan yu lianju shuo"*, Shanghai, Guji chubanshe, 1987, p. 193. À noter qu'à l'occasion de la publication de cet article, LI Jiayan, alors collègue de FU Maomian à l'Université nationale associée du Sud-Ouest (*Guoli Xinan lianda*), a publié de son côté un article qui s'en est inspiré.

[252] Ainsi nommé à cause du lieu (B*oliangtai*) où L'Empereur Wudi des Han composait des poèmes en ce style avec ses ministres.

vers proposés par un des participants ne seraient pas repris par le suivant, il devient un "vers sans suite" (*duanju* 斷句 signifiant d'ailleurs comme *jueju*). Le terme *jueju* aurait existé parallèlement à celui de *duanju* à partir du règne de l'Empereur Ming des Song (宋明帝 †472) et quand la mode de faire les quatre vers sans suite se répand, le terme de *jueju* finira par l'emporter[253].

Il acquiert, depuis, un statut à part entière. Les quelques règles relatives au *jueju* avancées par YANG Zai (楊載 1271-1323), poète des Yuan, sont valables dans une certaine mesure pour l'ensemble de la poésie classique chinoise. Ce passage tiré des *Procédés de la poésie et les grands courants* («*Shifa jiashu*» 《詩法家數》) mérite une citation :

> Les règles principales du *jueju* sont les suivantes. Il faut que l'approche soit indirecte et qu'on sache mettre en place une suite poétique ininterrompue; qu'on élimine ce qui est superflu et donne dans la simplicité; que les [quatre] vers soient sans suite sans que le sentiment soit interrompu pour autant. Le troisième vers constitue en général le pivot du poème et le quatrième assure le dévoilement. [...] Le premier et le deuxième vers qui s'ensuit, demandent une certaine habileté certes, cependant la meilleure façon est d'entamer [le quatrain] avec un premier vers simple et franc auquel s'ensuit posément le deuxième vers; et c'est au troisième vers de faire des tours de force. ('絕句之法，要婉轉回環，刪蕪就簡，句絕而意不絕，多以第三句為主，而第四句發之。[...] 大抵起承二句固難，然不過平直敘起為佳，從容承之為是。至如宛轉變化工夫，全在第三句 [...] 。'）[254]

---

253 LI Jiayan, *op. cit.*, pp. 118-201.
254 HE Wenhuan, *op. cit.*, p. 732.

La conception d'"approche indirecte" a été suffisamment illustrée par l'exposé qui précède. Quant à l'idée de mettre en place une suite ininterrompue, une explication paraît souhaitable. La notion de "suite ininterrompue" a été conçue en puisant dans la théorie de *qi,* source de tout art. Puisque c'est le *qi* qui insuffle la vie à la poésie, il faut qu'il y ait un circuit ininterrompu pour maintenir sa continuité. Dans le sens inverse, la continuité du mouvement du *qi* constitue la garantie primordiale du souffle vital du poème. Comme l'a expliqué XIE He (謝赫), «L'harmonie du souffle, c'est le mouvement de la vie». «Le Souffle originel (*yuanqi* 元氣), qui circulait dans le corps du poème, donnait vie à l'écriture et le mouvement de l'écriture amplifiait à son tour le rythme du poème» [255] . L'idée d'un circuit ininterrompu remonte à ZHUANG Zi : "La clef du *Dao* a pu donc se retrouve dans un circuit ininterrompu pour pouvoir répondre jusqu'à l'infini." ('*Shu shide qi huanzhong, yi ying wuqiong*' '樞始得其環中，以應無窮。'《莊子》〈齊物論〉) Par *circuit ininterrompu* ZHUANG Zi entend la liberté absolue du *Dao*. Car, il n'existe pour le *Dao* ni l'endroit ni l'envers, ni ici ni ailleurs, il est libre de toute contrainte d'orientation comme si elle se trouvait dans un circuit ininterrompu. Cette idée se retrouve ensuite dans le *Classique de la poésie en vingt-quatre styles* de SIKONG Tu qui dit notamment : "chercher au-delà de la représentation pour atteindre la poétique dont le pivot ne se retrouve que dans l'ensemble poétique qui forme une suite ininterrompue ('*Chaoyiyangwai, deqihuanzhong*.' '超以象外，得其環中。' 《詩品》)[256]. Il faut dire que l'existence des poèmes

---

[255] Vandier-Nicolas, *op. cit.*, p. 45.

[256] Cité in QI Xubang, *op. cit.*, p. 120.

palindromes (*huiwen shi* 迴文詩) illustre bien un des modes
pour réaliser matériellement l'idée abstraite de suite ininterrompue du *qi* au sein d'un poème. Un poème régulier
heptasyllabique, c'est-à-dire un huitain, de SU Shi permet la
lecture dans les deux sens[257].

La conception de limpidité et de fadeur en général et la
démarche du *jueju* en particulier que nous venons d'exposer
schématiquement sont intimement liées avec notre étude sur
la poésie de Verlaine[258]. L'analyse de plusieurs poèmes de
Verlaine qui fera le sujet du chapitre suivant s'y référera
constamment. Il nous semble utile de citer au moins un *jueju*
et d'en faire une démonstration à titre d'exemple. Le
quatrain intitulé *Plainte du gynécée* («*Guiyuan*» 《閨怨》) de
WANG Changling (王昌齡698-~765) nous paraît en être
une bonne illustration. Voici le quatrain en chinois ('閨中少
婦不知愁，春日凝妝上翠樓。忽見陌頭楊柳色，悔教
夫婿覓封侯。') accompagné d'une traduction littérale
(série 22) et de la traduction de P. Jacob (série 23)

22a. Dans son gynécée la jeune dame n'a jamais connu le
[chagrin,
22b. Un jour de printemps, s'étant bien apprêtée elle
[monte à l'étage de son beau pavillon.
22c. Ayant vu les saules verdoyants le long du chemin,
22d. Elle regrette d'avoir encouragé son mari à partir tenter
[le mandarinat !

---

[257] Le poème palindrome chinois se lit dans les deux sens au niveau
des caractères.

[258] Nous mettons en relief le procédé du *jueju* pour des raisons
pratiques. Car cette démarche poétique est applicable aussi à d'autres
formes poétiques : certaine catégorie de poèmes réguliers dont la *Pensée
intime écrite une nuit de voyage* de DU Fu par exemple, suit exactement la
même démarche. Cf. *supra* chapitre I, de « L'ordre des mots » au
« Mouvement »").

23a. La dame au gynécée ignorait la tristesse;
23b. Mais un jour de printemps elle monte à la tour.
23c. On voit sur le chemin des saules la sveltesse;
23d. On regrette un mari qu'on voulait bien en cour.[259]

Le poème nous présente une dame insouciante ou supposée l'être qui s'éveille à l'arrivée inattendue du printemps et s'afflige de l'absence de son mari. Le poète commence le quatrain avec un premier vers (22a) simple et tranquille. Rien ne laisse soupçonner l'ombre qui va le terminer. C'est ce que l'on convient d'appeler une approche indirecte. Ce vers, en mettant la dame dans un état pur, libre d'émotion matérialise l'idée de la mise en disponibilité du poète. La dame, le poète ainsi que le lecteur sont dans l'attente, mais une attente qui n'a pas l'air de l'être : "il faut attendre que cela arrive de lui-même, sans qu'intervienne aucun effort de notre part[260]." Le deuxième vers (22b) est de même facture. L'acte de se parer est dit avec une discrétion telle et se fait dans un contexte si limpide qu'il suscite à peine la curiosité : un geste de routine sans doute dont l'auteur-même ne s'interroge pas sur le motif.

C'est en effet au troisième vers d'ouvrir une nouvelle dimension. Le printemps qui a fait son apparition dans le deuxième vers, d'une façon discrète, une couleur, pourtant provocante, se transforme en chagrin bien manifeste en raison de la rencontre entre le monde et la conscience de la dame. Là naît la poésie qui vient bouleverser l'atmosphère innocente et sereine qui règne jusqu'ici dans les deux vers précédents. Les saules verdissent sans intention poétique, de

---

[259] P. Jacob, *op. cit.*, p. 46.
[260] Cf. *supra* n212 sur le passage tiré des *Réflexions sur la poésie au Pavillon aux canons* de WANG Shizhen.

même que la dame qui monte sur l'étage du pavillon et pose son regard sur les arbres. Mais un cri printanier surgit et bouleverse tout. Le quatrième vers dévoile un regret, une attitude devant la vie, une vérité qui se met en évidence.

Ce dévoilement remet tout en cause et révèle d'emblée au lecteur le début d'une histoire que le poète a passé sous silence : cette soi-disant *insouciante* jeune dame vivait seule dans son gynécée, "délaissée" par son bien-aimé. Surpris par cette triste pensée de la jeune dame, le lecteur s'interroge sur sa propre crédulité en revenant constamment au portrait faussement innocent que le poète a présenté au début du poème. Par ce retour en arrière, ce poème met en place une "suite ininterrompue" telle qu'elle est préconisée par YANG Zai (楊載).

III

L'ART POÉTIQUE DE PAUL VERLAINE : LA FORMATION LITTÉRAIRE ET LES PRINCIPES ESTHÉTIQUES

Fondons nos âmes, nos cœurs
Et nos sens extassié
Parmi les vagues langueurs
Des pins et des arbousiers.

Ferme tes yeux à demi,
Croise des bras sur ton sein,
Et de ton cœur endormi
Chasse à jamais tout dessein.

Paul Verlaine, *En sourdine*

INTRODUCTION

Les deux chapitres suivants traiteront sous l'optique générale de la poésie suggestive, les influences qu'a subies Paul Verlaine et les caractéristiques esthétiques de sa poésie; le rôle de l'impassibilité, de l'impressionnisme, de l'ambiguïté et du flou.

Notre objet étant une étude comparative mettant en jeu l'esthétique de la poésie chinoise et un certain nombre de particularités esthétiques verlainiennes correspondantes, nous n'allons pas passer en parade toutes les influences que Verlaine aurait subies. Les quelques points qui nous intéressent seront traités rapidement avant d'aborder notre principal objet, l'impassibilité et l'impersonnalité qui sont à l'origine de la fadeur et de la "vertu de porosité[261]".

Le facteur musical étant écarté de nos soucis principaux en raison de son intraductibilité, il s'agit d'éclairer d'autres facettes du cristal verlainien : quelles sont les qualités particulières grâce auxquelles les poèmes de Verlaine auraient su parvenir jusqu'à la sensibilité du public chinois[262] ? Il s'agit d'étudier un domaine extrêmement intéressant mais encore peu exploré; du moins dans la direction que

---

[261] J.-P. Richard, *op. cit.*, p. 165.
[262] Cf. *supra* INTRODUCTION.

nous nous proposons. Il arrivera même que notre appréciation ira à l'encontre de la critique généralement admise[263].

Nous constatons que plusieurs aspects esthétiques spécifiques à Verlaine se rapprochent des idéaux poétiques chinois. Il y a d'abord l'attitude du poète en face de l'incitation extérieure du monde. Nous entendons par là la mise en disponibilité et la mise en vacuité de l'être à l'égard de l'incitation extérieure. Pour Verlaine comme pour certains poètes chinois classiques, la conscience de l'homme ne s'éveille qu'au fur et à mesure que le contact s'établit entre l'homme et le monde. Pour que le processus d'éveil ressenti par le poète soit transmis fidèlement au lecteur à travers la poésie, Verlaine a su emprunter la voie de la suggestion. C'est en multipliant les possibilités suggestives qu'il est parvenu à inviter le lecteur à revivre l'aventure du poète: une esthétique fondée sur la prise de conscience. Cette prise de conscience est profonde parce que spontanée. Tout doit partir donc d'une base, discrète, limpide en apparence et le discours doit être aussi naturel et spontané que possible. On décèle chez lui non seulement "un certain quiétisme du sentir[264]*", mais aussi et surtout un certain quiétisme du procéder. Qui dit suggestion, rejette la description. Au lieu de se mettre à décrire, Verlaine "donne l'équivalence d'une sensation éprouvée*[265]*". Il s'agit d'un domaine où excelle le poète sans peut-être qu'il en soit conscient. Il faut également noter ses techniques qui consistent à passer*

---

[263] La fadeur, par exemple, a été mise en relief par J.-P. Richard plutôt comme un défaut qu'un facteur poétique positif. Cf. *supra* Introduction : l'effacement. F. Jullien a traité également la fadeur verlainienne en termes peu élogieux. Cf. F. Jullien, *op. cit.*, Quatrième partie, IV.

[264] J.-P. Richard, "Fadeur de Verlaine", *Onze études sur la poésie moderne,* Paris, Éditions du Seuil (coll. "Point"), 1964, p. 165.

[265] J. VAN TUYL, *The Aesthetic Immediacy of Selected Lyric Poems of Keats, Fet and Verlaine,* thèse de doctorat, 1986, The University of North Carolina at Chapel Hill, p. 122.

d'une focalisation à une autre afin de créer une ambiguïté, c'est-à-dire un flou.

L'ART POÉTIQUE DE PAUL VERLAINE :
LA FORMATION LITTÉRAIRE

L'existence de Paul Verlaine s'étend sur la seconde moitié du XIXe siècle; il a vécu la fin du romantisme, participé au mouvement du Parnasse et a été témoin de l'état nébuleux de nombreux courants et écoles poétiques. Gallimard lui a consacré deux volumes dans la Bibliothèque de la Pléiade dont *Œuvres en prose complètes*. Dans ces dernières, les quelques quatre-vingt-douze articles de la rubrique "œuvres critiques" sont réunis qui s'élèvent à près de quatre cents pages, sans compter ses conférences, ses confessions et ses souvenirs. Ses opinions qui touchent de près ou de loin à l'art poétique abondent dans ces pages. Des jugements sur la poésie peuvent être également trouvés dans ses œuvres poétiques. Ses poèmes tels que *Art poétique, Bonheur* et les *Prologue* et *Epilogue* aux *Poèmes saturniens* ont fait l'objet de maintes citations à titre d'échantillons de sa pensée sur la poésie. Mais comment dégager ses principes sur l'art poétique ?

Verlaine, théoricien médiocre

Essayer de tirer une conclusion sur l'art poétique à partir de ses écrits serait une entreprise intéressante, peut-être, mais certainement difficile. Car Verlaine n'est guère théoricien. Et ceci d'abord par tempérament :

> La volonté lui fait défaut pour conduire sa vie : il l'a subie. Son âme était comme une barque démontée qu'un vent houleux jetait de rocher en rocher. Il se laissa entraîner au gré de sa sensibilité à travers la vie. [...]
> Avec un tel tempérament, pouvait-il avoir des théories, des théories qui impliquent toujours quelque chose de stable, de fixe? Pouvait-il être esclave d'une doctrine quelconque, réfléchie et préméditée ? — Evidemment, non.[266]

Et par sa nature de poète ensuite

> Verlaine est tout entier une *nature*, d'ailleurs très raffinée et complexe, sachant tirer parti des influences, mais immédiatement donnée, d'une originalité foncière et subsistant à même la vie. Nul ne fut moins théoricien que lui, moins soucieux des ambitions esthétiques et philosophiques de ses contemporains, moins alchimiste (comme le fut Mallarmé), moins visionnaire et prophète (comme Rimbaud).[267]

On peut aussi se tourner du côté de la formation littéraire du poète, c'est-à-dire des influences littéraires qu'aurait subies Verlaine. Mais deux questions surgissent d'emblée. La première : Est-ce utile ?

---

[266] B. Monkiewicz, *Verlaine. Critique littéraire* [1ᵉ éd. 1928], Genève-Paris, Slatkine Reprint, 1983, p. 10.
[267] M. RAYMOND, *op. cit.*, p. 28.

D'abord à cause de son appartenance multiple. Au cours de sa carrière de poète, Paul Verlaine s'est rapproché, consciemment ou inconsciemment de plusieurs courants littéraires. Il s'est lié avec les Parnassiens, se faisant avec fracas un défenseur ardent de leurs idées avant de les renier vers la fin de sa carrière[268]. Certains critiques le classent, à juste titre, parmi les symbolistes[269].

Paradoxalement, s'il est vrai qu'il a appartenu successivement à plusieurs courants littéraires sur lesquels il n'a pas manqué de laisser quelques lignes et que malgré "son caractère *poreux* et éminemment réceptif a subi, avec une docilité parfois déconcertante, l'action de tel ou tel de ses devanciers ou de ses contemporains[270]", il n'est pas moins vrai qu'il est

---

[268] La fâcheuse scène dans laquelle Verlaine donna un coup de poing sur le dos de Daudet dans un restaurant parisien reste une délectation pour les chroniqueurs littéraires.

[269] «On connaît avec exactitude le moment où surgit, avec Jean Moréas en 1885-1886, le terme de "symbolisme", mais à cette date est déjà achevée la période la plus féconde et la plus fascinante du mouvement, celle qui vit l'écriture des grands textes de Verlaine, Mallarmé ou Rimbaud.» (Cf. Ph. Forest, *Le symbolisme ou naissance de la poésie moderne. Mallarmé, Verlaine, Rimbaud, Rodenbach, Verhaeren, Maeterlinck,* Paris, Pierre Bordas et fils, 1989, p. 6.) Raitt l'affirme en ces termes : «Les années 1885 et 1886 marquent un tournant décisif dans l'histoire de la littérature française. Ce fut alors qu'on inventa le terme de "Symbolisme" [...]. Une génération d'hommes de lettres particulièrement brillante parvenait à la maturité et avait élu pour maître Mallarmé, Verlaine et Villiers de l'Isle-Adam [...]» (Cf. A. W. Raitt, *Villiers de l'Isle-Adam exorciste du réel,* José Corti, 1987, p. 303.) Mais Verlaine lui-même, nie toute appartenance littéraire vers la fin de sa carrière : « Vous ne l'ignorez pas, nous sommes, apparemment, divisés en quatre camps. [...] Ces quatre corps d'armée seraient donc : Le Symbolisme, le Décadisme, le partisan du vers libre — et les autres, dont je suis. Cf. P. Verlaine, *Œuvres en prose complètes, op. cit.,* "Conférence sur les poètes contemporains", p. 897.

[270] Georges Zayed, *La Formation littéraire de Verlaine,* Paris, Nizet, 1970, p. 9.

resté foncièrement lui-même pendant toute sa carrière de poète, "le poète aimait aussi sa liberté et se montrait jaloux de son indépendance littéraire[271]". Il s'en est rendu compte vers les dernières années de sa vie. Dans la préface à la réédition des *Poèmes saturniens,* il écrit notamment ceci :

> On change, n'est-ce pas ? Quotidiennement, dit-on. Mais moins qu'on ne se le figure peut-être. En lisant mes primes lignes, je revis ma vie contemporaine d'elles, sans trop ni trop peu de transitions en arrière, je vous en donne ma parole d'honneur et vous pouvez m'en croire; surtout ma vie intellectuelle, et c'est celle-là qui a le moins varié en moi, malgré des apparences. On mûrit et on vieillit avec et selon le temps, voilà tout. Mais le bonhomme le monsieur, est toujours le même au fond. [...] j'avais, dis-je, déjà des tendances bien décidées vers cette forme et ce fond d'idée [...] ("Critiques sur des *Poèmes Saturniens* ").

Deuxième question: Serait-ce nuisible à la vraie compréhension de son art ? Mise en demeure par Valéry et au pilori depuis les batailles livrées entre un Barthes et un Picard, toute référence à la biographie des écrivains et aux influences subies sont écartées soigneusement des champs de vision des critiques littéraires[272]. À l'heure où l'histoire

---

[271] *Ibid.*

[272] "J'estime, — c'est là un de mes paradoxes —, que la connaissance de la biographie des poètes est une connaissance inutile, si elle n'est nuisible, à l'usage que l'on doit faire de leurs ouvrages, et qui consiste soit dans la jouissance, soit dans les enseignements et les problèmes de l'art que nous en retirons. [...] Et si je dis que la curiosité biographique peut être nuisible, c'est qu'elle procure trop souvent l'occasion, le prétexte, le moyen de ne pas affronter l'étude précise et organique d'une poésie." P. Valéry, *Œuvres complètes*, t. I, Paris, Gallimard (coll. La Pléiade), "Villon et Verlaine", p. 428. Un autre poète et son contemporain Paul Claudel dit à peu près la même chose : "On enseignait communément au siècle dernier que, l'œuvre étant le

littéraire et les analyses psychologiques ont si mauvaise presse auprès d'une certaine intelligentsia, pour garder une contenance innocente, il est de coutume pour les autres de présenter leur apologie lorsqu'ils ont envie de faire le contraire, en tout cas avant que les modes ne passent. Mais le vent tournera bientôt. Et on se rend compte maintenant de l'importance incontestable du vécu de l'auteur quand on parle de ses œuvres.

---

produit de l'artiste, c'est presque assez de connaître l'un pour comprendre l'autre. Un peu de réflexion aurait suffi cepen-dant pour saisir ce que cette idée à d'incomplet. L'huître n'explique pas la perle et la mentalité de l'ouvrier n'a rien à voir avec le brocart qu'il tisse." Cf. P. Claudel, *Réflexions sur la poésie, op. cit.,* "La catastrophe d'Igitur", p. 129.

PAUL VERLAINE ET LES COURANTS LITTÉRAIRES

Dans les paragraphes suivants, nous passerons rapide-ment en revue les différents courants littéraires et artistiques ayant marqué le poète, en nous intéressant particulièrement à deux aspects de la poésie de Verlaine : l'*impersonnel* ou l'*impassible* et l'*ambiguïté* ou le *flou*. Ceci, non seulement parce que Verlaine a élaboré, à notre avis, certains de ses meilleurs vers dans cette optique, mais surtout parce qu'il nous donne l'occasion d'aborder son art dans une étude comparative entre l'esthétique verlainienne et l'art de la poésie chinoise. Dans cette optique il est évident que l'*impersonnel* de Verlaine ne sera pas pris dans le sens envisagé traditionnellement par le critique. Le cadre parnassien sera débordé afin d'investir une acception plus large et plus riche.

On sait que la plus importante influence exercée sur Paul Verlaine provient de quatre poètes. Mais la poésie verlaini-enne est aussi tributaire d'autres prédécesseurs :

> Quatre grands écrivains dominent la formation littéraire de Verlaine : Victor Hugo, Charles Baudelaire, Théophile de Banville et Leconte de Lisle. Chacun d'eux a agi à sa manière — qui n'est pas toujours conforme à sa propre

originalité. À Hugo, Verlaine doit son initiation à l'art des vers, à Baudelaire — et c'est lui-même qui le dit — il doit «d'éveil du sentiment poétique, et ce qu'il y a chez [lui] de profond»; à Banville, «d'être mélodieux, amusant, jongleur de mots»; à Leconte de Lisle, il a «emprunté l'honnêteté de la langue et du rythme».[273]

Il nous est inutile et matériellement impossible de faire une étude exhaustive sur ces quatre écrivains, nous nous contentons de relever les points essentiels des courants qui l'auraient orienté vers une poésie par suggestion. L'influence de Victor Hugo sera appréhendée à travers le romantisme, tandis que les influences d'un Leconte de Lisle et d'un Théophile Gautier seront traités sous la lumière de l'impersonnalité et de l'impassibilité de l'école parnassienne. Les écrivains n'attireront notre attention qu'en qualité de représentant d'une certaine pensée littéraire. En revanche, nous pensons utile de nous arrêter sur l'impressionnisme et de restituer l'ambiance dans laquelle naquit la curiosité pour la poésie chinoise et de laquelle étaient imprégnés les milieux littéraires contemporains de Verlaine.

Outre les influences des courants littéraires, il n'est pas et n'a pas voulu rester indifférent aux divers courants artistiques contemporains. En ces termes quelque peu alambiqués, Verlaine exprime bien son avis sur la réciprocité entre la poésie et les arts :

> Car le poète n'est-il pas *littéralement* — et non pas *latéralement*, comme quelques amateurs de la discorde l'ont prétendu — le confrère du peintre et du sculpteur, aussi bien que du musicien ? — Et, d'autre part, le peintre, le sculpteur, non moins que le musicien ont le droit, contes-

---

[273] Georges Zayed, *op. cit.*, p. 216.

table, mais absolu, de répudier cette solidarité entre leur art et le nôtre à titre, dame ! de réciprocité.[274]

Un certain nombre de pages seront donc consacrées à la corrélation entre l'art poétique de Verlaine et la doctrine de l'impressionnisme.

Nous parlerons en dernier lieu de l'influence virtuelle de la poésie chinoise sur l'art poétique de Verlaine. Bien que les preuves directes nous manquent, c'est-à-dire l'aveu de Verlaine ou d'autres évidences établies par les critiques, nous sommes persuadé de l'existence de cette influence non seulement en raison des liens de Paul Verlaine avec les Gautier et les Goncourt, mais aussi, et surtout, par l'affinité manifeste qu'on peut observer entre la poésie verlainienne et la poésie chinoise.

Le romantisme

Nous connaissons les lectures du jeune Paul Verlaine grâce à l'ouvrage de Georges Zayed. Sans entrer dans le détail de ses lectures, nous voulons simplement signaler qu'enfant initié très jeune à la littérature, il a eu accès à un nombre important d'œuvres littéraires en dehors des programmes scolaires[275].

---

[274] P. Verlaine, *Œuvres en prose complètes, op. cit.*, "Confession", p. 897.

[275] Cf., pour la liste des lectures extra ou postscolaires de Verlaine jusqu'à sa rencontre avec Rimbaud inclusivement, G. Zayed, *op. cit.*, pp. 46-48. Il faut signaler que le nom de Théophile Gautier y figure aussi bien que celui de Judith Gautier sa fille, traductrice de la poésie chinoise. On y trouve également le nom du poète Louis Bouilhet, un autre passionné pour la chinoiserie.

Parmi les influences assez importantes, notons celles du romantisme et de Baudelaire. Les premiers vers de Verlaine portent indéniablement la marque du romantisme. G. Zayed en a fait une description synthétique dont nous reproduisons le passage le plus important :

> Mais il y avait en lui également et avant tout un romantique qui existait dès le début de sa carrière poétique — c'est même le premier qui se soit manifesté, comme le prouvent ses *juvenilia* — et qui à aucun moment ne disparut tout à fait. Masqué d'ordinaire par une discipline plus sévère, tenu en bride par le classique, le précieux et surtout par le parnassien, il reparaissait à la surface dès que leur emprise se relâchait par suite d'un isolement momentané du poète ou de certains événements de sa vie. Mais même au milieu de sa plus grande ferveur parnassienne certains traits de son inspiration, comme les éléments mêmes de sa sensibilité, le rattachaient nettement au romantisme finissant.
> Du reste, c'est presque un lieu commun de dire que Verlaine est un romantique attardé. Il n'est pas de biographe, ni de critique qui n'aient signalé ce caractère. Pour n'en citer que trois, à des dates différentes, Léon Bloy, en 1884, à l'apparition des Poètes Maudits, traitait l'auteur de «romantique congelé sur le Parnasse du passage Choiseul»; et tout près de nous M. J.-H. Bornecque a écrit à propos de ses vers de jeunesse : «Au vrai, l'état d'âme comme l'idéal de Verlaine sont alors essentiellement romantiques : le tout premier poème où il dit «je», en 1861, et qui se nomme «*Aspiration*» clame la détresse de tout jeune romantique devant la multiforme corruption du monde, et son désir incoercible de s'en évader. Enfin Lepelletier, son ami d'enfance, affirmait en 1907 qu'il avait «le tempérament romantique» et que «des éducateurs de sa prime jeunesse, ceux qui dominent le cerveau» à l'époque de son développement et déterminent l'affinité, la direction de l'intellect,

furent, pour lui, Victor Hugo, Calderon, Pétrus Borel, Barbey d'Aurevilly...., Gongora.[276]

Pour Paul Verlaine jeune poète, le romantisme a joué surtout le rôle d'initiateur. Les traces d'imitation sont évidentes dans ses *Poèmes saturniens* et dans certains vers des *Fêtes galantes*. L'influence du romantisme a laissé sur Paul Verlaine des traits qui vont à l'encontre des qualités que nous jugeons spécifiques chez lui. Ces traits se sont traduits par l'emploi de mots bibliques et surtout par l'accumulation des épithètes hugoliennes. Heureusement, trop éloigné de la sensibilité verlainienne, le romantisme n'a posé qu'une empreinte peu profonde sur Verlaine pour le détourner de son originalité.

L'Art pour l'Art

L'expression *l'Art pour l'Art* est d'origine française certes, mais la notion elle-même existait déjà chez les idéalistes allemands de la théorie de l'art, tels que Lessing et Winckelmann :

> L'Art pour l'Art, cette expression qu'on relève dans le *Journal intime* de Benjamin Constant en 1804, est en relation

---

[276] G. Zayed, *ibid.*, p. 71. Cf., pour la citation de J.-H. Bornecque, J.-H. Bornecque, *Les Poèmes saturniens*, p. 38. Est-il besoin de justifier l'affirmation de J.-H. Bornecque ? Nous citons quand même un quatrain du "Vers dorés" tiré de Paul Verlaine, *Œuvres poétiques complètes, op. cit.,* p. 22 :

> Je sais qu'il faut souffrir pour monter à ce faîte
> Et que la côte est rude à regarder d'en bas.
> Je le sais, et je sais aussi que maint poète
> A trop étroits les reins ou les poumons trop gras.

avec l'esthétique idéaliste de Lessing et de Winckelmann :
pour eux, pour leurs successeurs français, le «beau idéal»,
dont l'incarnation parfaite est la sculpture grecque, ne
résulte pas de l'imitation de la nature, mais de cette faculté
qu'a l'homme de concevoir en esprit et de réaliser ce qu'il a
conçu» [...]. D'autre part, à un moment où la notion
d'utilité s'impose comme première à la fois dans la société
et dans les doctrines «socialiste», les poètes veulent
proclamer l'autonomie et la priorité de l'art.[277]

Lessing (1729-1781) a en effet déjà essayé d'exclure de
l'art tout élément didactique :

> Lessing exclut complètement du domaine de l'art sa fonc-
> tion didactique traditionnellement primordiale au Moyen
> Age et l'époque baroque : le *docere*. Sans se rendre pleine-
> ment compte des conséquences éventuelles de son
> purisme, Lessing, fidèle à son attitude de théoricien, exclut
> de l'art les œuvres créées pour servir des buts non esthéti-
> ques, par exemple religieux. [...] Lessing prétend que seule
> une œuvre créée sans pression extérieure peut être considé-
> rée comme artistique.[278]

Dans la préface de *Mademoiselle de Maupin* publiée en
1835, Théophile Gautier a pris à partie à la fois les critiques
moralisateurs et les critiques progressistes. Et son recueil de
poèmes *Émaux et Camées* dont la première édition datait de
1852 aurait connu en tout six éditions jusqu'en 1872 :
chaque nouvelle édition fut augmentée de pièces nouvelles
toujours conformes à l'esthétique de l'Art pour l'Art. C'est
le recueil le plus célèbre et le plus important de Théophile

---

[277] Max Milner & Claude Pichois, *Littérature française,* t. 7. De
Châteaubriand à Baudelaire, Paris, Arthaud, 1985, p. 212.

[278] Jolanta Bialostocka, "Introduction", in Gotthold Éphraïm
Lessing, *Laocoon, op. cit.*, p. 21.

Gautier qui marque en quelque sorte la fin de la première grande poésie romantique, idéaliste, sentimentale et grandiloquente; il inaugure la poésie parnassienne. L'auteur y proclame les droits de "l'Art pour l'Art", qui s'éloigne de la réalité en se tournant vers une contemplation désintéressée de la Beauté. La dernière poésie précise la "poétique" de Gautier : le poète entend donner le jour à une forme absolument plastique et rigoureusement définie :

> Sculpte, lime, cisèle
> Que ton rêve flottant
> Se scelle
> Dans le bloc résistant

Impassibilité et impersonnalité

L'Art pour l'Art amène la poésie à un retour à la substance. Dans *La Beauté* écrite entre 1842 et 1844[279], Baudelaire exalte déjà "un rêve de pierre" :

> Je suis belle, ô mortels ! comme un rêve de pierre,
> Et mon sein, où chacun s'est meurtri tout à tour,
> Est fait pour inspirer au poète un amour
> Eternel et muet ainsi que la matière.
>
> Je trône dans l'azur comme un sphinx incompris;
> J'unis un cœur de neige à la blancheur des cygnes;
> Je hais le mouvement qui déplace les lignes,
> Et jamais je ne pleure et jamais je ne ris.
>
> Les poètes, devant mes grandes attitudes,

---

[279] La date d'écriture fait objet de nombreuses discussions, cf. la note d'A. Adam in *Charles Baudelaire, Les fleurs du mal*, Introduction, relevé de variantes et notes par Antoine Adam, Paris, Garnier, 1961, (coll. Classique Garnier), pp. 294-295.

Que j'ai l'air d'emprunter aux plus fiers monuments,
Consumeront leurs jours en d'austères études;

Car j'ai, pour fasciner ces dociles amants,
De purs miroirs qui font toutes choses plus belles :
Mes yeux, mes larges yeux aux clartés éternelles ! [280]

Dans son ouvrage, G. Zayed consacre un chapitre à l'influence de Baudelaire sur la poésie de Verlaine. Il cite des vers des deux poètes et les met en regard pour exhiber leur ressemblance. Il a voulu montrer les affinités de la sensibilité poétique quand il dit "que Verlaine est peut-être un des rares qui, à l'époque, aient saisi *presque* toute l'originalité de Baudelaire[281]".

À la publication des *Poèmes saturniens,* critiques et lecteurs se sont accordés en effet sur l'importante influence de Baudelaire qu'on pouvait y déceler : Baudelaire a marqué l'esprit de Verlaine adolescent dès son premier contact avec les *Fleurs du mal*[282]. Son influence n'a cessé de croître :

> Mes premières lectures [...] furent *Les Fleurs du mal* [...]. Même le titre fut pour moi longtemps fermé et j'avais dévoré le bouquin sans y comprendre rien sinon que ça parlait de «perversité» (comme on dit dans les pensionnats de jeunes demoiselles) et de... nudités parfois, double attrait pour ma jeune «corruption», [...].

---

[280] *Ibid.,* pp. 24-25.

[281] G. Zayed, *op. cit.*, p. 235 : "L'originalité de Baudelaire a échappé même à ses amis les plus sagaces, comme Sainte-Beuve, Gautier et Banville. Baudelaire est resté un isolé au sein de son époque."

[282] Sainte-Beuve conseilla à Verlaine "de ne point prendre ce brave et pauvre Baudelaire comme point de départ", et Barbey d'Aurevilly, faisant allusion à Verlaine, notait dans *Le Nain Jaune* : "Un Baudelaire puritain, — sans le talent de M. Baudelaire." *ibid.*, p. 234.

Quoi qu'il en soit, Baudelaire eut à ce moment, sur moi, une influence tout au moins d'imitation enfantine et tout ce que vous voudrez dans cette gamme, mais une influence réelle et qui ne pouvait que grandir et, alors, s'élucider, se logifier avec le temps [...]. [283]

Bien que son appréciation sur ses maîtres ne se maintienne pas toujours, son admiration pour Baudelaire semble lui être resté inchangé au cours des années. Trois ans avant sa mort, profitant de sa *Candidature à l'Académie*, n'a-t-il pas glissé une protestation contre l'injustice que l'initiation a fait subir à Baudelaire ?

Pauvre grand Baudelaire, d'ailleurs si méconnu, si inconnu! Dernièrement encore, mon vieux camarade Lepelletier ne parlait-il pas d'immense mystification à froid à propos de la candidature du grand poète à l'Académie ? Qui donc y eut été mieux à sa place que Baudelaire, ce lettré, cet impeccable, lui autant, certes, que Gautier, ce jamais content de son travail, à l'égal, je pense, de Flaubert ? [...] L'Académie lui a préféré qui donc ? [284]

Paul Verlaine l'admirait et exprimait son admiration à chaque occasion qui se présentait. C'est également grâce à lui qu'il s'est inspiré de la beauté de la froideur. Comme l'on pourrait s'y attendre, c'est la froideur baudelairienne qui faisait le plus souvent l'objet de son éloge. En parlant de la "confection des poèmes" de Baudelaire, il dit précisément ceci :

Ce qu'on remarquera dès l'abord, pour peu que l'on examine la confection des poèmes de Baudelaire, c'est, au

---

283 P. Verlaine, *Œuvres en prose complètes, op. cit.*, "Confession", p. 481.
284 *Ibid.*, "Ma candidature", p. 426.

beau milieu de l'expression du plus grand enthousiasme, de la plus vive douleur, etc., le sentiment d'un très grand calme, qui va souvent jusqu'au froid et quelquefois jusqu'au glacial : charme irritant et preuve irrécusable que le poète est bien maître de lui et qu'il ne lui convient pas toujours de le laisser ignorer.[285]

C'est la même veine d'une poésie discrète, élégante qui sait se maîtriser que Paul Verlaine va suivre. La condamnation du sentimentalisme et de la passion romantiques de Baudelaire précède déjà les idées essentielles de Verlaine. Ce que F. Vincent applique aux Parnassiens convient effectivement à Verlaine :

À la prolixité dans les confidences, aux exhibitions sans retenue, à la violences des sentiments, ils [les Parnassiens] ont voulu substituer la sobriété, la pudeur, l'élégante discrétion.

Leur idéal vrai, il est dans le beau vers de Baudelaire:

Sois sage, ô ma douleur, et tiens-toi plus tranquille ! [286]

---

[285] P. Verlaine, *Œuvres poétiques complètes, op. cit.*, p. 608.
[286] F. Vincent, *op. cit.*, p. 32.

IMPASSIBILITÉ ET LE PARNASSE

La notion de froideur a d'abord été pour Verlaine celle exprimée par Charles Baudelaire — puisque *Les Fleurs du mal* se trouvaient parmi ses premières lectures, et ensuite par Théophile Gautier et les autres Parnassiens. Cette notion qui avait été surtout mise en évidence par les Parnassiens, l'a conduit naturellement à souscrire à la poésie impersonnelle ou impassible.

Le Parnasse est un mouvement littéraire qui, à ce titre, s'élève contre les tendances de la veille; tendances incarnées en quelque sorte dans le romantisme. En opposition à une école devenue larmoyante et égotiste, on peut s'imaginer sans trop de difficulté des principes esthétiques de ce nouveau courant. Malgré les nuances propres à tout mouvement littéraire, nous pouvons dégager deux caractéristiques représentatives, l'Art pour l'Art et l'impassibilité.

La première et la dernière éditions d'*Émaux et Camées* de Théophile Gautier, publiées respectivement en 1852 et en 1872 sont séparées de vingt années. Et pendant l'intervalle de ces deux dates, Verlaine a vécu l'épisode parnassien. C'est un groupe de jeunes poètes qui se forma autour de

Théophile Gautier et Leconte de Lisle, leurs chefs incontestés et qui, dans une certaine mesure, reconnaissaient, pour maîtres Banville, Baudelaire et d'autres. Ces jeunes poètes avaient une revue de poésie : *Le Parnasse contemporain.*

Ils vont rendre la notion d'impersonnel indissociable de celle d'impassibilité; le mot d'ordre "impassibilité" a fait sa première apparition en ce qui concerne le Parnasse, dans un poème de Louis-Xavier de Ricard :

> Poète, garde aussi ton âme intacte et fière,
> Que ton esprit vêtu d'impassibilité
> Marche à travers la vie au but qui t'a tenté.[287]

Et il est à Heredia de donner la formule définitive de l'impassibilité dans son discours de réception à l'Académie française : «[...] ces confessions publiques, menteuses ou sincères, disait-il, révoltent en nous une pudeur profonde... Le poète est d'autant plus vraiment et largement humain qu'il est plus impersonnel[288].»

En tant que courant littéraire, le mouvement du Parnasse réagit contre le romantisme et se voue à l'impassibilité. Les Parnassiens voient deux disgrâces chez les poètes romantiques : "Ils se mettent en scène sans discrétion[289]. Ils disent

---

[287] Cité in Pierre Petitfils, *Verlaine*, p. 53. À noter qu'à cause de l'attaque qu'a dirigée Louis-Xavier de Ricard contre Daudet, celui-ci ne manquera pas une seule occasion pour se moquer des «Parnassiens impassibles». À part *Le Parnassiculet contemporain*, ils sont présentés ridiculisés dans son roman *le Petit chose*. Cf. notes de Patrick Berthier in Alphonse Daudet, *Le Petit chose*, Paris, Gallimard (coll. Folio), 1977, pp. 428-429.

[288] F. Vincent, *op. cit.*, p. 36.

[289] Mais il faut rendre la justice aux romantiques. Le romantisme avant la lettre était conscient de l'importance de ne pas se laisser

incessamment «je» et «moi» [...] dont l'éternel *lamento* irrite le roide stoïcisme des maîtres du Parnasse et leur arrache des invectives dans le ton de celle-ci que le poète Andrieux inscrivait sur son exemplaire de *Méditations,* en marge du *Poète mourant* : «Ah! pleurard, tu te lamentes ! Tu est semblable à une feuille flétrie et poitrinaire ! Qu'est-ce que cela me fait à moi ? Le poète mourant ! Le poète mourant ! Et bien, crève donc, animal ! Tu ne seras pas le premier!»[290]"

L'École parnassienne affiche son mépris à l'égard des romantiques. Les Parnassiens voient en Lamartine, par exemple, non seulement le «je» et le «moi» inlassable et prolixe et «circonstance aggravante, le *moi* lamartinien est un *moi* langoureux et gémissant [...].»[291]. Il s'agit donc pour les Parnassiens de réagir contre la sensiblerie et l'égotisme romantiques. En un mot, ils "se refusent à perpétuer le rôle de dupe des outrances romantiques". Les Parnassiens s'opposent au "déversement du poète vers l'extérieur", et proposent "une conversion du poète vers l'intérieur[292]", à cette poésie trop personnelle et prolixe, sanglotante voire pleurnicharde, une poésie plus sobre et plus réservée.

---

emporter par la sentimentalité trop facile. Malgré le fait qu'Alfred de Musset, par exemple, soit l'objet de la raillerie idéale du Parnasse, ce poète à sa jeunesse lançait contre Lamartine et ses *Méditations* :

> Moi, je hais les pleurards, les rêveurs à nacelles,
> Les amants de la nuit, des lac, des cascatelles,
> Cette engeance sans nom qui ne peut faire un pas
> Sans s'inonder de vers, de pleurs et d'agendas.

Ibid., p. 21.

[290] F. Vincent, *op. cit.,* p. 22.

[291] *Ibid.*

[292] Cette phrase de Thibaudet qui définit la position baudelairienne convient parfaitement à l'idée exprimée par les Parnassiens. Cf. A. Thibaudet, *op. cit.,* p. 322.

En effet c'est par la froideur que les Parnassiens ont voulu charmer. Paul Verlaine n'a fait que reprendre la formule de ses précurseurs lorsqu'il parlait de la beauté du marbre. Il semble que Villiers de l'Isle-Adam soit le premier à avoir comparé la froideur poétique à la beauté marmoréenne. Selon André Theuriet qui écrit dans ses *Souvenirs* que Villiers de l'Isle-Adam a comparé la poésie au marbre : "La poésie consiste uniquement, déclare Villiers, dans le choix et la juxtaposition de certains mots étranges, aux sonorités bizarres, aux assonances suggestives. Un sonnet sans défaut est celui où l'on fait entrer le plus possible de coupes ingénieuses et d'épithètes rares, *sans un soupçon d'émotion ou d'idée.* Comme je lui objectais qu'une pareille poétique devait produire des œuvres d'une froideur glaciale, il me lança un regard de dédaigneuse pitié et me répondit avec une solennité hiératique : *Monsieur, le marbre aussi est froid* [293]! " La doctrine de l'impassibilité se voulait en effet ambitieuse :

> Mais l'unité entre formalisme et naturalisme se fait par la doctrine de l'impassibilité[294], déjà prônée par Théophile Gautier, cette image de la beauté qui séduira encore, provisoirement, le jeune Baudelaire : *Je hais le mouvement qui déplace les lignes* (*La Beauté*) : la doctrine de l'impassibilité prétend en effet réunir dans une esthétique commune le formalisme de la plastique, la primauté technique de l'Art pour l'Art et l'objectivité de la poésie naturaliste, en un mot les trois grandes orientations de la poésie parnassienne, les trois grands courants fondamentaux d'une littérature qui

---

[293] Cité in F. Vincent, *op. cit.*, p. 30.

[294] L'étiquette "naturaliste" est apparue sous la plume de Zola dès 1866.

entreprend de succéder au romantisme en accordant la poésie avec l'esprit contemporain.[295]

Pour qu'un message d'ordre affectif passe, cela demande une certaine sérénité à l'émetteur aussi bien qu'au récepteur. Une expression extravagante de la douleur ne fait que révolter le lecteur. Les Parnassiens ont compris cela. Leurs credos : la sobriété, la pudeur, l'élégante discrétion[296].

Théophile Gautier, chef incontestable du Parnasse, a joué un rôle très important en la matière[297]. La *Préface de Mademoiselle de Maupin* (1836) et la dernière pièce d' *Émaux et Camées* contiennent les principes poétiques essentiels de Gautier qui se ramènent à peu près à ceci : l'art est indépendant de la morale, de la philosophie, de la sociologie. Il ne vise ni à traduire des idées, ni à réformer les mœurs. Il n'a d'autre but que lui-même. Les choses sont belles en proportion inverse de leur utilité : «Il n'y a de vraiment beau que ce qui ne peut servir à rien; tout ce qui est utile est laid.» L'émotion quand elle se trouve, doit rester discrète, reléguée au second plan. Peindre des tableaux impeccables, aux couleurs vives, aux lignes pures, voilà le rôle de la poésie; car c'est la perfection de la forme qui donne aux poèmes leur valeur. La poésie de l'âge mûr de Gautier est caractérisée par l'acheminement de la poésie vers l'impersonnalité et l'absence de toute rhétorique[298]. Il a déclaré qu'«un homme ne doit *jamais* laisser passer de la *sensibilité* dans ses œuvres. La sensibilité

---

[295] H. Lemaître, *La Poésie depuis Baudelaire*, Paris, Armand Collin (coll. U), 1965, p. 19.

[296] F. Vincent, *op. cit.*, p. 32.

[297] Cela n'a pas empêché Thibaudet de l'avoir taxé de poète romantique. Cf. A. Thibaudet, *op. cit.,* p. 185.

[298] G. Zayed, *op. cit.*, pp. 305-306.

est un côté inférieur en art et en littérature[299]». Prenons comme exemple l'un de ses poèmes :

> Comme autrefois, pâle et serein
> Je vis, du moins on peut le croire,
> Car sous ma redingote noire
> J'ai boutonné mon noir chagrin.[300]

Théophile Gautier veut montrer qu'aussi insoutenable soit la douleur causée par la perte de sa mère, un poète doit garder jalousement le chagrin dans son for intérieur et se montrer sous une apparence sereine. Il est normal qu'à la disparition d'un être cher, on éprouve une douleur violente. Mais cette douleur ne doit se traduire en poésie qu'avec une parfaite maîtrise. Dans la vie quotidienne, toute expression emphatique des sentiments tels que la douleur éprouvée par l'individu, n'a pour effet que de troubler le sujet compatissant et de faire naître chez lui un autre sentiment, la pudeur, ce qui ne fait qu'affaiblir l'effet dramatique initial. Cette disposition est encore plus vraie en littérature, s'il s'agit essentiellement de provoquer la compassion chez les lecteurs qui théoriquement ne connaissent aucun lien d'affection avec l'individu en question, qu'il soit un personnage de l'auteur ou l'auteur lui-même. Il faut savoir par conséquent garder la mesure.

Dans le quatrain cité ci-dessus, le mot *chagrin*, devenu banal à force d'être utilisé abusivement par les romantiques, renaît dans le contexte avec une certaine acuité et fraîcheur, car il est "habité" ici matériellement du corps sensible d'un homme tourmenté par la douleur; quant à la *redingote noire*,

---

[299] F. Vincent, *op. cit.*, p. 30.
[300] *Ibid.*, p. 34.

qui n'était qu'un des accessoires du cérémonial servant à ponctuer un acte social, elle s'impose ici en symbole de douleur grâce à ce qu'elle renferme[301]. Ce qui vaut pour la douleur, vaut pour tous les sentiments. Savoir se retenir dans les expressions des sentiments est donc une des règles les plus importantes pour la poésie, si la poésie est censée en exprimer. Cette attitude, Jean-Paul Sartre la nomme la précaution :

> L'écrivain ne doit pas chercher à *bouleverser,* sinon il est en contradiction avec lui-même, s'il veut *exiger,* il faut qu'il propose seulement la tâche à remplir. De là ce caractère de *pure présentation* qui paraît essentiel à l'œuvre d'art : le lecteur doit disposer d'un certain recul esthétique. C'est ce que Gautier a confondu sottement avec «l'Art pour l'Art», et les Parnassiens avec l'impassibilité de l'artiste. Il s'agit seulement d'une précaution, et Genet la nomme plus justement politesse de l'auteur envers le lecteur.[302]

S'agit-il d'une "sottise" gautierienne ou parnassienne? Faut-il s'incliner devant la "prudence" d'un J.-P. Sartre et la "politesse" d'un J. Genet ? La dénomination importe peu. Les efforts de tout un chacun convergent en fin de compte sur une seule idée : la poésie par suggestion.

---

[301] Formidable performance de la maîtrise de l'émotion ! dirait-on. Pourtant le poète a cédé par la suite à la tentation d'une notice explicative, ce qui selon le critère poétique chinois gâche tout le charme de la strophe précédente.

> Sans qu'un mot de mes lèvres sorte
> Ma peine en moins pleure tout bas;
> Et toujours sonne comme un glas
> Cette phrase : ta mère est morte !

[302] J.-P. Sartre, *Qu'est-ce que la littérature ?* Paris, Gallimard (coll *Idées*), 1948, pp. 62-63.

L'influence de l'art impressionniste

Il faut dire que l'esthétique verlainienne est liée étroite-ment à certains principes du mouvement impressionniste. "Comme l'a bien souligné Antoine Adam, la fortune de Verlaine est liée à celle de l'impressionnisme; il voit le monde avec le même regard que ces peintres, il cherche dans certains de ses poèmes les plus réussis des procédés qui transposent leur manière dans la langue et la proso-die[303]." L'influence de l'impressionnisme sur Paul Verlaine est tout à fait confirmée par de nombreux critiques litté-raires dont Georges Zayed :

> À côté de la peinture du XVIIIe siècle, il en est une autre qui a laissé dans l'œuvre de Verlaine des traces non moins importantes : celle de la peinture impressionniste. Nous avons vu plus haut que le poète visitait le Salon [En 1868, Pissaro, Monet, Sisley, Renoir exposaient tous ensemble au Salon où le premier avait déjà exposé depuis 1859.] et avait connu et fréquenté plusieurs peintres de l'époque, en particulier: Mallet, Bazille, Fantin-Latour, Forain, Gill. A-t-il eu l'occasion d'assister à leurs réunions au Café Guerbois, où fréquentaient non seulement ces peintres et leurs amis, mais un grand nombre de littéra- teurs, poètes ou critiques d'art, entre autres Zola et Philippe Burty...[304] ? On l'ignore. En tout cas, les discuss-ions artistiques qui s'y déroulaient ne se faisaient pas à huis clos et gagnaient les milieux littéraires, mettant ainsi les écrivains au courant de la technique de la nouvelle école.
> M. A. Adam voit dans «l'impressionnisme» de Verlaine, une «acquisition nouvelle et importante» dans l'histoire de

---

[303] M. Décaudin et D. Leuwers, *Littérature française*, t. 8, Paris, Arthaud, 1986, p. 206.

[304] Philippe Burty (1830-1890), critique d'art français.

son œuvre, qu'il place vers 1872, époque où le poète est
«tout préoccupé de ces problèmes». Octave Nadal la fait
remonter plutôt à 1866, voyant dans les *Poèmes Saturniens*
des pièces «qui comptent parmi les plus belles réalisations
impressionnistes» (Crépuscule du Soir mystique, Après
trois ans, L'Heure du berger...).[...]
Quoi qu'il en soit, qu'on considère le principe même de
l'impressionnisme ou sa technique, il est certain que
Verlaine s'est préoccupé vivement et assez tôt de ces
questions. Sa lettre accompagnant l'exemplaire des *Poèmes
Saturniens* offert à Mallarmé ne laisse aucun doute à ce
sujet : «J'ose espérer que ces essais vous intéresseront et
que vous y reconnaîtrez, sinon le moindre talent, du moins
un effort vers l'Expression, vers la Sensation rendue.»[305]

Michel Décaudin nous rappelle qu'à l'époque où Verlaine
écrit les *Ariettes oubliées*, il fréquente le groupe des amis
d'Émile Blémont, fondateur de la *Renaissance littéraire et
artistique*. Dans ce milieu, on se réclame de la vie moderne.
C'est dans son sillage qu'apparaîtra la notion d'impressionnisme littéraire vers 1880. Et les *Romances sans paroles*
dans leur ensemble sont en relation étroite avec ces
orientations de la peinture et de la poésie[306].

Nadal résume les principaux points de la manifestation
de l'impressionnisme dans l'œuvre de Verlaine : 1) Peu
d'anecdotes et de sujets mythologiques, allégoriques ou
historiques; 2) absence de moralités, de spéculations idéolo-
giques, de connaissances; 3) modernité des motifs-sujets; 4)
singularité des sensations; 5) organisation délicate des cou-

---

[305] Georges Zayed, *op. cit.*, pp. 207-209. Pour faciliter la lecture,
nous jugeons inutile, pour le passage cité, de garder les notes originales
indiquant la source. En revanche, les renseignements nécessaires à une
bonne compréhension sont restitués entre crochets.

[306] Michel Décaudin, "Sur l'impressionnisme de Verlaine", in J.
Beauverd *et al.*, *op. cit.*, p. 47.

leurs; 6) gamme variée de sonorités; 7) recherche d'une langue poétique sans paroles; 8) naufrage du sens des mots sur de puissants manèges de musique ou d'images.[307] Sur le plan technique, on remarque que Verlaine utilise les mêmes procédés que les peintres impressionnistes. Le procédé le plus frappant est celui de la juxtaposition des sensations. Son poème *Walcourt* dans le cycle *Paysages belges* en est un excellent exemple. Comme les impressionnistes, Verlaine se plaît à capter les aspects fugitifs d'un paysage dans un moment de la lumière (*Bruxelles, simple fresque* et *Malines*).

L'influence de la poésie chinoise ?

On n'a pu trouver de preuves directes susceptibles de jeter un lien entre la poésie de Verlaine et l'influence de la poésie chinoise en France. Grâce aux remarquables travaux de William L. Schwartz nous savons pourtant qu'une traduction *imaginative* des poèmes des Tang a été faite par le Marquis d'Hervey-Saint-Denys en 1862, intitulée *Poésie de l'époque de Thang, avec une étude sur l'art poétique en Chine*[308]. Théophile Gautier a manifesté très tôt un grand intérêt à l'égard des choses chinoises. Sans se mettre à étudier le chinois lui-même, Gautier a invité un Chinois à Paris à donner des leçons de chinois à ses deux filles dont Judith Gautier qui s'est spécialisée dans la langue et la poésie chinoises[309]. Il paraît qu'il était le premier écrivain français

---

[307] G. Zayed, *op. cit.*, p. 208.

[308] W. L. Schwartz, *The Imaginative Interprétation of the Far East in Modern French Literature 1800-1925*, Paris, Librairie ancienne Honoré Champion, 1927, p. 33.

[309] Elle est l'auteur d'un roman sur la Chine et d'un traité sur la poésie chinoise, le *Livre de Jade. ibid.*, p. 37.

du siècle dernier qui ait découvert la possibilité artistique de l'écriture imaginative grâce aux idées chinoises. Un poème, *Chinoiserie*, qui figure dans presque toutes les anthologies, a été maintes fois cité pour illustrer son goût quant aux choses chinoises:

> Ce n'est pas vous, madame, que j'aime,
> Ni vous non plus, Juliette, ni vous,
> Ophélia, ni Béatrix, ni même
> Laure la blonde avec ses grands yeux doux.

> Celle que j'aime, à présent, est en Chine,
> Elle demeure avec ses vieux parents,
> Dans une tour de porcelaine fine,
> Au fleuve Jaune, où sont les cormorans.

> Elle a des yeux retroussés vers le tempes,
> Un pied petit à tenir dans la main,
> Le teint plus clair que le cuivre des lampes,
> Les ongles longs et rougis de carmin.

> Par son treillis elle passe sa tête,
> Que l'hirondelle, en volant, vient toucher,
> Et chaque soir, aussi bien qu'un poète
> Chante le saule et la fleur de pêcher.

Le dernier poème de la série chinoise de Gautier intitulé *À la Marguerite* figure parmi les cinq poèmes parus dans le premier numéro du *Parnasse contemporain* en 1866. Quoiqu'il soit impossible pour Gautier d'accéder au véritable art de la poésie chinoise, il semble que, malgré la traduction tout à fait approximative de l'époque, il ait saisi un des aspects de cet art que Gautier a comparé à l'idée chère des Parnassiens: l'impersonnalité[310].

---

[310] *Ibid.*, p. 24 : "On the other hand the impersonality of Chinese poetry pleased Gautier, who believed in art for art's sake. Moreover,

Gautier a communiqué son goût pour la Chine à son entourage, ses amis et ses admirateurs tels que les frères Goncourt, Bouilhet, Baudelaire et Victor Hugo. Le poète Bouilhet a composé des poèmes en imitant les vers hepta-syllabiques, une des formes poétiques chinoises principales, que Hervey-Saint-Denys avait expliquée dans *Les chanson des Rames*[311]. Il a composé, par exemple, un poème intitulé *La Pluie du printemps* imitant un vers de DU Fu traduit par Hervey-Saint-Denys[312]. Ce n'est sans doute pas par hasard qu'un poème intitulé *Vase de Chine, à la petite Y-Hang-Tsei* de Victor Hugo fut composé dans cette forme[313]. Les frères Goncourt, qui faisaient partie du cercle des Gautier, ont pu témoigné de la présence d'un lettré chinois, Ting-Tun-Ling, parmi les hommes de lettres qui se rencontraient fréquem-ment chez le poète et discutaient sur les choses chinoises. Dans leur *Journal* ils ont noté à plusieurs reprises de telles réunions où l'on discutait de la poésie chinoise et commen-tait la traduction d'Hervey-Saint-Denys de la poésie des Tang[314].

Les Parnassiens dont Gautier est un des maîtres indénia-bles ont été naturellement influencés par lui en la matière.

---

his conception of the poet's calling and of obligations of friendship was similar to that of the Chinese."

[311]Louis Bouilhet (1829-1872) n'a pas publié dans *Parnasse contemp-orain* malgré ses liens avec un bon nombre de Parnassiens. "Après sa mort, son ami Flaubert publia, sous le titre *Dernières chansons*, des poèmes inédits où nous découvrons encore d'autres traits par où il se rattache au Parnasse." Ce poème a eu pour inspiration la "traduction" très approximative d'un poème de Li Bai par le sinologue, Hervey-Saint-Denys. Cf. F. Vincent, *op. cit.*, p. 136.

[312] *Ibid.*, p. 34.

[313] *Ibid.*, p. 26.

[314] Notamment les 20 juin 1864, 21 janvier 1866, 15 avril 1868, *Ibid.*, pp. 36-37.

Prenons par exemple Catulle Mendès qui a animé avec Louis-Xavier Ricard le périodique *Parnasse contemporain*[315]. Mendès a épousé Judith Gautier et a publié en 1863 un sonnet intitulé *Ten-Si-O-Dai-Tsin*, qui avait pour thème de base la mythologie japonaise de l'éclipse du soleil[316]. Etant donnée l'indifférenciation, courante à l'époque, entre la Chine et le Japon, on pourrait considérer ce sonnet dans le même cadre que celui de l'intérêt pour la *chinoiserie*.

Par son sonnet *la Marguerite*, Gautier a exprimé son rêve de chercher l'idéal chez un Li-Tai-Pé (LI Taibai) comme précurseur de l'école de *l'Art pour l'Art*. C'est sans doute sous son influence que Mallarmé s'est mis à chanter la louange des poètes chinois qui poursuivaient avec patience la perfection poétique :

> Je veux délaisser l'art vorace d'un pays
> Cruel, et, souriant aux reproches vieillis
> Que me font mes amis, le passé, le génie,
> Et ma lampe qui sait pourtant mon agonie,
> Imiter le Chinois au cœur **limpide et fin**
> De qui l'extase pure est de peindre la fin
> Sur ses tasses de neige à la lune ravie
> D'une bizarre fleur qui parfume sa **vie**
> **Transparente**, la fleur qu'il **a sentie**, enfant,
> **Au filigrane** bleu de l'âme se greffant.
> Serein, je vais choisir un jeune paysage
> Que je peindrais encore sur les tasses, **distrait.**
> Une ligne d'azur **mince et pâle** serait
> Un lac, parmi le ciel de porcelaine nue.
> Un éclair croissant perdu par une **blanche nue**

---

[315] L.-X. Ricard est le neveu du sinologue G. Pauthier.

[316] F. Vincent, *op. cit.*, p. 136.

[...]³¹⁷

Est-ce par hasard que les mots essentiels y réunissent malgré le peu de connaissance de l'auteur sur la poésie chinoise : limpide et fin, vie transparente, sentir au filigrane, ligne mince et pâle, blanche nue ?

Heredia a fait connaissance de Gautier avant 1864 et était au courant de l'existence de la traduction de la poésie chinoise. Il a publié en 1868 un sonnet dans *L'Artiste*, "L'Écran" qui décrivait un objet d'artisanat chinois. Armand Renaud, un autre collaborateur de *Parnasse contemporain* et ami à Verlaine a écrit, en 1864, un poème sur la Chine intitulé *Le Palanquin*. Son *Saule pleureur* est une véritable aventure que l'auteur voulait expérimenter dans un terrain inconnu ³¹⁸. Nous citons seulement les deux dernières strophes :

> Sous son ombre, vers l'heure où le soleil décline,
> Quand d'obliques rayons dorent chaque rameau,
> Celui qui vient songer, les gras sur la poitrine,
>
> Sent fleurir dans son cœur quelque chose de beau
> Et comprend votre culte, o poètes de Chine,
> Pour le saule pleureur se suspendant sur l'eau.³¹⁹

Dans cette atmosphère, il serait difficile pour Verlaine d'ignorer la poésie chinoise, surtout quand on songe à l'importante influence qu'exerçaient sur lui Théophile Gautier et son entourage. Mais nous n'avons pu trouver de

---

³¹⁷ Cet extrait est cité in W. L. Schwartz, *op. cit.* Il s'agit d'un poème de Mallarmé publié dans *Parnasse contemporain*. Nous soulignons les termes auxquels s'intéresse notre étude.

³¹⁸ W. L. Schwartz, *ibid.*, p. 45.

³¹⁹ Armand Renaud, *Poésie*, II, p. 15, cité in W. L. Schwartz, *ibid.*

documents qui constituent des preuves flagrantes de l'influence de la poésie chinoise sur son art, si ce n'est son enthousiasme pour la traduction de la poésie chinoise faite par Judith Gautier. Il a commencé en ces termes de son compte rendu sur le *Livre de Jade* de Judith Gautier[320] :

> Comment peut-on être Chinois ? C'est le secret de Judith Walter, pseudonyme transparent sous lequel se dérobe la brillante personnalité d'une jeune femme qui recommande au public lettré ce double titre d'être la fille d'un poète illustre et la femme d'un autre poète qui a extrêmement de chances pour rendre bientôt célèbre un nom déjà retentissant parmi le jeune romantisme.[321]

Ce livre de Judith Gautier est censé être une traduction de la poésie chinoise[322]. "Traduction libre" a précisé Ver-

---

[320] C. Mendès a même prétendu que le *Livre de Jade* devait être pris en considération quant aux origines du *vers libre* : "Il faudrait peut-être—parlant des origines du vers libres—prendre en considération... surtout le *Livre de Jade* de Mme Judith Gautier." Cf. C. Mendès *Rapport sur le mouvement poétique*, pp. 152-153, cité in W. L. Schwartz, *ibid.*, p. 47. Il faut signaler que le mariage de Judith Gautier avec Mendès n'a duré qu'une année, ce qui justifie l'appellation "Mme Judith Gautier". Il est à préciser aussi que *Le Livre de Jade*, fut publié en 1867, signé Judith Walter. Le titre est surmonté de quatre caractères chinois du style topographique白玉詩書. Une adresse, — 47, Passage Choiseul, 47, tient lieu d'éditeur.

[321] P. Verlaine, *Œuvres en prose complètes, op. cit.*, p. 622. Judith Gautier a publié le *Livre de Jade* à l'âge de dix-sept an et *Le Dragon impérial* en 1869, signé Judith Mendès.

[322] Le sinologue français Soulié de Morant et le spécialiste anglais Waley se sont accordés à chanter la louange de cette œuvre. Soulié a dit dans son *Essai sur la littérature chinoise* (p. 199.), notamment ceci : "Nous ne connaissons qu'une traduction réellement belle des poèmes chinois, le *Livre de Jade* de Mme Judith Gautier, qui a la conscience de la fidélité dans la traduction, a su joindre l'expression poétique du sentiment"; tandis que l'appréciation de Waley a exprimé quelques réserves sur la fidélité de la traduction : "It has been difficult to compare these

laine. Mais il a bel et bien souligné les caractéristiques de la poésie chinoise : "la concision pour l'expression, la brièveté quant à la phrase et la discrétion dans les procédés mis en œuvre[323]."

Sans le moindre document qui nous permettrait de prouver l'influence de la poésie chinoise sur l'art poétique verlainien, certes, nous constatons pourtant que la poésie de Verlaine n'a cessé d'être comparée à celle des poètes chinois. QIAN Zhongshu jette un lien entre la poésie de Verlaine et la poésie chinoise de l' École du Sud : "Le plus savoureux est le rapprochement entre la poésie chinoise et Verlaine. Ce dernier disait : «Rien de plus cher que la chanson grise. Pas de couleur, rien que la nuance », ce qui est précisément le style de la peinture du Sud : «la peinture aspire à l'ombre et non à la lumière, car ce qui est éclairé est anguleux et crochu, alors que ce qui est assombri est comme couvert et embrumé[324].»" Il cite un critique britannique qui s'est exprimé dans ce sens :

> Les critiques occidentaux de la poésie chinoise donnent fréquemment l'impression de faire des commentaires sur la peinture chinoise. Ainsi dit-on que la poésie chinoise classique est «immatérielle» (*intangible*), «légère» (*light*), «sugges-

---

renderings with the original, for proper names are throughout destorted or interchanged, [...]. Nevertheless, the book is far more readable than that of Hervey-Saint-Denys, and shows a wider acquaintance with Chinese poetry on the part of whoever chose the poems. Most of the credit for this selection must certainly be given to Ting-Tun-Ling, the *literatus* whom Théophile Gautier befriended. But the credit for the beauty of these often erroneous renderings must go to Mademoiselle Gautier herself." (dans les "Notes bibliographiques" de *One Hundred and Seventy Chinese Poems*) Cf. W. L. Schwartz, *op. cit.*, pp. 47-48 et n5.

[323] *Ibid.*, p. 623.

[324] QIAN Zhongshu, *op. cit.*, p. 56. La phrase citée est de DONG Qichang (*L'Œil de la peinture* 畫眼), *ibid.*, n92.

tive» et qu'en ce sens son plus proche équivalent occidental est la poésie de Verlaine[325]. On a également écrit que la poésie chinoise classique était si concise et si expressive que l'«art poétique» de Verlaine pouvait définir le principe de la tradition littéraire chinoise.[326]

G. Zayed a cité Paul Claudel dans le même sens :

> On connaît les mots de Claudel à ce propos : "Les vers français jusqu'à Verlaine étaient soit un discours disert, soit une harangue enflammée, soit une musique quelquefois, mais la musique le plus souvent d'un instrument à percussion, avec des temps impitoyablement accusés. Mais avec Verlaine se trouve illustrée la pensée du sage chinois : «Le nombre parfait est celui qui exclut toute idée de compter[327]! »"

---

[325] Lytton Strachey, *An Anthology,* Cf. «Characters and Commentairies» p. 153, cité in QIAN Zhongshu, *op. cit.*, p. 55, n87.

[326] Desmond MacCarthy, *The Chinese Ideal.* Cf. «Experience» , p. 73, cité in QIAN Zhongshu, *ibid.*, n88.

[327] P. Claudel, "Paul Verlaine", *Revue de Paris,* 1er fév. 1937, pp. 499-500, cité in G. Zayed, *op. cit.*, p. 375, n1.

LES PRINCIPES ESTHÉTIQUES VERLAINIENS

L'impersonnalité et l'impassibilité

La poésie de Verlaine est unanimement considérée comme celle suggestive. C'est la raison pour laquelle elle est inlassablement comparée à la poésie chinoise. QIAN Zhongshu cite plusieurs écrivains occidentaux à ce propos[328]. "Ainsi dit-on que la poésie chinoise classique est «immatérielle» (*intangible)*. «légère» (*light)* «suggestive» et qu'en ce sens son plus proche équivalent occidental est la poésie de Verlaine[329]." On a également écrit que la poésie chinoise classique était si concise et si expressive que l'«art poétique» de Verlaine pouvait définir le principe de la tradition littéraire chinoise[330]. Dans cette poétique, la sensibilité est éveillée par des suggestions, sans passer par l'intellectualisation. L'impersonnalité, l'impassibilité, la fadeur, le flou et la démolition de la structure linguistique dans la poésie, visent tous à éviter l'intellect pour atteindre directe-

---

[328] QIAN Zhongshu, *op. cit.*, p. 55.

[329] Lytton Strachey, *An Anthology*, p. 153, cité in *ibid*.

[330] Desmond MacCarthy, *The Chinese Ideal*, p. 73, cité in *ibid*.

ment la sensibilité de l'homme. Dans sa présentation des *Poèmes saturniens*, J. Borel les résume sans énumérer tous ces moyens:

> Aucun développement, aucune rhétorique, aucun mélange de la description et de la réflexion ou du sentiment. Et même, aucune description. La maison, le jardin ne sont aucunement décrits : les objets qui les évoquent sont isolés, et ils restent isolés dans l'âme qui semble ne recevoir d'eux que d'immédiates sensations. Rien n'est traduit ni commenté; seule, l'impression et sa nudité. «Humide étincelle» du soleil sur les fleurs «plainte» du tremble, «murmure argentin» du jet d'eau, [...] seules ces sensations de la vue, de l'œil, de l'oreille vierges et indépendantes, sont rapportées, et la plus grande émotion, ce n'est pas le vocabulaire habituel de la langue du cœur qui la traduit, mais cette étonnante sensation olfactive qui ne clôt pas tant le poème qu'elle ne le prolonge en ondes feutrées et infinies dans l'intériorité la plus vibrante de l'âme, si bien que cette «odeur fade du réséda» il semble que ce soit le désespoir et le souvenir mêmes qui l'exhalent.[331]

Plusieurs techniques sont employées pour parvenir à revivre dans la poésie *l'impression et sa nudité*. Nous allons commencer par l'impersonnalité et son corollaire, l'impassibilité.

Dans sa longue lettre datée du 16 mai 1873 adressée à son ami Lepelletier, Paul Verlaine déclare son projet de "faire un livre où l'homme sera complètement banni." L'homme sera banni en tant que sujet et en tant que conscience[332]. Bien que son projet n'ait pas été réalisé, ce

---

[331] J. Borel, [Présentation des] *Poèmes saturniens*, in P. Verlaine, *Œuvres poétiques complètes, op. cit.*, p. 45.

[332] E. Lepelletier, *op. cit.*, p. 271.

passage montre bien une certaine orientation esthétique[333]. Vue l'importance que Verlaine a attachée à cette idée, il s'agissait sans doute d'un nouvel horizon dans l'art poétique pour lui. Cette idée de bannir l'homme de ses poèmes, une volonté vers l'impersonnel, signifie un effort de s'affirmer, étant donné la marque profonde du romantisme chez le poète.

On retrouvera à plusieurs reprises dans ses écrits cette idée d'impersonnel dont Verlaine ne s'est jamais donné la peine de préciser la définition. On la trouve d'abord dans la préface de 1889 à *Parallèlement* :

> «Parallèlement» à *Sagesse, Amour* et aussi à *Bonheur* qui va suivre et conclure. Après viendront, si Dieu le permet, des œuvres impersonnelles avec l'intimité latérale d'un long *Et cætera* plus que probable.[334]

D'un ton peu convaincant certes, dans l'avertissement destiné à la seconde édition de *Parallèlement* datée d'octobre 1894[335], Verlaine reprend l'idée en ces termes : «Ce qu'il [l'auteur de *Parallèlement*] écrira dorénavant, il n'en sait trop rien encore. Peut-être, enfin ! de l'impersonnel[336].» À la lumière de sa lettre à Lepelletier, il est évident que l'*impersonnel* de Verlaine n'a pas la même signification que celle des peintres impressionnistes. Verlaine a voulu bannir de sa poésie la présence de l'homme en tant qu'entité consciente, peut-être, mais surtout l'exclure *physiquement* de ses poèmes.

---

[333] Verlaine a même donné dans cette lettre plusieurs titres de ses poèmes *didactiques* conçus dans cette optique : "La Vie du Grenier", "Sous l'eau" et "L'Île", *ibid.*, p. 273.

[334] Paul Verlaine, *Œuvres poétiques complètes, op. cit.*, p. 483.

[335] Première édition en 1889.

[336] Paul Verlaine, *loc. cit.*

"Dans ces poèmes-là, il n'y avait que des «Paysages, choses
...»" a-t-il précisé dans cette lettre[337]. Mais avec ces quelques
évocations sporadiques et sans développement, il nous est
difficile de saisir son véritable objectif. Il faut s'informer
dans les discours des poètes Parnassiens avec qui il s'est lié
surtout au début de sa carrière[338].

Et finalement dans une conférence donnée à Bruxelles
(1892-1983), Verlaine rétracte son enthousiasme de néo-
phyte de jadis en matière d'impersonnel et d'impassible :

> J'ai débuté en 1876 par les *Poèmes saturniens*, chose jeune et
> forcément empreinte d'imitations à droite et à gauche. En
> outre, j'y étais «impassible», mot à la mode en ces temps-là.
>
> Est-ce en marbre ou non la Vénus de Milo ?
>
> m'écriais-je alors dans un Épilogue que je fus quelque
> temps encore à considérer comme la crème de l'esthétique.
> Depuis, ces vers et ces théories me semblent puérils;[339]

Mais "bannir l'homme de son œuvre" semble son penchant manifesté dès ses premiers poèmes. Borel affirme que

---

[337] Lepelletier, *ibid.*

[338] Cf., pour la création du *Parnasse contemporain*, P. Verlaine, *Œuvres en prose complètes, op. cit.*, "Du Parnasse contemporain" et "Les mémoires d'un veuf", pp. 107-117, ainsi que, pour la doctrine littéraire, F. Vincent, *op. cit.*, chapitre II, pp. 28-83.

[339] Cette espèce de palinodie se trouve dans P. Verlaine, *ibid.*, "Conférence sur les poètes contemporains", p. 900. Il faut reconnaître que Verlaine a eu des périodes "non-impassible". Cf. Gérard Genette, *Figure I*, Paris, Éditions du Seuil, 1966, pp. 69-90 : "C'est alors que parurent les premiers exemplaires de *la Bonne Chanson* (l'achevé d'imprimer est du 12 juin 1870).[...] Leconte de Lisle félicita l'auteur de ses vers «qui respirent le repos heureux de l'esprit et la plénitude tranquille du cœur» preuve qu'il les avait lus hâtivement, car s'il y manque quelque chose, c'est bien l'impassibilité."

Verlaine "chante presque d'emblée avec cet accent inouï qui est le sien : [...] la vaporisation de l'être dans la sensation de la rêverie[340]"; que "la dissolution de l'être poreux et abandonné dans la rêverie, sa projection et sa pulvérisation dans les objets du monde, Verlaine a très vite vu et senti là la pente profonde de son génie[341]".

L'impersonnel a fasciné Verlaine pendant la quasitotalité de sa carrière littéraire. Jean-Pierre Richard trouve que les poèmes les plus typiquement verlainiens, c'est-à-dire ceux qui précèdent *Sagesse* semblent se trouver suspendus dans une neutralité indifférente qui vivent "hors de lui, loin de lui, dans une objectivité trouble sur le mode du 'cela' ". Il pense que les premiers quatre recueils de Paul Verlaine illustrent "l'anonymat authentique du pur sentir", alors que les poèmes composés après sa reconversion ne sont plus authentiquement impersonnels, puisqu'ils n'expriment guère les sentiments véritablement vécus[342]. Yves Stalloni croit que "l'obsession de l'impersonnel" qui préoccupe Verlaine est née du désir de se fuir. L'eau courante, pense-t-il, est un symbole de "la tentation pour l'anonymat[343]". Charles B. Whiting fait le portrait de Paul Verlaine comme d'un poète qui s'efface derrière le pronom personnel "il" et disparaît par l'emploi du pronom "on[344]". Pierre Creignou juge

---

[340] Jacques Borel, "[Présentation des] Premiers vers" in P. Verlaine, *Œuvres poétiques complètes, op. cit.*, p. 3.

[341] *Ibid.*, p. 5.

[342] J.-P. Richard, "L'Expérience sensible de Verlaine", *French Studies*, 1953, pp. 301, 308. Les informations de ce paragraphe proviennent de M. K. La Pointe, *op. cit.*, pp. 34-38.

[343] Yves Stalloni, "Verlaine, poète de l'eau?", *Europe* (sept-oct 1974), p. 110.

[344] Charles G. Whiting, "Verlainian Reflections in Éluard's Poetry", *The romantic Review*, 61 (1970), pp. 185-86.

Verlaine sur le volet de l'impersonnalité en disant qu'il est impersonnel par défaillance plutôt que par choix, parce qu'il est "un poète d'un moi qui n'a plus la force de dire moi, et qui se contemple — n'étant plus qu'un œil dans les objets qui meurent[345]".

La *fadeur* Verlainienne

La *fadeur* est connue comme une des caractéristiques propres à la poésie de Verlaine. C'est une figure rare de la poésie française. Les surréalistes se sont livrés à beaucoup d'expériences dont la passivité voulue. Cette mise en condition touche de près la fadeur verlainienne. A. Bosquet la présente ainsi :

> Cette grande *passivité*, cette belle *hébétude* devant l'amas de mots incompatibles, d'images fantastiques, de sentences où la folie la plus violente le dispute à la cocasserie la plus ubuesque, place les surréalistes en état de réception parfaite : il leur suffit d'enregistrer ce que leur envoient le subconscient et le rêve. Ils ne manquent pas de le faire, avec une honnêteté certaine, tant que dire la mode du *texte automatique*. Mais cette irresponsabilité, qui aurait contenté des êtres aussi possédés que Robert Desnos, ne peut satisfaire pleinement des esprits plus exigeants, plus ambitieux, et par là même plus conscients de leur propre avenir : Louis Aragon.[346]

Impassible signifie qui n'éprouve ou trahit aucune émotion, aucun sentiment, aucun trouble. L'*impassibilité* cache

---

[345] Pierre Creignou, "Variations du paysage chez Verlaine", *Europe* (sept-oct 1974), p. 85.

[346] A. Bosquet, *Verbe et vertige. Situation de la poésie contemporaine*, Paris, Hachette, 1961, p. 66.

donc quelque chose par définition; tandis que la *fadeur* semble ne rien cacher et n'avoir rien à cacher puisqu'elle est définie par le manque. Aussi ce mot se dit-il de ce qui exerce une action peu agréable sur le sens du goût. La fadeur verlainienne constitue une curiosité dans la poésie française. Le passage suivant de J.-P. Richard a été inlassablement cité :

> En face des choses l'être verlainien adopte spontanément une attitude de passivité, d'attente. Vers leur lointain inconnu il ne projette pas sa curiosité ni son désir, il ne tente même pas de les dévoiler, de les attirer à lui et de s'en rendre maître; il demeure immobile et tranquille, content de cultiver en lui les vertus de porosité qui lui permettront de mieux se laisser pénétrer par elles quand elles auront daigné se manifester à lui [...]
> Repos, silence, détente, ouverture. L'œuvre verlainienne illustrerait assez bien un certain quiétisme du sentir : volonté de ne pas provoquer l'extérieur, art de faire en soi le vide, croyance en une activité émanatoire des choses [...] sur laquelle l'homme se reconnaît sans pouvoir, attente de cette grâce imprévisible, la sensation.[347]

J. Bellemin-Noël dans son article sur deux poèmes des *Ariettes oubliées* a précisé l'art de se taire de Verlaine en ces mots :

> On voit bien le jeu de Verlaine, maître de la mi-voix feignant de ne parler que pour se taire et nous faire taire. Il œuvre à la frontière de ne rien dire pour que ça chante, pour que ça chantonne en nous, espérant peut-être nous faire accroire qu'il n'a chanté ni chantonné; en tout cas parvenant à ce résultat que nous l'oublions, lui, pour nous ressouvenir obscurément de nous-mêmes.[348]

---

[347] J.-P. Richard, *op. cit.*, pp. 165-166.
[348] J. Bellemin-Noël, *Vers l'inconscient du texte*, Paris, Puf, 1979, "«Ariettes oubliées» : petits airs du ressouvenir", p. 85.

Se taire n'est peut-être pas le mot juste : on retrouve la même différence de nuance que celle qui sépare *impassibilité* de *fadeur*, qui distingue le manque et l'absence. Mais si l'on croit l'un des plus grands calligraphes chinois, c'est justement dans le manque que réside l'art. "Manquer signifie qu'il y a un plus, dit-il, c'est-à-dire que le sens est long là où le pinceau est court; souvent, il y a davantage de sens et de force là où points et traits apparaissent insuffisants ('損謂有餘，子知之乎？' 曰：'豈不謂趣長筆短，常使意勢有餘，點畫若不足之謂乎？') 349."

De l'*impassibilité* à la *fadeur* il faut passer par une opération de mise en vacuité du soi. On parviendra alors à l'unité de l'être intérieurement et extérieurement. Arrivé à cet état de vacuité, il faut croire que l'impassibilité n'a plus de raison d'être. L'état d'âme de l'homme s'identifie à son apparence : vide à l'intérieur, insipide à l'extérieur. Cet art de Verlaine, ne rejoint-il pas l'idée exprimée à propos de la poésie chinoise par un SIKONG Tu pour qui la valeur d'une poésie est de savoir "rester insipide et silencieuse" (*suchu yimo* 素處以默) et dont "les images s'esquivent à peine esquissées ('*tuoyou xingsi, woshou yiwei*' 脫有形似，握手已違。') 350". Dans la poésie de Verlaine, on retrouve à peu près les mêmes impressions :

---

349 YAN Zhenqing (709-785), in *Quan Tang Wen* (《全唐文》 Intégrale des textes des Tang), livre 337, "Douze leçons de ZHANG Changshi sur la calligraphie" 〈張長史十二意筆法記〉. cité in QIAN Zhongshu, *op. cit.*, p. 50, n70.

350 Cf. *supra* chapitre II, La suggestion : L'apport taoïste et bouddhiste.

L'oubli qui s'ouvre aux retrouvailles parle des lointains de notre temps, si loin qu'ils sont d'un autre temps, du temps d'un autre. Comme si ces petits vers possédaient l'art de dédouaner des impressions refoulées — une lyrique de comptines pour remettre en scène un lyrisme disparu. Plus les moyens sont petits, plus grand sera l'effet, comprenons-le à demi-mot.

Ce qui est minimisé, aussi, c'est l'art du poète. Point de recherche, s'il faut l'en croire : cela vient tout seul, un souffle monte des profondeurs qui se fredonne, à peine articulé, entre des lèvres à peine éveillées. [...][351]

Sans prétendre que Verlaine soit sous l'influence de la poésie chinoise, il est tout de même curieux de trouver ce petit poème heptasyllabiques à l'allure tout à fait chinoise :

Calmes dans le demi-jour
Que les branches hautes font,
Pénétrons bien notre amour
De ce silence profond.

Fondons nos âmes, nos cœurs
Et nos sens extasiés,
Parmi les vagues langueurs
Des pins et des arbousiers.

Ferme tes yeux à demi,
Croise des bras sur ton sein,
Et de ton cœur endormi
Chasse à jamais tout dessein.

Laissons-nous persuader
Au souffle berceau et doux
Qui vient à tes pieds rider
Les ondes de gazon roux.

---

[351] Bellemin-Noël, *op. cit.*, pp. 85-86.

Et quand, solennel, le soir
Des chênes noirs tombera,
Voix de notre désespoir,
Le rossignol chantera.[352]

On peut dire sans trop se risquer que si Th. Gautier se voit dans l'obligation de "boutonner" son "noir chagrin" sous sa "redingote noire" et de céder à la tentation de déclarer sa peine en se réfugiant dans une fausse pudeur (*Sans qu'un mot de mes lèvres sorte.*/ *Ma peine en moins pleure tout bas;*) c'est parce que l'impassibilité reste une façade et que son intérieur est encore plein.

Comme le démontre le passage ci-dessus d'A. Bosquet, il convient de dire que la poésie occidentale n'a jamais vraiment fait sienne la fadeur du genre verlainien : chercher le repos, faire silence et savoir se taire. Après la constatation faite d'un Paul Claudel[353], on entend en 1989 un discours semblable de la bouche d'un autre grand poète occidental, Octavio Paz. Il répond en ces termes à la question de savoir en quoi la poésie chinoise l'a-t-elle particulièrement marqué :

> J'ai aussi vécu un certain temps au Japon. L'expérience m'a énormément intéressé. Et c'est grâce à la poésie japonaise que j'ai commencé à lire la poésie chinoise (en anglais, malheureusement, je ne connais pas le chinois). Cela a constitué une révélation extraordinaire. L'une des grandes différences du monde moderne avec la Renaissance ou le XIXᵉ siècle, c'est que nos classiques ne sont pas uniquement latins ou grecs. À côté de ceux-ci, nous avons en effet la grande littérature chinoise, les Japonais, les Indiens, les Arabes. Notre classicisme va bien au delà du classicisme

---

[352] P. Verlaine, *Œuvres poétiques complètes, op. cit.*, p. 120.

[353] Cf. *supra* chapitre II, La suggestion : L'apport taoïste et bouddhiste.

traditionnel. La poésie chinoise fait désormais partie de mon héritage culturel.[...]
Avec les Chinois et les Japonais, j'ai essentiellement appris l'art du silence. L'art de se taire serait un acquis fondamental pour les poètes d'origine latine qui auraient plutôt tendance à l'éloquence. J'ai également appris la valeur de l'inachevé. Dans notre conception, la perfection ne peut provenir que du produit fini, achevé. Pour les Japonais, la perfection, c'est ce qui reste à mi-chemin, ce qui n'est que suggéré.[354]

Ce n'est donc pas étonnant que la fadeur de Verlaine finit généralement par se retourner contre le poète sous la plume des critiques. C'est avec ce passage affirmatif mais équivoque que J.-P. Richard exprime sa désapprobation :

Car fadeur n'est pas insipidité : c'est une absence de goût devenue positive, réelle, permanente, agaçante comme une provocation. Le fade est un fané qui se refuse à mourir et qui du fait de cette rémanence insolite revêt une sorte de vie nouvelle, une vie louche et un peu trouble, dont on soupçonne qu'elle se situe bien en-deçà, en tout cas en-dehors de sa prétendue douceur. Fadeur d'un sentiment ou fadeur d'une idée, c'est une banalité qui, au lieu d'engendrer la seule indifférence, pénètre, absorbe, et qui, même si elle écœure, oblige à tenir compte d'elle. C'est une façon qu'aurait l'inexistence de séduire la sensibilité et de se faire reconnaître par elle comme existante : un néant abusivement paré de tous les attributs de l'être...[355]

---

[354] Jacobo Machover, "Octavio Paz, le poète dans la cité" [entretien avec O. Paz, propos recueillis par], *Magazine littéraire* n° 263, mars 1989, pp. 104-111.

[355] J.-P. Richard, *op. cit.*, p. 170.

Cette façon verlainienne de présenter la "nature" suscite-rait quelque doute chez les critiques longtemps hantés par une poésie spirituelle :

> Verlaine nous livre les sensations telles quelles : prises à l'anonymat du monde et de l'instant. La fin spirituelle que Baudelaire leur a fait assumer, manque.[356]

C'est sans doute en constatant le manque ontologique de la poésie de Verlaine que F. Jullien éprouve du regret :

> Verlaine rejoint assurément maints poètes chinois par son éthique du «pur sentir». Mais on perçoit du même coup une différence fondamentale : l'appréciation *sensible* de la fadeur ne correspond chez Verlaine à aucune prise de conscience «ontologique» [...] Une pure inclination de la sensibilité qui n'ouvre sur aucune découverte des fonde-ments du réel.[357]

Et il pose *a contrario* la sensation *fade* dans la tradition chinoise :

> Dans la tradition confucéenne aussi bien que taoïste la valorisation de la sensation *fade* rejoint de façon essentielle l'appréhension la plus intime de l'absolu.[358]

Le flou chez Paul Verlaine

L'art de flou de Verlaine rejoint les peintres impression-nistes dont nous venons de parler plus haut. Et c'est un des

---

[356] O. Nadal, *op. cit.*, p. 66. C'est là également constitue "le man-que".

[357] F. Jullien *op. cit.*, p. 147.

[358] *Ibid.*

moyens pour lui de parvenir à la poésie suggestive. Les vers de Verlaine les plus cités à ce propos sont évidemment les suivants :

> Il faut aussi que tu n'ailles point
> Choisir tes mots sans quelque méprise :
> Rien de plus cher que la chanson grise
> Où l'Indécis au Précis se joint.
>
> C'est des beaux yeux derrière des voiles,
> C'est le grand jour tremblant de midi,
> C'est, par un ciel d'automne attiédi,
> Le bleu fouillis des claires étoiles!
>
> Car nous voulons la Nuance encor,
> Pas la couleur, rien que la nuance !
> Oh ! la nuance seule fiance
> Le rêve au rêve et la flûte au cor ![359]

Le flou se joint à tout ce qui est incertain : indécis, vague, obscur, sombre, imprécis; en un mot, tout ce qui entretient la valeur suggestive. C'est à juste titre qu'il est considéré comme "le peintre des paysages flous, insaisissables, des états d'âme vagues, incertains, des rêveries imprécises et indécises[360]". À la lumière de la fuite en avant de Verlaine vis-à-vis de la réalité, Paule Soulié-Lapeyre définit le vague et le flou du poète par "psychologie de vague" :

> Si Verlaine fuit la réalité, c'est qu'il a besoin de dresser entre cette réalité et lui un écran protecteur, parce qu'elle le blesse. C'est une réaction de cet inactif dont nous avons vu tout ce que le tempérament comporte de *vague*, de *flou*, d'indécis, pour amener les choses à sa mesure, pour en

---

[359] P. Verlaine, *Œuvres poétiques complètes*, *op. cit.*, pp. 326-327.

[360] R.-M. Lauverjat, *Verlaine Poésie*, *op. cit.*, p. 135.

«amortir les angles», pour émousser ce que ce monde a de trop aigu.[361]

P. Soulié-Lapeyre a dressé une liste de choix dans la gamme des sensations dont se délecte la sensibilité verlainienne : 1) Époques-temps. Les moments troubles du jour et de l'année : les aubes, «des choses crépusculaires», les «visions de la fin de nuit», les automnes et les printemps aigres; 2) Les éléments de la nature. Verlaine chérit tout ce qui confère au paysage un aspect voilé, atténué, changeant. La pluie qui fournit des reflets éphémères et dont le bruit est à la fois vague et délicat; la neige qui nivelle, rend les formes est les sons indécis; 3) Lieux préférés. Paysages vagues, morts, vaporeux, noyés de brume ou d'eau dormante, capables de dorloter son «pauvre être inactif», étendues plates, désertiques, où rien n'accroche le regard. Cette platitude désolée est généralement majorée par un éclairage trouble; 4) Perceptions tactiles. Les sensations de contact couvrant la gamme du vague et les deux intensités de l'aigu : "la femme aînée *rafraîchit* les «*moiteurs*» du «front blême de Verlaine ("Mon rêve familier" *Poèmes Saturniens*); elle «fait sa *caresse endormante*» ("Lassitude" *Poèmes Saturniens*); «*fourmillante caresse*[362]».

Mais le flou s'obtient aussi par la sensation brute et la perception mal définie. Examinons le poème intitulé *Soleil couchant*[363]:

Une aube affaiblie
Verse par les champs

---

[361] P. Soulié-Lapeyre, *Le vague et l'aigu dans la perception verlainienne*, Paris, Les Belles lettres, 1975, p. 19.

[362] *Ibid.*, pp. 31-57.

[363] P. Verlaine, *Œuvres poétiques complètes, op. cit.*, p. 71.

La mélancolie
Des soleils couchants.
La mélancolie
Berce de doux chants
Mon cœur qui s'oublie
Aux soleils couchants.
Et d'étranges rêves
Comme des soleils
Couchants sur les grèves,
Fantômes vermeils,
Défilent sans trêves,
Défilent, pareils
À des grands soleils
Couchants sur les grèves.

Dans ce paysage, le lecteur se trouve dans l'incertitude totale : pas de localisation, pas de repères d'éléments pittoresques; le physique et le mental ainsi que l'objectif et le subjectif se confondent. L'imprécision en ce qui concerne le temps est introduite par des qualificatifs neutralisants : l'aube affaiblie, soleil couchant[364]. Dans *Kaléidoscope*, on remarque dès le début du poème la même technique de flou[365]:

Dans une rue, au cœur d'une ville de rêve,
Ce sera comme quand on a déjà vécu;
Un instant à la fois très vague et très aigu...
Ô ce soleil parmi la brume qui se lève !

Le premier vers oriente naturellement le lecteur vers le passé ou le présent. On se rend compte au deuxième vers qu'on a fait fausse route : c'est du futur qu'il s'agit. Mais ce futur subit un retour en arrière : "on a déjà vécu". Ce qui

---

[364] J. Mourot, *op. cit.*, p. 144.
[365] P. Verlaine, *Œuvres poétiques complètes, op. cit.*, p. 321.

crée un instant très flou. Le poète semble s'attarder dans une zone entre le rêve et l'éveil. Ce vague temporel est accentué à cause de l'incertitude du sujet agissant qui ne saurait distinguer le rêve et la réalité. En comparaison avec celui du *Soleil couchant,* le soleil ici est dématérialisé davantage par la brume. Cette imprécision dans le temps est un autre élément qui rend la poésie verlainienne floue.

L'art impressionniste de Verlaine

"L'imprécision, le flou, la nuance sont des procédés fondamentaux de l'impressionnisme, dit P. Soulié-Lapeyre, qui connut la faveur que l'on sait chez les peintres, sensiblement à l'époque où Verlaine écrivait ses *Romances sans paroles*[366]."

Verlaine n'a pas tort de dire que le mot *impassibilité* avait été à la mode. Car il s'agissait en fin de compte d'un courant d'idée de l'époque. Tout le monde artistique et littéraire y passait. Impossible de ne pas remarquer que l'annonce faite dans la lettre du 16 mai 1873 de Verlaine coïncide avec les idées de certains de ses contemporains peintres impressionnistes, quoique Verlaine soit resté dans le flou quant à l'inspiration et à l'intention poétique de son entreprise. Les Impressionnistes par exemple, n'ont-il pas affirmé à l'occasion de leur exposition à la Galerie Durant-Ruel en 1874 que leur tableaux nous montraient le monde "tel qu'ils le voient" ? Leur ambition ? Exclure de leur art l'homme, qui est le peintre, en tant que sujet conscient. Ils visaient une peinture *impersonnelle.* Gustave Moreau n'a-t-il pas réitéré en ces termes l'importance de l'impassibilité ?

---

[366] Paule Soulié-Lapeyre, *op. cit.,* p. 88.

Mais si la passion de l'artiste n'était pas contenue, que serait cette horrible expansion, cette manifestation vulgaire du premier venu.

Il faut un moule immuable, éternel, impassible en apparence à cette passion pour qu'elle traverse les âges et qu'elle soit toujours, à toute heure, imposante pour le spectateur.[367]

La figure la plus importante qui constitue le dénominateur commun entre l'art de Verlaine et celui des peintres impressionnistes peut être résumée en un mot : la suggestion. Il semble peu étonnant que Verlaine soit pris par de nombreux critiques à la lumière de l'impressionnisme. Octave Nadal considère l'évolution du style de Verlaine, du descriptif au suggestif, comme un progrès[368]. Kingma-Eijgendaal pense que le vrai et unique but de l'impressionnisme est "de donner l'*équivalence* d'une sensation éprouvée" et que la technique pour l'atteindre est la voie de suggestion plutôt que celle de la description[369].

[...] she finds that Verlaine's art achieves a higher "impressionistic" effect than the others because, in his best creations, his method is to *suggest* rather than to describe it.[370]

---

[367] Gustave Moreau, *L'Assembleur de rêves. Écrits complets de Gustave Moreau.* Préface de Jean Paladilhe. Texte établi et annoté par Pierre-Louis Mathieu, Paris, A Fontfroide, Bibliothèque artistique & littéraire Fata Morgana, 1984, p. 180.

[368] O. Nadal, "L'Impressionnisme verlainien", *Mercure de Franc,* 315 (1 mai 1952), pp. 59-74.

[369] J. Van Tuyl, *op. cit.*, p. 121.

[370] *Ibid.* "The others" désigne dans le contexte Zola, les Goncourt et Rimbaud.

Et c'est justement ce but-là que Verlaine cherche à atteindre par la suggestion des effets sensoriels, "afin de provoquer la participation sensorielle du lecteur[371]". Ce qui différencie le réalisme descriptif d'un Balzac, toujours selon Kingma-Eijgendaal, c'est que des effets sensoriels provoqués à l'impressionniste réside dans le fait que ceux-ci ont lieu sans l'intervention de l'intellect. Ils sont par conséquent à même de donner une sensation fraîche au lecteur : la fraîcheur que présente un objet sur lequel on pose pour la première fois son regard. V. Choklovski fait distinction entre vision et reconnaissance :

> Et voilà que pour rendre la sensation de la vie, pour sentir les objets, pour éprouver que la pierre est de pierre, il existe ce que l'on appelle l'art. Le but de l'art, c'est de donner une sensation de l'objet comme vision et non pas comme une reconnaissance; [...].[372]

"Comme vision et non pas comme une reconnaissance" présuppose la présentation des choses telles qu'elles s'offrent à la perception du poète, sans passer par l'intellect ni du poète ni du lecteur.

> Il faut croire que toute sensation en elle-même, quand elle ne dépasse pas l'intensité qui la change en souffrance, est pour l'homme une jouissance. Ce qui empêche d'habitude cette jouissance de naître, c'est le savoir de l'homme, qui rapporte immédiatement toute sensation à sa cause, et voyant celle-ci si ordinaire, si infime, cesse de s'étonner et de se réjouir. Mais dès qu'il renonce à donner un nom à toute chose perçue, à la couvrir d'un concept, la sensation,

---

[371] *Ibid.*, p. 123.

[372] C. Choklovski, "L'art comme procédé", in T. Todorov, *Théorie de la littérature, op. cit.*, p. 83.

n'étant plus entravée par aucune reconnaissance décevante, est libre de prendre son essor. Et l'homme enchanté se voit subitement en face d'une réalité splendide et radieuse que son savoir lui avait cachée.[373]

Ce qui empêche la jouissance de naître, c'est le savoir, qui recouvre la sensation correspondant au concept. C'est pour cela qu'il ne faut pas chercher à savoir. Le poète, d'après l'idéal chinois, tombera, sans l'avoir cherché, sur le merveilleux (*'qingxing suozhi, miao bu zixun'* '情性所致，妙不自尋。')[374]. Et il convient de "délaisser les mots pour atteindre le sens"(*'deyi wangyan'* '得意忘言')[375].

---

[373] R. Moser, *L'impressionnisme français : peinture, littérature, musique*, Genève, Droz, 1952, pp. 231-232, cité in Van Tuyl, *op. cit.*, pp. 127-128.

.[374] SIKONG Tu, *Ershisi shipin*, cité in XIA Chuancai, t. 1. *op. cit.*, p. 341. Cf. *supra*, chapitre II, La suggestion : L'apport taoïste et bouddhiste.

[375] F. Jullien, *op. cit.*, p. 106.

IV

ANALYSE D'UN POÈME :
LE CIEL EST PAR-DESSUS LE TOIT

Nul n'en doute : la poésie cherche à donner à voir. La conscience poétique est une conscience imageante. Que serait-elle d'autre ? Elle se fait avec des mots, et ces mots, loin d'ordonner l'action pratique, la suspendent, sans exiger non plus l'effort de suivre une pensée;

Y. Belaval, *La recherche de la poésie*

Dans «Le ciel est par dessus le toit [...]» (Sagesse), la conscience se borne à prendre acte de phénomènes perceptifs élémentaires, Verlaine parvient à imposer la vertu poétique de l'objet simplement en le nommant.

J. Mourot, *Verlaine*

INTRODUCTION

Nous avons dit dans le chapitre précédent que Paul Verlaine est resté lui-même dans certaine mesure pendant toute sa carrière de poète malgré les influences qu'il avait subies ou traversées. Mais comme tous les artistes, Verlaine est marqué par son temps. Les grandes lignes de sa formation littéraire que nous venons de tracer serviront de point de repère pour l'analyse que nous allons faire dans ce chapitre.

Son adhésion déclarée à telle doctrine ou à telle autre n'est pas sans conséquence, certes, mais notre attention se portera plutôt sur la signification que présentent les structures, syntaxique et sémantique, de ses poèmes. Car, il existe toujours un écart à ne pas négliger entre le Verlaine adhérant consciemment à une certaine doctrine et le Verlaine poète qui écrit selon son intuition de poète. Comme ce qui arrive à beaucoup d'artistes, les œuvres de Paul Verlaine qui ont été dictées par une voix au-delà de sa conviction doctrinale sont souvent les meilleures. C'est dans son élan intuitif qu'il a su s'élever au-dessus de toute considération doctrinale qu'elle soit romantique, parnassienne ou d'autres écoles. Sa "reconversion" à Mons n'est-elle pas considérée par certains critiques comme responsable de plusieurs œuvres poétiques malheureuses?

L'*analyse d'un poème de Verlaine nous permettra de dégager un certain nombre de caractéristiques de la poésie verlainienne à la lumière de l'art poétique chinois que nous avons décrit dans le deuxième chapitre de cette étude.*

LE CIEL EST PAR-DESSUS LE TOIT

Nous allons prendre comme corpus d'analyse un poème tiré de *Sagesse* de Verlaine dont l'incipit tient lieu de titre : *Le ciel est par-dessus le toit* que nous reproduisons ci-dessous[376] :

1
        Le ciel est par-dessus le toit
                Si bleu, si calme !
        Un arbre par-dessus le toit
                Berce sa palme.

5
        La cloche dans le ciel qu'on voit
                Doucement tinte.
        Un oiseau sur l'arbre qu'on voit
                Chante sa plainte.

---

[376] P. Verlaine, *Œuvres poétiques complètes, op. cit.*, p. 280. *Sagesse* parut chez Palmé en 1881. Certaines pièces proviennent de deux recueils prévoyant pour titre *Cellulairement* et *Amour*. Nous nous référons à notre article intitulé *Cong dongshi yu shijing fenxi Weilun de yishoushi « Wuding shang you tian »* (從動勢與詩境分析魏崙的一首詩《屋頂上有天》) dans lequel une analyse du même poème a été faite. Mais limitée par la longueur, l'analyse n'a pu être effectuée de manière exhaustive. Cf. *Humanities,* (1991) n°9, pp. 79-102.

              Mon Dieu, mon Dieu, la vie est là,

10   Simple et tranquille.

              Cette paisible rumeur-là

                  Vient de la ville.

             — Qu'as-tu fait, ô toi que voilà

                  Pleurant sans cesse

15   Dis, qu'as-tu fait, toi que voilà,

                  De ta jeunesse ?

C'est pour une raison précise que nous portons notre choix sur ce poème. Il nous semble que les procédés esthétiques que renferme ce poème nous permettront de faire une analyse comparative à la lumière de la poésie chinoise dont nous avons mis en évidence dans les chapitres précédents les caractéristiques. En plus de cette considération, nous constatons que ce poème a l'avantage d'être composé selon une démarche structurale similaire à celle du quatrain (*jueju*) de la poésie chinoise. Dérivé du sonnet, il est composé de quatre quatrains dont chacun correspond à un vers du *jueju*. Ce qui ne manque pas d'offrir une possibilité supplémentaire à notre analyse comparative.

Ce poème est bien entendu insuffisant à lui seul pour relever de manière exhaustive toutes les caractéristiques de la poésie verlainienne en question. Nous sommes obligé de nous référer, au cours de notre analyse, à d'autres poèmes de Verlaine pour mieux étayer notre analyse.

L'incident de Bruxelles

Avant de procéder à l'analyse de ce poème, il serait utile de le situer dans le contexte de l'incident qui survint entre

Verlaine et Rimbaud à Bruxelles. À la suite de l'incident, Verlaine est incarcéré aux Petits-Carmes[377]. Cette pièce, qui a été inspirée à Verlaine par son séjour en prison, datée de Bruxelles, septembre 1873, est donc antérieure à la reconversion acclamée de Verlaine. C'est un point qui nous semble intéressant et qui sera discuté plus loin[378].

C'était au mois de juillet à Bruxelles. Verlaine songeait sérieusement à une séparation définitive avec Rimbaud pour pouvoir recommencer une vie commune avec sa femme Mathilde Mauté. Rimbaud était d'accord sur le principe mais insista pour rentrer à Paris. Persuadé qu'avec la présence de Rimbaud à Paris, ils ne sortiraient jamais de l'ornière, Verlaine exigea que Rimbaud rentre à Charleville. Une dispute éclata entre les amis. Sous l'influence de l'alcool, Verlaine blessa Rimbaud avec un coup de revolver et se vit écroué à l'*Amigo*[379]. "Le 11 juillet Verlaine est transféré en voiture cellulaire à la prison des Petits-Carmes, où il subit son premier interrogatoire. Il y écrira au moins dix-neuf poèmes en trois mois, dont *Crimen Amoris* et certains des plus beaux poèmes de *Sagesse* (*Le ciel est par-dessus le toit*..., la chanson de *Gaspard Hauser*)."[380] C'est avec ce tableau que Verlaine décrit la naissance de ce poème :

> Par-dessus le mur de devant ma fenêtre [...], au fond de la si triste cour où s'ébattait, si j'ose ainsi parler, mon mortel ennui, je voyais, c'était en août, se balancer la cime aux feuilles voluptueusement frémissantes de quelque haut

---

[377] Ancien couvent transformé en prison.

[378] Cf. *infra* note 379.

[379] Rue de l'Amigo, à Bruxelles. L'Amigo était une prison relativement débonnaire, qui servait principalement de lieu de détention aux individus arrêtés pour de petits délits.

[380] P. Verlaine, *Œuvres poétiques complètes*, *op. cit.*, p. xxvii.

peuplier d'un square ou d'un boulevard voisin. En même temps m'arrivaient des rumeurs lointaines, adoucies, de fête [...]. Et je fis, à ce propos, ces vers qui se trouvent dans *Sagesse.*[381]

La mise en disponibilité et la fadeur

Nous savons qu'une des caractéristiques les plus connues de la poésie de Verlaine est la fadeur. J.- P. Richard est inlassablement cité avec acuité à ce sujet : *En face des choses, l'être verlainien adopte spontanément une attitude de passivité, d'attente* etc.[382]. Nous nous permettons d'ouvrir une parenthèse ici sur l'"attente". L'attente n'est pas uniquement une attitude adoptée par un artiste, c'est également un résultat de la mise en vacuité de l'artiste selon la doctrine de la poésie chinoise. Ce point de vue explique, en général, la médiocrité, sur le plan artistique, des œuvres dictées par une idéologie quelconque. Nous songeons par là à la qualité discutable d'un certain nombre de poèmes de Verlaine composés dans la foulée de sa fervente reconversion.

Mais la fadeur a pris une nuance bien particulière dans ce poème ! Complètement abattu, le condamné n'*attend* même pas et il serait presque impropre de dire qu'il a la *volonté* de ne pas provoquer l'extérieur : il est tout simplement vidé de sa conscience d'exister. Si la fadeur fait partie de ce qui prime dans l'art poétique du poète, existe-t-il une meilleure occasion pour s'y livrer ? Sa tendance à fuir la réalité

---

[381] P. Verlaine, *Œuvres en prose complètes, op. cit.,* "Mes prisons", p. 337.

[382] Cf. *supra* chapitre III, La *fadeur* verlainienne, n347.

aidant[383], ces circonstances rares ont permis au poète aussi bien qu'au prisonnier de pousser la passivité à l'extrême.

Il est facile d'imaginer l'état moral dans lequel Verlaine composait ce poème : son ami Rimbaud, blessé, l'a quitté et sa femme Mathilde lui faisant un procès, est sur le point de le faire[384]. Or, privé de sa liberté d'action, toute possibilité d'enrayer le cours de sa chute lui semblait anéantie. Un tel choc est propre à déclencher chez l'homme son système de défense psychologique en le réduisant à l'état semi-léthargique. Au bout de son désespoir, sans avoir besoin de "faire le vide", l'homme se réfugie dans un vide béant en se transformant simplement en un objet insensible, dans le somnambulisme.

Malgré les dures critiques d'un Breton à l'encontre de Verlaine, l'auteur de ce poème a, dans un certain sens, ouvert la voie au surréalisme. Ce passage d'Alain Bosquet l'a indirectement affirmé :

> La première étape du surréalisme, qui en a connu plusieurs d'inégale intensité, est une étape de sommeil ou, plus exactement, de somnambulisme, tantôt involontaire, tantôt volontairement provoqué; Aragon l'a appelée «Une vague de rêves». Breton constate, dans le Manifeste du surréalisme, en 1924 :
>
>> C'est en 1919 que mon attention se fixa sur les phrases plus ou moins partielles qui, en pleine solitude, à l'approche du sommeil, deviennent perceptibles pour

---

383 Cf. *supra* chapitre III, Le flou chez Paul Verlaine.

384 C'est en juin 1874, dans la prison de Mons que Verlaine a appris le jugement fatal. Cf. P. Petitfils, *op. cit.*, p. 202 : Verlaine lut le jugement de la quatrième Chambre du Tribunal civil de Paris en date du 24 avril 1874, déclarant les époux Verlaine-Mauté séparés judiciairement de corps et bien, aux torts exclusifs du mari, lequel était condamné à verser une pension de cent francs par mois, payable trimestriellement et d'avance, outre les dépens s'élevant à 428 F. 64.

l'esprit sans qu'il soit possible de leur découvrir (à moins d'analyse assez poussée) une détermination préalable [...] Il m'avait paru. [...] que la vitesse de la pensée n'est pas supérieure à celle de la parole, et qu'elle ne défie pas forcément la langue, ni même la plume qui court. C'est dans ces dispositions que Philippe Soupault, à qui j'avais fait part de ces premières conclusions, et moi nous entreprîmes de noircir du papier, avec un louable mépris de ce qui pourrait s'ensuivre littérairement.[385]

Le regard et la fadeur

De même que dans *Le fleuve enneigé* (*Jiang xue* 《江雪》) de LIU Zongyuan[386], tout se déploie dans ce poème de Verlaine grâce au regard du poète[387]. L'importance du

---

[385] A. Bosquet, *op. cit.*, pp. 65-66.

[386] Cf. *supra* chapitre II, Le mouvement : LIU Zongyuan.

[387] Il nous semble utile de nous attarder un instant sur le problème de la perception, puisque le regard occupe une place prépondérante dans ce poème. Dans *L'art et l'illusion,* E. H. Gombrich a passé en revue l'historique de la théorie de la perception. Nous savons que ce problème a préoccupé Ptolémée; l'auteur de Optique (~ 150) Berkeley, dans sa *Nouvelle Théorie de la vision* (1709) arrive à la conclusion que "la connaissance du volume et de la résistance des objets nous est fournie par le mouvement et par le sens du toucher." Voici un passage qui mérite bien une citation :

"Mais ce fut le sculpteur néo-classique Adolf von Hildebrand qui dans un opuscule intitulé *Le Problème de la forme dans les arts figuratifs,* s'efforça d'analyser ce processus, et cette analyse devait exercer une très grande influence sur toute une génération. Hildebrand contestait lui aussi les conceptions du naturalisme scientifique, en se référant à la psychologie de la perception. Si nous analysons nos images mentales, en recherchant les éléments constitutifs de leur forme, nous verrons qu'elles se composent de données sensorielles

regard dans la poésie de Verlaine s'est quelque peu éclipsée derrière la musicalité[388]. Il y tient pourtant une place non négligeable, quand on examine bien ses poèmes. On relève d'ailleurs dans les *Confessions,* maints souvenirs de Verlaine, révélateurs de son goût précoce pour les images et le dessin :

> Les yeux surtout chez moi furent précoces; je fixais tout, rien ne m'échappait des aspects, j'étais sans cesse en chasse de formes, de couleurs, d'ombres. Le jour me fascinait et bien que je fusse poltron dans l'obscurité, la nuit m'attirait, une curiosité m'y poussait, j'y cherchais je ne sais quoi, du blanc, du gris, des nuances peut-être.[389]

Éléonore Zimmermann dans *Les Magies de Verlaine* a récapitulé des faits tirés de la vie et des œuvres de Paul Verlaine pour démontrer la grande vigilance visuelle du poète "Le vague de Verlaine, dit-elle, comme de tout grand artiste, est créé à partir de notations précises."[390]

---

de la vision et de souvenirs de mouvement et d'impressions tactiles."
Cf. E. H. Gombrich, *op. cit.*, pp. 36-37.

[388] Qui dit regard dit image. L'importance accordée à l'image est d'ailleurs connue dans la doctrine parnassienne. Leconte de Lisle l'exprime très clairement. Cf., pour le passage cité ci-dessous, J. Mourot, *op. cit.*, p. 61 :

> "Par ailleurs, dans l'avant-propos des *Poètes contemporains* (1864), intitulé significativement : *L'Amour du Beau,* il [Leconte de Lisle] définissait nettement l'idée du sacerdoce du poète : « le Poète, le créateur d'idées, c'est-à-dire de formes visibles ou invisibles, d'images vivantes [...] doit réaliser le Beau, dans la mesure de ses forces et de sa vision interne.»"

[389] P. Verlaine, *Œuvres en prose complètes, op. cit.*, "Confessions", p. 451.

[390] É. Zimmermann, *Les magies de Verlaine,* José Corti, 1976, p. 281.

Le narrateur, plongé dans l'hébétude, se trouve dans l'incapacité d'appréhender le monde extérieur par des réactions normales telle que l'observation rapide et attentive. Pour montrer la défaillance de l'attention du prisonnier, le poète fait appel à deux procédés. La forme de son poème est volontairement simple : deux octosyllabes alternent avec deux vers de quatre pieds. Non seulement le mot final dans les octosyllabes est répété, mais toute une partie du vers est répétitive et le mot rime avec lui-même; le narrateur apparaît dans une ambiance de demi-rêverie. Ce procédé par la répétition a aussi un impact sur le regard. En provocant un déplacement répétitif du regard, le poète transmet au lecteur le geste machinal qu'on éprouve dans l'état d'hébétude.

Ainsi, ce poème débute par le regard, voie de communication privilégiée de l'homme avec le monde extérieur. Le prisonnier pose son regard sur le toit et, d'un geste machinal, il l'élève : il voit le ciel; son regard retombe sur le toit, il le relève, non moins machinalement. Et il voit un arbre.

Mais le prisonnier a-t-il vraiment *posé* et *levé* son *regard* ? Nous sentons là les limites de la langue. Car ni les verbes *poser* et *lever*, ni le substantif *regard* ne conviennent vraiment dans ce contexte. Nous nous y résignons, faute de termes plus adéquats. En effet les verbes *poser* et *lever* présupposent une conscience, voir une volonté de la part du sujet agissant, tandis que le substantif *regard* laisse entendre "une volonté de voir". Or, ici il s'agit en réalité d'un réflexe oculaire au jeu de la lumière : la vision du condamné est réduit à l'œil-caméra. "La conscience se borne à prendre acte, comme disait J. Mourot, de phénomènes perceptifs élémentaires"[391]. C'est le contact pur et simple qui est mis en valeur

---

[391] J. Mourot, *op. cit.*, p. 143.

dans cette première strophe. Ce regard froid et impersonnel rejoint le cubisme qui se veut "contemplation de l'objet, soumise à l'objet et non à l'esthétique humaine; il veut retirer à l'art son humanité et ses manies, pénétrer dans la réalité à la façon des mystiques et non la caresser à la manière des enjoliveurs" [392]. La présentation verlainienne du paysage dans cette strophe matérialise exactement cette formule d'Apollinaire : «Un tableau, dit Apollinaire, est une manifestation silencieuse et immobile.»[393]

La juxtaposition des images et des sensations

La manifestation est silencieuse et immobile, certes; le mouvement du regard que cette manifestation provoque ne l'est point. Au contraire, il est d'autant plus intense que le tableau est silencieux. C'est là le piège du sable mouvant : l'immobilité apparente commence à se mouvoir silencieusement au contact d'un corps sensible. Sinon, comment la poésie chinoise peut-elle vouloir être "dépouillée à l'extérieur et riche à l'intérieur" et posséder "la fadeur semblant cacher la beauté en réalité"[394]. Mais attention, cela ne veut aucunement dire qu'il s'agit d'un glacis superficiel. L'exemple que nous avons donné plus haut, sur l'insuffisance d'un poème de Th. Gautier selon les critères chinois, montre bien la différence du poème de Gautier avec ce poème de Verlaine[395]. Ici, l'unité entre l'extériorité et l'intériorité est garantie par l'état léthargique du prisonnier désespéré. Mais

---

[392] R.-M. Albérès, *L'Aventure intellectuelle du XXe siècle*, p. 111.

[393] Guillaume Apollinaire, *Les Peintres cubistes,* 1913, cité in *ibid.*

[394] Cf. *supra* chapitre II, L'apport taoïste et bouddhiste.

[395] Cf. *supra* chapitre III, La *fadeur* verlainienne.

quel est alors le mécanisme qui a pu engendrer le mouvement dans ce poème ?

Le ciel est *par-dessus le toit.* L'emploi du verbe "être" ici a
pour effet de maintenir le monde extérieur immobile et sans
épaisseur à travers le regard d'un homme dans la semi-
inconscience. Dans ce regard sans volonté ni intellect, le
monde extérieur ne peut avoir de structure. Le verbe "être"
étant une copule, est neutre et impassible par excellence. Il
est le moins expressif de tous. Si la langue française avait
permis au poète de poser des plaques de couleur l'une après
l'autre sans avoir recours aux éléments grammaticaux,
comme l'avait fait le poète chinois MA Zhiyuan dans *Pensée
d'automne,* Verlaine aurait récusé ces éléments grammaticaux
avec plaisir[396]. Mais le verbe étant indispensable dans un
énoncé de langue française, un copulatif est un minimum
dont le poète ne peut se passer en principe sans transgresser
le code de la langue. Le verbe *être* est là grâce à sa vertu
d'effacement, simple lieu de passage entre sujet et attribut; il
donne l'impression que les objets sont juxtaposés sans organisation.

Mais ailleurs, Verlaine est parvenu à se passer complètement de verbe. Voici un exemple :

> Briques et tuiles,
> Ô les charmants
> Petits asiles
> Pour les amants !
>
> Houblons et vignes,
> Feuilles et fleurs,
> Tentes insignes

---

[396] Cf. *supra* chapitre II, De l'ordre des mots au mouvement.

Des francs buveurs !

Guinguettes claires,
Bières, clameurs,
Servantes chères
À tous fumeurs !

Gares prochaines,
Gais chemins grands...
Quelles aubaines,
Bons juif-errants ![397]

Souvent comparée à la peinture impressionniste, la poésie de Paul Verlaine cherche effectivement à défaire la structure dans les limites que pourrait tolérer la langue. En parlant de l'influence de l'impressionnisme sur le poète, G. Zayed a cité A. Adam en ce qui concerne l'absence de l'intervention de l'intelligence qui ordonne :

> «L'essentiel, pour le peintre poète c'est de ne pas construire, c'est de refuser cette intervention de l'intelligence qui ordonne, et qui par conséquent fausse et mutile, c'est d'accueillir naïvement les impressions, d'en saisir la fraîcheur spontanée»[398].

Ainsi, quand on dit "une ville est fleurie", l'intellect intervient pour construire un concept, tandis que la phrase "une ville est «rouge de géraniums»" s'opère par "accueillement naïf des impressions"[399]. Ne pas construire chez Verlaine se traduit par maintes façons : nommer les choses sans mettre

---

[397] P. Verlaine, *Œuvres poétiques complètes, op. cit.,* "Paysages belges Walcourt", p. 197.

[398] A. Adam, *Verlaine, l'homme*, Paris, Hatier-Boivin, 1953, p. 98. cité in Zayed, *op. cit.,* p. 209, n2.

[399] Robert Solé, "Le plaisir des mots", *Le Monde,* 10 juil. 1993.

le lien entre elles par l'intellect en est une. Mourot la qualifie de "façon d'envisager la relation avec l'objet poétique." :

> L'originalité de Verlaine s'affirme encore dans la façon d'envisager la relation avec l'objet poétique, de valoriser le contact et l'expérience sensible pour eux-mêmes. L'art verlainien sait se contenter des apparences, parfois naïvement, parfois en retrouvant un contact fondamental avec l'objet; les poèmes de pure nomination, annoncés par *Effet de nuit,* précédent les tentatives modernes de descriptions archétypales, celle de Claudel, de Saint-John Perse; dans «Le ciel est par dessus le toit [...]» (*Sagesse*), la conscience se borne à prendre acte de phénomènes perceptifs élémentaires, Verlaine parvient à imposer la vertu poétique de l'objet simplement en le nommant. Le thème, réduit à sa plus simple expression, tend à disparaître. Cette phénoménologie du réel et la position anti-intellectualiste qu'elle implique auront leur résurgence dans des domaines aussi variés que l'Impressionnisme, la philosophie de Merleau-Ponty, la poésie de Bonnefoy.[400]

Parlant de la poésie verlainienne, les critiques sont unanimes sur les spécificités esthétiques du poète : la fadeur, le jeu du regard, le manque volontaire de structure dans la poésie. Mais il est rare qu'on s'attarde sur le rôle important joué par l'ordre des images et le mouvement qui en découle; la valeur suggestive née de l'ordre des images n'a pas été discutée autant qu'elle l'aurait mérité. Il est vrai que la juxtaposition des sensations a été avancée par de nombreux critiques, comme un des moyens du poète qui vise soit à "enrichir l'atmosphère impressionniste qui entoure ces poèmes"[401] en défaisant la structure, soit à créer cette

---

[400] J. Mourot, *loc. cit.*

[401] R. Jullian, *Le mouvement des arts du romantisme au symbolisme*, Paris, Albin Michel, 1979, pp. 400-401.

atmosphère. Mais la juxtaposition par elle seule ne pourrait tout expliquer. Il est tout de même étonnant de voir que, avec cette langue française vouée en grande partie à l'intellect, Verlaine parvient à rendre la structure presque caduque. La lenteur du déplacement du regard nous fait songer à ces vers célèbres de TAO Yuanming (陶淵明365-427)[402] :

> Je cueille des chrysanthèmes sous la haie de l'est et vois,
> Là-bas la Montagne du Sud, tranquille et lointaine.[403]
> (採菊東籬下，悠然見南山。)

Pour un lecteur chinois habitué au mouvement dans la poésie, ce déplacement du regard crée un effet qui vaut celui qu'aurait pu offrir la poésie d'un MA Zhiyuan ou d'un DU Fu. À cause de l'apparition répétitive du toit, on sent un mouvement du "regard". Il s'agit dans la première strophe des va-et-vient effectués à la manière d'une véritable caméra, avec lenteur et froideur. Le premier distique annonce deux

---

[402] Cette similitude du procédé ne nous fait pas oublier que l'état d'âme du poète "je" est d'une sérénité parfaite, ce qui contraste radicalement avec celui du prisonnier dont la limpidité est née de l'hébétude.

[403] Il s'agit du cinquième poème d'une série de vingt, intitulée *Après quelques verres* (《飲酒詩》). D'après la préface du poète, ce sont des poèmes qu'il a composés après avoir pris un bien agréable breuvage.

On est amené à s'interroger sur le sujet de l'action à laquelle se rapporte l'adverbe *youran*(悠然) : est-ce le *je* qui lance son regard tranquille et lointain sur la Montagne du Sud ou, comme nous l'avons traduit, est-ce la *Montagne du Sud* qui est tranquille et lointaine ? Sur le plan grammatical, l'adverbe se réfère au mot d'action *jian* (voir). Mais les exemples ne manquent pas dans la poésie chinoise pour justifier le contraire. Cet adverbe crée ici en tout cas une incertitude que la poésie cherche en général à procurer. La traduction de P. Guillermaz illustre l'ambiguïté (P. Guillermaz, *op. cit.*, p. 82.) :

> Je cueille des chrysanthèmes sous la haie de l'est,
> Je contemple paisiblement la Montagne du Sud.

choses : un monde réduit à deux plaques bidimensionnelles et le regard d'un condamné dans une profonde hébétude. Le toit dont nous savons que la couleur est généralement grise ou noire ardoise dans cette partie de l'Europe rejoint l'état d'âme du prisonnier, alors que le ciel est présenté dans son bleu serein.

La préposition adverbiale *par-dessus* détermine l'ordre d'apparition de ces deux plaques : le noir d'abord et le bleu ensuite, puisque le toit sert de point de repère pour définir la position du ciel, il doit apparaître avant le ciel. Le regard quitte le toit à deux reprises, pour se poser sur le ciel d'abord et sur l'arbre, ensuite. Cet ordre, à part la signification dont le poète a voulu charger son poème et que nous allons analyser plus loin, correspond d'ailleurs parfaitement aux gestes d'un homme qui se trouverait dans cet état de détresse morale. Ce sont toujours les images situées au niveau du regard qui entrent les premières dans le champ visuel d'une personne n'ayant initialement aucune intention de regarder. Et l'homme dans la détresse finit toujours par se tourner vers le ciel comme s'il voulait l'interroger.

Il s'agit là d'une rencontre *inintentionnelle* de deux ensembles d'éléments : deux plaques sans signification d'une part et le "regard" fortuit d'un condamné d'autre part[404]. Mais la vue du ciel bleu le conduira, dans la suite du poème, à la découverte des fondements du réel : la redécouverte de Dieu[405]. Le bleu cache un potentiel d'évocation symbolique

---

[404] Il aurait été plus exact de dire "yeux" qui exprime un acte fortuit, vague et involontaire. Mais il est comique de dire "poser ses yeux sur le toit".

[405] Cf., pour les commentaires sur le manque de spirituel dans la poésie et d'une prise de conscience ontologique de Verlaine, *supra* chapitre III, Principes esthétiques verlainiens.

chez Verlaine. Il évoque aussi le bleu de la Vierge, celui de la pureté consciente du mal. Il s'applique au ciel religieux et chrétien : "Le ciel tout bleu, le ciel chanteur qui te réclame."[406] Par ce bleu du ciel, Verlaine exprime son repentir. Bachelard a raison de citer S. T. Coleridge pour dire que la vue du ciel est l'union du sentiment et de la vue :

> D'ailleurs, la page coleridgienne s'achève sur une note très précieuse pour une psychologie et une métaphysique de l'imagination : «La vue du ciel profond est, de toutes les impressions, la plus rapprochée d'un sentiment. C'est plutôt un sentiment qu'une chose visuelle, ou plutôt c'est la fusion définitive, l'union entière du sentiment et de la vue.»[407]

Nous savions déjà l'importance qu'on attache au rôle des images dans la poésie chinoise. Il n'est pas moindre dans la poésie française :

> Nul n'en doute : la poésie cherche à donner à voir. La conscience poétique est une conscience imageante. Que serait-elle d'autre ? Elle se fait avec des mots, et ces mots, loin d'ordonner l'action pratique, la suspendent, sans exiger non plus l'effort de suivre une pensée; car le sens d'un poème, tel que la prose le résume, est bien mince ou inexistant : on conçoit, notait Novalis, «des poèmes qui n'auraient pour eux que l'harmonie et l'abondance des belles expressions, mais sans aucun lien, sans aucun sens». Du reste, métaphores, comparaisons, choix des vocables, rythmes, sons, tout semble disposé pour solliciter à l'image.

---

[406] P. Verlaine, *Œuvres poétiques complètes, op. cit.*, "Les faux beaux jours...", p. 248.

[407] G. Bachelard, *L'Air et les songes,* réimpression [1ᵉ éd., 1943], Paris, José Corti, 1987, p. 191. La traduction française du texte anglais est de John Charpentier dans son étude sur *Coleridge le somnambule sublime*. Cf. Bachelard, *ibid.,* p. 190.

Et pourtant, étrange vision ! on n'en peut à peu près rien dire. Contrairement à ce qui se produit pour un événement, un rêve, une démonstration, il nous est impossible à l'égard de ce qui s'est passé au cours du plaisir poétique, de tenir une conduite du récit. Nous en sommes toujours à parler d'un «je ne sais quoi».[408]

L'image est davantage mise en valeur parce qu'elle provo-que une sensation de mouvement chez le lecteur. Paul Verlaine, comme les poètes chinois, sait animer les images en les juxtaposant. C'est une banalité de dire que chez Verlaine la juxtaposition ne se limite pas à l'image seule. Il met également les autres sensations en juxtaposition. L'effet esthétique né de cette technique prête à beaucoup d'inter-prétations, car, par nature, il se place hors de l'intellectua-lisation. Impossible d'exprimer de telles sensations autre-ment que par analogie; SIKONG Tu dit que la poésie doit «faire surgir l'esprit [avec la grandeur de] l'empyrée et le souffle déferlant du vent [aussi majestueusement que] l'arc-en-ciel, et brassant des nuages dans l'espace de mille mil-lions de mètres cubes qu'embrasse la Gorge de Wu»[409]. Dans sa présentation des *Poèmes saturniens*, Jacques Borel est naturellement amené à évoquer l'âme et les sensations créées par la poésie de Paul Verlaine :

> [...] et la plus grande émotion, ce n'est pas le vocabulaire habituel de la langue du cœur qui la traduit, mais cette étonnante sensation olfactive qui ne clôt pas tant le poème qu'elle ne le prolonge en ondes feutrées et infinies dans l'intériorité la plus vibrante de l'âme, si bien que cette

---

[408] Y. Belaval, *La recherche de la poésie*. [1ᵉ éd. 1947], Paris, Gallimard, 1973, p. 44.
[409] Cf. *supra* chapitre II, Le Mouvement, n149.

«odeur fade du réséda» il semble que ce soit le désespoir et le souvenir mêmes qui l'exhalent.[410]

Le réveil et la métamorphose

Il faut dire que dès le deuxième vers, l'influence salutaire du ciel se développe chez le prisonnier jusqu'à le réveiller. Ce murmure à peine perceptible dans le for intérieur du condamné est une réponse, fort timide encore, à l'incitation du monde extérieur. Il est vrai que, juxtaposé au toit gris, le ciel bleu n'a pu triompher tout de suite : l'un et l'autre ne sont que des couleurs sans profondeur, la percée dans l'obscurité de la conscience commence à peine. Le réveil ne sera complet qu'à la troisième strophe où l'homme laissera finalement échapper son émotion.

La répétition, visuelle dans la première strophe, auditive dans la deuxième, est effectuée par juxtaposition. Destinée à marquer la profonde hébétude du prisonnier, elle sert aussi à amorcer le début de son réveil. C'est par ces va-et-vient à la manière des vagues qu'on passe progressivement à l'état de veille. La répétition introduit un mouvement et transforme chez le prisonnier le simple réflexe oculaire du premier distique en un regard dans le deuxième. Entre les deux distiques, le tableau change. Ce changement est un indice de la récupération de la faculté cognitive du prisonnier. Toit, ciel, arbre ne font qu'un ensemble indissociable dans la réalité. Or, le prisonnier dans son premier état d'étourdissement n'est pas à même d'appréhender l'ensemble d'un coup d'œil. Les grosses tâches de couleur forcent le regard d'une

---

410 J. Borel, [Présentation] in P. Verlaine, *Œuvres en prose complètes, op. cit.,* p. 54.

personne qui se trouve dans la semiconscience. Ce n'est que dans un état de somnambulisme moins profond qu'elle s'aperçoit de l'existence de l'arbre. D'emblée, le monde extérieur reprend de la consistance. Le verbe *bercer,* à fonction multiple, est très significatif. Son rôle métonymique en rapport avec le sommeil est évident. Il renforce la métaphore de la main qu'évoque déjà le mot *palme*[411]: on sent la main qui berce quand on se trouve dans un état transitoire entre le sommeil et l'éveil. Mais ce qui frappe surtout notre attention c'est son double rôle de métamorphose et de transit.

Grâce au bercement de la *palme,* le monde extérieur semble se métamorphoser; ou plutôt c'est l'état d'âme du prisonnier qui se métamorphose, puisque c'est à travers son âme que le monde se manifeste. Le mouvement de la palme agit à l'instar d'une charnière qui nous permet de passer d'un monde inerte et muet, sans profondeur, ni signe de vie à un monde animé où le mouvement suggère le bruissement.

Mais cette charnière nous a également promis un transit. Ce balancement à la manière d'une pendule initie celui de la cloche qui apparaîtra dans la deuxième strophe. Le bruit soupçonné se transforme alors en son de cloche pour inonder le ciel et métamorphoser le prisonnier. Après le ressaisissement de la faculté visuelle, l'ouïe du prisonnier commence à se réveiller. Du geste oculaire machinal répété dans la première strophe, le prisonnier glisse vers le ressaisissement de sa faculté auditive dans la deuxième. D'un murmure qui n'est pas allé plus loin qu'une réaction intuitive à la

---

[411] Le palmier étant inexistant dans cette région de l'Europe, par palme, il conviendrait d'entendre le ramage. C'est d'ailleurs le sens compris par la majorité de traducteurs chinois.

réalité du monde extérieur dans la première strophe — *si bleu, si calme,* le prisonnier saura donner une sensibilité aux sons de la cloche et un sentiment aux cris de l'oiseau : la cloche tinte *doucement* et l'oiseau chante une *plainte*[412].

Le glissement du regard et la confusion de la focalisation

Tout est question de regard dans ce poème. Les objets juxtaposés présentés par le biais du regard du prisonnier, suggèrent qu'on suit ce regard. Le lecteur suit la ligne du regard du prisonnier et retrouve les objets indiqués. C'est ainsi que la poésie chinoise, par la disposition des images, induit le lecteur à revivre l'expérience poétique du poète. Le regard humain a une fonction de "signal" :

> En ce qui concerne le regard humain, Argyle propose de distinguer la fonction de «canal», de prise d'informations du milieu environnant, de la fonction de «signal» indiquant aux congénères la direction et/ou l'objet que le sujet regarde, voire convoite. Cette dernière fonction de signal se met en place très précocement chez l'enfant; avant six à huit mois, celui-ci suit la ligne de regard de sa mère pour fixer le même objet qu'elle.[413]

---

[412] Il nous arrive plus fréquemment d'entendre d'abord un bruit et de diriger ensuite le regard pour le repérer. Dans un état de torpeur, le processus est souvent renversé, la vue étant le sens qui prime chez l'homme dans cet état. Un vers de LI Po coïncide mot pour mot avec ce vers de Verlaine, sans que l'auteur soit étourdi : *"La couleur verte, un arbre, on entand des chants [et voit] l'oiseau."* (lüshu wen ge niao 綠樹聞歌鳥《宮中行樂詞》)

[413] J.-M. VIDAL, "L'en-deça du «stade du miroir» : nature et culture de la pudeur et de la parure", in. O. Burgelin et Ph. Perrot (éd.), *Communication,* n° 46 : Parure, pudeur, étiquette, Paris, Seuil, 1987, p. 15.

Et Bachelard affirme que "le mouvement du regard du poète éveille la participation du lecteur pour le rendre en un mouvement vécu. Ceci est différent de l'image d'un jet d'eau qui retombe et arrête l'élan de la gerbe."[414]

Le poème s'ouvre à travers un regard. Dans la première strophe, le regard se déplace avec lenteur et résignation. Le lecteur suit le regard du narrateur et s'enlise dans un monde statique. Pour marquer l'état de semi-conscience, le regard se cache derrière un écran d'impassibilité : il ne laisse voir aucune indication de son rôle. Bien que tout se déroule sous le regard du prisonnier à la première personne (Je vois que le ciel ...), le *je* n'est pas du tout évident au début. Le paysage est reproduit comme s'il était narré à la troisième personne, par une personne tout à fait désintéressée. L'aspect impersonnel de la présentation est ainsi mis en place. À cause de cet effacement du *je*, de cette abstraction du moi, on aurait cru avoir affaire à un narrateur neutre que G. Genette classe dans la catégorie d'extradiégétique-hétérodiégétique[415]. Il faut attendre l'apparition de l'exclamation "Mon Dieu ! mon

---

[414] Bachelard, *L'Air et les songes, op. cit.*, p. 297.

[415] Cf. G. Genette, *Figure III,* Paris, Seuil (coll. "Poétique"), 1972, pp. 255-256 : "Si l'on définit, en tout récit, le statut du narrateur à la fois par son niveau narratif (extra-ou intradiégétique) et par sa relation à l'histoire (hétéro- ou homodiégétique), on peut figurer par un tableau à double entrée les quatre types fondamentaux de statut du narrateur : 1) *Extradiégétique-hétérodiégétique,* paradigme Homère, narrateur au premier degré qui raconte une histoire d'où il est absent; 2) *Extradiégétique-homodiégétique,* paradigme : Gil Blas, narrateur au premier degré qui raconte sa propre histoire, 3) *Intradiégétique-hétérodiégétique,* paradigme : Schéhérazade, narratrice au second degré qui raconte des histoires d'où elle est généralement absente; 4) *Intradiégétique-homodiégétique,* paradigme : Ulysse aux Chants IX à XII, narrateur au second degré qui raconte sa propre histoire."

Dieu !" dans la troisième strophe, pour comprendre qu'il s'agit d'un narrateur au premier degré qui raconte sa propre histoire. Le poème est donc un récit fondé sur le monologue intérieur.

Or, dès la deuxième strophe, un changement du regard s'opère avec l'intervention du pronom personnel *on*[416]:

> *La cloche dans le ciel qu'*on *voit*

Il s'agit d'un glissement du regard. Plus loin, dans la dernière strophe, un dialogue a lieu entre le *je* toujours implicite et le *tu* dérivé du *je* : la même personne est divisée en deux à la dernière strophe. Le glissement du regard est réalisé par l'introduction d'un nouveau pronom personnel : d'un *je* implicite le pronom glisse à un *on* équivoque.

Le choix des pronoms personnels est révélateur de la nature des œuvres d'un écrivain. Une comparaison des tables de concordances qu'on a établies pour les poésies de Baudelaire, de Verlaine et de Rimbaud démontre la spécificité de leur préférences respectives pour les pronoms personnels :

> When comparing the ratio of the use of the third and first person in Baudelaire's *Fleurs du mal,* Verlaine's poetic work (up through *Sagesse*), and Rimbaud's *Œuvres poétiques complètes,* we see that Baudelaire chooses the third person singular (il, elle, on, cela, ce), about as frequently as the

---

[416] Cf., pour l'origine du pronom personnel *on*, F. Brunot & C. Bruneau, *op. cit.,* § 215, p. 222 : "L'ancien français, comme le latin, emploie « ils » avec une valeur indéfinie. Il n'existe pas en latin de *pronom personnel indéfini*; le latin employait *la troisième personne du pluriel.* On trouve cet emploi en français jusqu'au XVIe siècle. [...] Dès la *Chanson de Roland, on*, qui est le cas-sujet de *homme*, possède sa valeur actuelle [...]."

first, Verlaine uses the third person singular almost twice as much as "je," and Rimbaud selects this form approximately three times as often as "je." This progressive increase in the use of the third person singular is by no means surpris-ing. [...] Verlaine however did indicate throughout his career that the idea of creating an objective style attracted him greatly. {...] Verlaine uses the second person approxi-mately 25% more that "je", whereas Baudelaire and Rimbaud choose them eqally as often. [...] when a poet uses the second person more than the first, this takes the emphasis off the first-person voice and gives it a semb-lance of lesser involvement in a poem ? Even though the "je/tu" relationship is one of subjectivity within discourse, the second person is, in Benveniste's terms, the "non-subjective" member of the pair. If there is not an equal exchange between the first and second persons, and the second person is predomiant, this would create an overall effect of lesser subjectivity in the poetic narration. [...] Verlaine chooses the third person singular or the second person, more than three times as often as "Je." The role of the third person singular in Verlaine's poetry may represent a kind of intermediary stage between Baudelaire and Rim-baud but Verlaine and Rimbaud are closer to each orther in their de-emphasis of the first person.[417]

Du point de vue narratologique, le statut du narrateur de ce poème est de toute évidence *extradiégétique-homodiégétique*, selon la classification de G. Genette. L'apparition du pronom *on* n'a pas modifié le statut du narrateur théoriquement parlant, mais, un changement considérable sur le plan esthétique est survenu. Le lecteur n'est plus si sûr de continuer à partager le regard du narrateur à cause de l'incertitude qu'induit ce pronom trop vague dans sa signification :

---

[417] M. K. La Pointe, *op. cit.*, pp. 44-47.

> Le pronom *on* a une valeur très différente suivant qu'il remplace un pronom de la *première,* de la *seconde* ou de la *troisième personne.*
>
> À la *troisième personne,* la valeur de *on* est très nette : «*on* est venu» (*je ne sais qui* est venu) s'oppose à : «*il* est venu» (*celui que je sais et que tu sais* est venu).
>
> À la *première* et à la *seconde personnes,* l'emploi de *on* est un *emploi figuré* : le mot exprime des nuances très variées et très délicates.[418]

Mais l'emploi de *on* ici est ambigu. Il est difficile de déterminer de quelle *personne* il s'agit. En effet, le prisonnier voit le ciel, mais il ne peut pas se déplacer pour le voir dans sa totalité comme un homme libre peut le faire normalement et il ne peut certainement pas voir cette partie du ciel sur laquelle se découpe le profil de la cloche. Le *on* en question remplace-t-il la *première personne* ? Il ne marque ici ni la pudeur, ni le mépris, ni la modestie, ni l'orgueil. Toutes ces nuances variées et très délicates qu'on attache d'habitude à l'emploi de ce pronom sont absentes[419]. Son emploi, à notre sens, est d'une imprécision voulue, un flou volontaire. Le poète cherche par cette imprécision suggestive un élargissement de la vision. Le prisonnier entend la cloche, mais il ne la voit pas. Passer de *je* à *on,* le prisonnier quitte son moi interdit pour s'intégrer dans la vision du *on* libre, c'est-à-dire de ceux qui se trouvent de l'autre côté du mur. Ainsi la vision du lecteur glisse-t-elle imperceptiblement vers une envergure supérieure. Ce mouvement est appuyé d'ailleurs par le choix   de sons plus sonores : les consonnes dentales et palatales cèdent aux labiales et semi-voyelles, alors que les voyelles ɔ, a et ɑ très sonores confirment l'élargissement de

---

[418] F. Brunot & C. Bruneau, *op. cit.,* § 217, p. 222.

[419] *Ibid.,* p. 223.

la vision. Diane Festa-McCormick explique que le pronom favori de Verlaine est le *on* impersonnel qu'il emploie afin d'universaliser le "je". Et Claude Cuénot trouve que Verlaine est un poète dont le "moi... se dépersonnalise et s'étonne d'être encore un 'je'."[420]

Les initiés de la poésie chinoise sont familiers avec cette sorte de glissement imperceptible du regard. À propos du *Fleuve enneigé* (*Jiang xue* 《江雪》) de LIU Zongyuan, moins le lecteur réfléchit, plus il est sûr du sujet auquel appartient le regard. Est-ce qu'il y a un poète qui voit la scène ? Est-ce qu'il y assiste ? Nous avons dit au sujet de ce poème que le regard décrivait "un mouvement de descente en spirale, finissait par marquer un arrêt sur l'unique barque dans l'eau", et là on distinguait un vieillard[421]. Mais tenant compte de l'effacement systématique de "je" dans la poésie classique chinoise, on a raison de soupçonner que le regard appartient au vieillard qui est en train de pêcher : il est à la fois le poète et le pêcheur. Tout comme le prisonnier/poète dans ce poème de Verlaine : on est celui qui voit et celui qui est vu. Ce qui convient d'ailleurs mieux à la poétique recherchée : cet univers glacial sur lequel règne la désolation absolue souffrirait mal la présence d'une tierce personne : un intrus dans une telle scène ne ferait que la détruire.

Des milliers de sentiers, humaine trace, nulle ?

---

420 Diane Festa-McCormick, "Y a-t-il un impressionnisme littéraire? Le cas Verlaine," *Nineteen Century French Studies*, 2 (1974), 152. et Claude Cuénot, "Un Type de création littéraire : Paul Verlaine", *Studi Francesi* (1968), p. 231, cités in La Pointe, *op. cit.*, p. 36.

421 Cf. *supra* chapitre II, Le mouvement.

Ce glissement du regard créé par le *on* du poème est encore mieux illustré par un poème célèbre de LI Bai (李白 701-762). Le premier distique de son poème heptasyllabique intitulé *À la suite de l'écoute d'une flûte, une nuit de printemps à Luoyang* :誰家玉笛暗飛聲，散入春風滿洛城；《春夜洛城聞笛》). Nous en donnons ci-dessous la traduction française et la transcription, en chinois moderne, malheu-reusement[422] :

24a. D'où ce son de flûte de jade vole-t-il, me surprenant par
[la nuit ?
24b. Et porté par le vent du printemps il se répand sur la ville

25a. *Sheijia yudi anfeisheng*
25b. *Sanru chunfeng man Luocheng* ?

Comme nous avons indiqué plus haut qu'un vers heptasyllabique renferme en principe, selon la tradition de la poésie chinoise, trois unités, soit 2-2-3[423]. Dans ce distique, on peut être sûr que jusqu'à l'avant dernière unité du deuxième vers le monde extérieur se manifeste rigoureusement à travers les sensations d'une seule personne, le poète : il entend la flûte et constate qu'elle se

---

[422] Voici la suite du poème : ' *Ciye quzhong wen zheliu, heren buqi guyuanqing ?*' ('此夜曲中聞折柳，何人不起故園情？') Nous donnons à titre de référence la traduction de P. Jacob (*op. cit.*, p. 62.) :

À qui la flûte claire au son qui vole noir,
Dans le vent de printemps dont la ville est emplie ?

À remarquer que le caractère *an* (暗) qui veut dire "sombre" ou "agir dans l'ombre" pose un sérieux problème pour la traduction. Ce carac-tère étant mis avant un mot d'action, il marque selon nos principes la prédisposition du verbe *fei* (voler) d'où notre traduction "surprenant par la nuit".

[423] Cf. *supra* Chapitre II, La suggestion.

laisse porter par le vent printanier. Mais quand le lecteur arrive à la dernière unité *man Luocheng* il n'en est plus si sûr. Car la flûte est maintenant entendue partout dans la ville et, à cause de son statut de narrateur, le poète ne peut être omniprésent. Il ne peut donc pas l'entendre de par tout dans la ville, tandis que le lecteur, grâce à la suggestion habilement mise en œuvre, a l'impression qu'il est en train de l'entendre à l'échelle de la ville. Il se sent pris, d'emblée, par un mouvement d'élévation et d'expansion de son être. Tout comme le *on* qui induit le lecteur du poème de Verlaine à élargir sa vision, la dernière unité *man Luocheng* de ce vers fait que le lecteur du poème de LI Bai se voit passer à une autre dimension. Que cette transformation soit faite par la vision ou l'ouïe, l'effet esthétique est le même. La seule différence réside au niveau linguistique : grâce à la nature de la langue, la poésie chinoise n'a pas besoin de recourir au pronom.

Cet élargissement est appuyé, comme dans le poème de Verlaine, par l'emploi de voyelles plus sonores; de fricatives, dentales et demi-voyelle (ş, ɛ, j, y, i), les sons s'élargissent en des voyelles bien sonores (ã, u, o, ŋ) pour annoncer une grande ouverture.

La mutation des pronoms personnels est très fréquente chez Verlaine. Prenons un de ses poèmes les plus célèbres[424] :

> Il pleure dans mon cœur
> Comme il pleut sur la ville;
> Quelle est cette langueur
> Qui pénètre mon cœur ?

---

[424] P. Verlaine, *Œuvres poétiques complètes*, *op. cit.*, "Ariettes oubliées III", p. 192.

Ce poème est également un monologue intérieur. Le *je* y est pourtant en sourdine. Au lieu de dire "*Je* pleure dans mon cœur", Verlaine préfère utiliser le pronom impersonnel *il.* L'effet voulu ici est évidemment de créer par la suggestion du pronom impersonnel *il* un dialogue entre un observateur-narrateur objectif représenté par *il* et un narrateur plus sensible et subjectif suggéré par *mon cœur*[425]. "Trouvaille inégalée de l'impersonnel, et proprement fabuleuse, dit Bellemin-Noël, offrant libre parole à l'inconscient : la langue familière sait qu'on peut dire ou qu'il faut dire «ça pleut», d'autres, moins loin du peuple et de l'enfance qu'on ne croit, n'ignorent pas qu'il est des cas où il convient de dire «ça pleure»."[426]

Dans un autre poème, *En sourdine,* à la place de la *première personne* une voix de l'extérieur, le rossignol, chante le désespoir des amants :

> Et quand, solennel, le soir
> Des chênes noirs tombera,
> Voix de notre désespoir,
> Le rossignol chantera.

Le glissement du *je* vers le *on* ne vise pas seulement à confondre le narrateur avec un autre. C'est grâce au *on* que le prisonnier sort de son état d'âme. Il lui permet de "voir" le ciel qui bénit la cloche et finira par le réconcilier avec ses semblables : il entendra "les murmures de la ville" et sortira de son désespoir pour rejoindre la vie collective en redécouvrant Dieu. L'éveil ne se limite plus au domaine physique.

---

[425] La Pointe, *op. cit.*, p. 51.
[426] J. Bellemin-Noël, *loc. cit.*

D'un prisonnier désespéré, le narrateur se transforme en un poète retrouvant la foi et l'espérance.

Le dialogue intérieur

Un dialogue entre le *je* et la deuxième personne *tu/vous*, qu'il s'agisse d'un dialogue authentique ou d'un pseudodialogue comme celui-ci, s'insère très souvent dans les poèmes de Paul Verlaine. *Sagesse* est surtout caractérisée par la présence d'un dialogue dans une narration à la première personne. Le *je* s'adresse directement au *tu/vous* sans que le mode narratif passe à la troisième personne. Il arrive que des dialogues soient bilatéraux lorsque le locuteur et l'interlocuteur d'une narration s'adressent l'un à l'autre, réciproquement. Les neuf pièces qui composent *Sagesse II* sont uniquement des dialogues de ce type, engagés entre le narrateur poétique et Dieu :

> I   Mon Dieu m'a dit : Mon fils, il faut m'aimer. Tu vois
> [...]
> II J'ai répondu : Seigneur, vous avez dit mon âme.
> [...]

Cette sorte de pseudo-dialogue à la fin du poème qui sert à perturber la narration est une démarche fréquemment utilisée par Verlaine. On la trouve par exemple dans *Ariettes oubliées*[427] :

> *Le vent dans la plaine*
> *Suspend son haleine*

---

[427] P. Verlaine, *Œuvres poétiques complètes, op. cit.,* "Ariettes oubliées I", p. 191.

(Favart.)

1   C'est l'extase langoureuse,
     C'est la fatigue amoureuse,
     C'est tous les frissons des bois
     Parmi l'étreinte des brises
5   C'est, vers les ramures grises,
     Le chœur des petites voix.

     ô le frêle et frais murmure !
     Cela gazouille et susurre
     Cela ressemble au cri doux
10   Que l'herbe agitée expire ...
     Tu dirais, sous l'eau qui vire,
     Le roulis sourd des cailloux.

     Cette âme qui se lamente
     En cette plainte dormante,
15   C'est la nôtre, n'est-ce pas ?
     La mienne, dis, et la tienne,
     Dont s'exhale l'humble antienne
     Par ce tiède soir, tout bas ?

Malgré l'intervalle qui sépare les dates de publication de ce poème et du *Ciel est par-dessus le toit*, la similitude de démarche poétique est frappante. Il s'agit, pour ces deux poèmes, de l'éveil d'une âme à partir d'un état de demi-inconscience. Un commentaire sur ce poème confirme notre constatation :

> La sensation dominante, c'est le chuchotement frissonnant des feuillages sous la brise. Le poète, sans doute couché dans l'herbe, se laisse bercer par ce murmure ténu. Il est dans un état de demi-inconscience délicieuse, de langueur

rêveuse, analogue à celui d'un convalescent, état mitoyen entre le rêve et la veille [...].[428]

Comme dans *Le ciel est par-dessus le toit*, le verbe copulatif *être*, répété dans la première strophe du poème a pour but d'éviter la structuration des sensations et de présenter un tableau statique. Les verbes sont tous intransitifs sauf un : *expirer*. Les sensations sont exprimées en juxtaposition de sorte qu'aucun lien entre elles ne pourrait être soupçonné. Dans cette ambiance, le ton étant neutre, le lecteur a l'impression de suivre un narrateur à la troisième personne. C'est presque à la fin, c'est-à-dire à la quinzième ligne que le narrateur *je* est explicitement, mais non moins discrètement, signalé par le pronom possessif *la mienne*. On voit que le statut du narrateur est *extradiégétique-homodiégétique*, comme dans le poème *Le ciel est par-dessus le toit*. Mais la focalisation reste pourtant dans le vague, car contre toute attente, il s'avère que *cette âme* se réfère à *la nôtre*, ce qui est d'ailleurs tout à fait impossible dans la réalité. Cette discrète indication du statut du narrateur à la première personne est tout de suite atténuée à la fin du poème par une question dans laquelle, *la nôtre, la tienne* et *la mienne* se rivalisent. Ce qui est clair, c'est que la question est à peine posée à un interlocu-teur. L'adresse-t-il à lui-même ? On ne saurait répondre. On est même tenté de dire que la question a surpris le narrateur-même qui était en train de s'enliser dans tout ce qui gazou-ille, murmure et susurre.

Dans le discours d'un monologue, la deuxième personne singulière *tu*/*vous* désigne, dans la plupart des cas, un personnage autre que le narrateur par exemple le lecteur (*Le*

---

[428] L. Aguettant, *Verlaine,* Paris, Cerf (coll. Le bonheur de lire), 1978, p. 96.

Chant de Maldoror). Il est rare que la deuxième personne du singulier remplace le *il* désignant généralement le protagoniste dans un roman (*La Modification*). Il est presque inconcevable qu'il puisse désigner le locuteur lui-même à moins que ce soit dans un pseudo-dialogue, comme c'est le cas ici. La permutation entre le *je* et le *tu* a pour effet de donner au *je* un statut intégral de troisième personne : *je* est là et constate qu'un *tu* — le prisonnier, s'éveille et pleure. Le *je* ici ayant déchargé toute la responsabilité sur le *tu* semble être innocenté et prendra l'aura du poète. La boucle est bouclée. On ne se regarde pas pour se reconnaître ou s'identifier, mais pour se renier et se soustraire. Il s'agit ici d'un narcissisme négatif, une aliénation voulue, par le truchement du pronom personnel. S'en prenant à un moi coupable, l'autre, le moi accusateur se range du côté de Dieu. Ce moi qui se réveille se confirme paradoxalement au détriment du moi pénitent.

Le télescopage du *je* sous-entendu et du *tu* bouc émissaire a mis le lecteur dans une perplexité d'appartenance : il a suivi de près le condamné au point de se confondre avec lui. Cette volte-face semblerait une mise en garde lancée à l'égard du lecteur pour qu'il se détache du regard du prisonnier.

Le lecteur se sent pris en même temps dans une paradoxe bien agréable. Car, par cette interrogation, le poète transforme le monologue en un pseudo-dialogue. Le poète crée une incertitude dans le repérage du narrateur. On croit voir un dédoublement, un va-et-vient constant. On dirait l'effet d'une lamelle de ressort qui se met à vibrer. C'est ce qui fascine le lecteur.

Il faut dire que devenir un autre fait partie de la personnalité de Verlaine. J.-H. Bornecque affirme qu'"'à côté de l'instinct poétique, et contre lui souvent, se dresse la double personnalité de l'homme." [...] et qu'il "a cherché à se mentir, il a eu peur de lui-même dans le fourré de ses sensations comme il avait peur dans les bois. Il s'est fui, déjà, ou il a voulu fuir dans la littérature stoïque et la virtuosité apaisante de génie acharné à croître dans l'ombre comme le dénonciateur d'un cancer moral, juste au cœur des défenses esthétiques élevées contre lui, et qui semble ne se plaire encore qu'à espérer l'angoisse de l'homme devant ses souterrains. D'emblée, dans les *Poèmes saturniens,* Paul Verlaine a eu cependant, non point encore la conscience, mais l'instinct, qu'en poésie, «Je DOIT être *un autre.*» En revanche, *je* y a lutté contre *l'autre* jusqu'au bout."[429]

Dans le chapitre précédant, nous n'avons pas parlé de l'influence de Rimbaud sur Verlaine, influence relativement éloignée du sujet que nous voudrions traiter. Mais, la permutation entre *je* et *tu* porte sans doute une marque rimbaldienne. Hiroo YUASA dans un article sur la tentative de *Je-autre* de Rimbaud nous fait songer non seulement à la possibilité d'influence rimbaldienne sur le dilemme de *Je/autre* de Verlaine, mais aussi à la doctrine chinoise selon laquelle composer de la poésie est "un acte à la suite de l'incitation du monde extérieur". Il pense que Rimbaud "s'est proposé d'esquisser comme un des thèmes de sa recherche un «renouveau d'amour» grâce auquel les âmes deviennent transparentes et s'interpénètrent l'une et l'autre"[430]:

---

[429] J.-H. Bornecque, *Les Poèmes saturniens de Paul Verlaine, op. cit.*, p. 132.

[430] Hiroo YUASA, "La Tentative de « Je-autre » ou l'approche de l'« inconnu »", (*Introduction à « Une saison en enfer* et les problèmes de la Sécularisation »), in A. Borer et al. (éd.), *Rimbaud Multiple, Colloque de Cerisy,* Paris, Dominique Bedou et Jean Touzot, 1986, pp. 228-244.

L. Forestier attire notre attention sur le fait qu'on rencontre souvent des expressions de l'ambivalence dans l'œuvre de Rimbaud: «Chez Rimbaud se manifeste la conscience d'être et de n'être pas» ; aussi nous invite-t-il à envisager le *cogito* rimbaldien. C'est en effet en s'opposant ouvertement au *cogito* cartésien que Rimbaud introduit sa nouvelle définition de «Je» et de «penser» : «C'est faux de dire : Je pense : on devrait dire : On me pense. —Pardon du jeu de mots. — Je est un autre. Tant pis pour le bois qui se trouve violon.» Forestier nous fait remarquer l'essentiel de ce qui est en jeu dans ce passage : «Ainsi l'être est pensée; ce qui, pour Rimbaud, revient à affirmer qu'il peut être subjectivement A, et objectivement non-A. [...] » Pourquoi croit-on alors absolument et obstinément que «Je suis Je » ? Pourquoi ne s'aperçoit-on pas que «Je est un autre» ? Parce qu'on ne met pas en cause, dit le poète, la «fausse» manière de dire : «Je pense». Il est pertinent de nous référer sur ce sujet à un passage de Nietzsche où il critique justement le mensonge de la logique traditionnelle : «(contre la superstition des logiciens), une pensée se présente quand "elle" veut, et non pas quand "je" veux : de sorte que c'est *falsifier* la réalité que de dire : le sujet "je" est la condition du prédicat "pense". Quelque chose pense, mais que ce quelque chose soit justement l'antique et fameux "je", voilà, pour nous exprimer avec modération, une simple hypothèse, une assertion, et en tout cas pas une "certitude immédiate". En définitive, ce "quelque chose pense" affirme déjà trop; ce "quelque chose" contient déjà une *interprétation* du processus et n'appartient pas au processus lui-même. En cette matière, nous raisonnons d'après la routine grammaticale : "Penser est une action, toute action suppose un sujet qui l'accomplit, par conséquent [...]." »[431]

---

[431] *Ibid.* Nous reproduisons ci-dessous la note de Hiroo YUASA sur la citation de Nietzsche : "Par-delà bien et mal", *Œuvres philosophiques complètes*, t. VII, traduit par Cornelius Heim, Gallimard, p. 35.

Il convient de citer encore un autre passage qui confirme, approfondit même, le point de vue analogue : « En effet, on a cru autrefois » à l'« âme » comme on croyait à la grammaire et au sujet grammatical : on disait «je» est le déterminant, «pense» le verbe, déterminé. Penser est une activité à laquelle un sujet *doit* être attribué comme cause. On s'efforça de sortir de ce filet; on se demanda si la vérité n'était pas plutôt dans la proposition contraire : «pense» déterminant, «je» déterminé, «je» apparaissant alors comme une synthèse *constituée* par l'acte même de la pensée. Kant voulut prouver au fond qu'il était impossible de prouver le sujet à partir du sujet,— et qu'il était tout aussi impossible de prouver l'objet. Il se peut par conséquent que sa pensée n'ait pas toujours été étrangère à l'idée que le sujet individuel, donc l'âme, possède une *existence illusoire,* pensée qui est apparue une fois déjà sur la terre, et avec une très grande force, dans la philosophie des Védantas. (*Lettre à Demeny,* p. 70).

LE JUEJU ET LE CIEL EST PAR-DESSUS LE TOIT

Après avoir analysé *Le ciel est par-dessus le toit*, force est de constater que ce poème suit la démarche de la poétique chinoise. Le parallèle est frappant. Il s'agit d'abord de la rencontre *inintentionnelle* entre le monde extérieur et l'homme.

Jing et *qing* : paysage et âme

Nous avons montré dans le chapitre II que la littérature chinoise se définissait dès l'antiquité en terme de valeur suggestive, résumée en un mot, *xing* (興)[432]. En effet la tradition chinoise considère la création artistique comme un "acte à la suite de l'émotion suscitée par des objets" (*Gan yu wu er houdong* 感於物而後動), c'est-à-dire à la suite des "sentiments suscités en réponse à l'incitation produite par le Monde extérieur" (*yingwu sigan* 應物斯感)[433]. C'est pourquoi l'objectivité (le monde extérieur, *jing* 景) précède en général la subjectivité (l'émotion, *qing* 情) dans la démarche

---

432 Cf. *supra* chapitre II, La suggestion.
433 *Ibid.*

poétique. On comprend alors la raison pour laquelle la plupart des poèmes s'ouvrent sur le paysage; caractérisé par l'immuabilité ontologique et le renouvellement éternel du cycle des saisons, le paysage exerce une forte impression sur les sentiments de l'homme, être conscient de son existence éphémère.

Les Romantiques pour qui l'art devient "l'expression artistique d'une époque" plaident en faveur de la peinture paysagiste[434]. Les paysages abondent dans la poésie de Verlaine. Ils y tiennent d'ailleurs souvent le même rôle suggestif. Dans sa lettre adressée à Verlaine à l'occasion de la publication des *Poèmes saturniens*, Sainte-Beuve dit ceci :

> Vous avez comme paysagiste, des croquis, des effets de nuit tout à fait piquants. Comme tous ceux qui sont dignes de mâcher le laurier, vous visez *à faire ce qui n'a pas été fait*. C'est bien.[435]

Et Guy Michaud y voit comme un moyen pour exprimer l'âme du poète :

---

[434] E. H. Gombrich, *op. cit.*, p. 41 : "Dans le cadre de cette idéologie romantique, le médecin allemand Carl Gustav Carus avait, et en fait avant Riegl, présenté une interprétation de l'histoire de l'art qui, en partant de la prédominance du sens tactile, aboutissait à celle de la vision. Plaidant en faveur de la peinture paysagiste, qu'il présentait comme la forme dominante de l'art de l'avenir, il prétendait fonder son argumentation sur des lois irrévocables qui commandent l'évolution historique. À l'origine du développement de la sensibilité perceptive d'un organisme, se trouve la sensation tactile. Les sens plus subtils de l'ouïe et de la vue ne se manifestent qu'au moment où l'organisme évolue et se perfectionne. D'une façon parallèle, l'art de l'humanité a commencé par la sculpture. Les premières réactions humaines devaient être passives, solides, tangibles. Et c'est pourquoi la peinture... apparaît à une phase plus tardive... L'art paysagiste... appartient à un niveau de développement supérieur."

[435] Cité in J.-H. Bornecque, *op. cit.*, p. 54.

En effet, quelle que soit l'attention que porte Verlaine à la forme du vers, paysage et mélodie ne sont pour lui que des moyens. Être soi, c'est, plus encore que toute autre chose, trouver et exprimer son âme. [...] L'âme, c'est quelque chose d'insaisissable, des nuances, des émotions, des sensations, moins que cela encore : une atmosphère, une tonalité, une teinte proprement indicible. [...] Le paysage alors n'est plus un refuge, comme chez les Romantiques, une nature qui sympathise plus ou moins avec la joie ou la douleur du poète. Avant que ne l'ait dit le philosophe, avec Verlaine, le paysage devient vraiment état d'âme. L'un et l'autre se fondent ensemble, en une intuition quasi mystique et par conséquent ineffable. La nature est donc mieux qu'un miroir

> Combien, ô voyageur, ce paysage blême
> Te mira blême toi-même.

La nature est dans l'âme du poète, et celle-ci dans la nature [...] D'où le secret de la métaphore verlainienne : le paysage blême, l'ennui de la plaine, les lueurs musiciennes, le chemin amer ne sont nullement des métonymies, des figures poétiques, mais l'expression d'une réalité, d'une vision et comme d'une perception subjective du monde, la perception proprement poétique. Non seulement le titre du poème, c'est-à-dire le sujet, disparaît alors; mais le thème lui-même devient diffus, inexprimable. Il se ramène presque uniquement à un état d'âme uniforme, spleen et regret à la fois, mélancolie pénétrante et sans cause.[436]

Tandis que Ernest Raynaud n'a pas manqué d'évoquer l'âme quand il parle du rôle du paysage dans la poésie de Verlaine : "S'il évoque un paysage mélancolique d'automne, et, dans le bassin, où le ciel se reflète, un jet d'eau soupirant

---

[436] Guy Michaud, *Message poétique du symbolisme*, Paris, Nizet, 1947, pp. 115-116.

vers l'azur, c'est pour traduire un état particulier de tristesse, un état de l'Être en instance de l'Au-delà, un appel de l'Âme."[437]

Analogies structurelles avec le *jueju*

Les règles principales du *jueju* selon YANG Zai consistent en une approche indirecte du quatrain. Il est conseillé d'exprimer les deux premiers vers d'une manière simple et franche et de veiller à ce que le deuxième vers puisse prendre la suite du premier avec aisance. Et c'est au troisième vers de faire des tours de force pour aboutir au dévoilement au quatrième vers. Il faut surtout "qu'on sache mettre en place une suite ininterrompue poétique; qu'on élimine ce qui est superflu et s'apprête et donne dans la simplicité"[438].

Un poème de WANG Changling *Plainte du gynécée* (*Guiyuan* 《閨怨》) a été analysé dans le chapitre II (Langage poétique chinois : la suggestion), afin de présenter cette démarche que YANG Zai considère comme un des modèles de *jueju*. Si l'on prend un quatrain du *Ciel est par-dessus le toit* pour un vers de *jueju,* on s'aperçoit très vite que ce poème de Verlaine, comme celui de WANG Changling, matérialise de bout en bout le modèle de la démarche avancée par YANG Zai.

Le premier quatrain, équivalent du premier vers de *jueju,* illustre une approche tout à fait indirecte. Il est simple et franc comme le deuxième quatrain qui forme une suite des

---

[437] Ernest Raynaud, *La mêlée symboliste*, Paris, Nizet, 1971, "Les poètes maudits", p. 108.

[438] Cf. *supra* chapitre II, La suggestion : *Jueju,* le quatrain et note 254.

plus naturelles : le passage du premier au deuxième est assuré par une double association. Par fondu enchaîné d'images d'abord (le bercement de la palme disparaît pour laisser la place au balancement de la cloche) et par fondu enchaîné de sons ensuite (le tintement de la cloche suit le bruissement soupçonné de la palme qui balance dans le vent).

C'est au troisième quatrain, équivalent du troisième vers du *jueju*, de jouer le rôle de pivot du poème comme l'a précisé YANG Zai. Par une verdure apparemment normale et banale, le troisième vers de *Plainte du gynécée* surprend et attriste la jeune dame, change brusquement l'orientation du poème; tandis que le quatrain de Verlaine s'ouvre par une exclamation qui est une déclaration en fanfare du réveil du prisonnier : non seulement il se réveille de sa torpeur, mais aussi, toutes les sensations conjuguées lui ont ouvert les yeux sur sa condition et sa détresse dont il ne pourra être sauvé qu'avec le secours d'un pouvoir d'ordre métaphysique. C'est ce que F. Mauriac appelle le bonheur du chrétien :

> Au bout de la passion, à travers la fumée et le feu, les pieds brûlés par la cendre, mourant de soif, peut-être finira-t-il par rejoindre Dieu. Il aura «bouclé la boucle», retrouvé son point de départ, l'enfance pieuse, ses prières, ses scrupules, sa pureté.[439]

Un sentiment de regret du narrateur se dévoile au dernier vers du poème. Le prisonnier, comme la jeune dame, regrette ses actes passés. Le dévoilement est double : pour le prisonnier d'une part, et pour le lecteur d'autre part. En ce

---

[439] F. Mauriac, *Souffrances et bonheur du chrétien,* Paris, Bernard Grasset, 1931, p. 37.

qui concerne le lecteur, en plus de la constatation du réveil du narrateur, il se rend compte que le regret se cache dans le for intérieur du prisonnier dès le début du poème malgré son apparente insipidité; et, à cause d'elle, le regret s'impose maintenant dans toute son acuité. Le poète parvient ainsi à induire le lecteur à repenser le début du poème. On peut qualifier ces quatre vers comme des vers "sans suite sans que le sentiment soit interrompu pour autant". La mise en place d'une *suite ininterrompue* est ainsi réalisée pour *Le ciel est par-dessus le toit* et *Plainte du gynécée*[440].

---

[440] À remarquer que le même jeu se joue à la fin du poème *Ariettes oubliées III* que nous avons cité plus haut. La question finale, sans destinataire, reste ouverte, ainsi que le poème. Cette ouverture remet en cause notre compréhension sur l'âme dont il est question et nous induit à repenser le sens des sensations du premier sizain.

CONCLUSION

Malgré sa position affaiblie en France, Paul Verlaine reste un des poètes occidentaux favoris du public chinois. Deux générations de traducteurs et de poètes chinois ont consacré leur talent à le traduire en langue chinoise. Conscient d'une part que, dans la poésie verlainienne, la musique tient une place très importante et, d'autre part, qu'elle est intraduisible, nous avons commencé cette étude par nous poser la question de savoir comment l'art de Verlaine sans la musique a-t-il pu séduire le public chinois et garder son prestige plusieurs générations durant. Nous avons alors cherché un dénominateur commun entre la poésie chinoise et verlainienne, sans tenir compte de l'élément musical.

L'ART POÉTIQUE CHINOIS

Du côté de la langue chinoise, nous avons pu affirmer son caractère visuel dû tant à l'écriture, c'est-à-dire l'idéogramme, qu'à l'impératif de l'ordre des mots déterminé par sa nature non-inflexionnelle. De l'écriture pour les yeux et de la syntaxe obéissant rigoureusement à l'ordre des mots pour aboutir à une langue évocatrice de la sensation du mouvement, nous dégageons un langage poétique purifié de toute structure qui nuirait au parallélisme entre la marche du discours et le mouvement du regard. À ces caractéristiques linguistiques s'ajoute la notion philosophique chinoise de *qi* pour renforcer le mouvement dans la poésie.

Déjà dans le *Livre des mutations* («*Yijing* »《易經》) on parle du *Souffle cosmique* (*Qi* 氣) qui est le commencement et l'origine de tout; il est un mouvement qui est la seule réalité traversant de part en part les macro- et microcosmes. XIE He (謝赫 *circa* 500 apr. J.-C.) l'appellera plus tard *souffle originel* (*yuanqi* 元氣) et lui attribuera un rôle vital dans la poésie : «c'est lui qui circule dans le corps du poème, donne vie à l'écriture et le mouvement de l'écriture amplifie à son tour le rythme du poème[441].»

Une autre caractéristique que nous avons constatée au niveau syntaxique et qui est liée à l'ordre des mots, est le manque d'articulation qu'il s'agisse de discours littéraire ou philosophique, comme l'a expliqué FENG Youlan :

> Les écrits de Mencius et de Siun-tseu [Xunzi] eux-mêmes, [...] contiennent, quand on les compare aux écrits philoso-phiques de l'Occident, trop de ces aphorismes, allusions et exemples. L'aphorisme doit être très bref; allusions et exemples sont nécessairement décousus.[442]

Cette caractéristique contribue sans doute au développe-ment de la capacité allusive du langage poétique chinois. Car, "l'insuffisance d'articulation, dit FENG Youlan, est cependant compensée par leur caractère suggestif[443]".

En effet, la valeur suggestive est un choix fondamental qui fait partie de l'esprit chinois. L'esthétique chinoise est fondée sur ce même principe, qu'il s'agisse des arts plasti-ques tels que la peinture et la calligraphie, ou de la littéra-ture, poésie ou prose. On définit dès l'antiquité la littérature en général et la poésie en particulier par la notion de *xing* (興); la création est un acte à la suite de l'émotion suscitée par un contact avec l'objet. L'objet ici incarne le monde extérieur : la subjectivité (*qing* 情) est émue grâce à la sug-gestion de l'objectivité (*jing* 景). On attache désormais beaucoup de valeur à une poésie qui sait "rester insipide et

---

[441] Vandier-Nicolas, *op. cit.*, p. 45.

[442] FONG Yeou-Lan, *op. cit.*, p. 33. Cf., pour la transcription du nom, *supra* chapitre II, Mouvement, n142.

[443] *Ibid.*

silencieuse" : la poésie veut rester un art décidément allusif, qu'il faut comprendre à demi mot.

Sur le plan philosophique, l'esthétique chinoise évolue, sous l'influence notamment du taoïsme, vers l'aspiration à la nature. L'apport bouddhiste et taoïste à l'esprit chinois commence à porter ses fruits dans le domaine artistique et littéraire et à l'emporter sur les autres courants vers les dernières années de la dynastie des Tang.

La production poétique est comparée à un phénomène naturel à l'instar de la formation des rides à la surface de l'eau sous le passage du vent. En répondant à l'incitation des réalités extérieures (*jing*), la conscience de l'homme (*qing*) réagit en composant de la poésie. Puisque ni le *jing*, ni le *qing* ne cherchent de leur propre initiative à produire la poésie, c'est donc la nature même qui est en fin de compte le véritable auteur de ce phénomène. Le poète doit se mettre en disponibilité, en vacuité pour être atteint; il n'a qu'à se laisser guider par sa spontanéité naturelle en écartant toute intervention de l'intellect. Bref, une poésie dans laquelle la présence de l'homme est réduite au minimum.

PAUL VERLAINE ET LA POÉSIE CLASSIQUE CHINOISE

Nous n'avons pu trouver d'écrits confirmant l'influence de la poésie chinoise sur Verlaine. Mais l'enthousiasme manifesté pour cette poésie dans les milieux littéraires auxquels appartient Verlaine, en suggère l'existence, ne serait-ce que par interposition. Et nombreux sont les critiques littéraires occidentaux qui, ayant des notions sur la poésie chinoise, la comparent avec la poésie de Verlaine. Lytton Strachey parle de l'*immatérialité* et Desmond Mac Carthy de la *légèreté* verlainiennes[444]. La dernière publication dans ce sens à notre connaissance est celle de F. Jullien. Il met la fadeur verlainienne à la lumière de la tradition littéraire chinoise :

> De part et d'autre, une même *disponibilité* de la conscience poétique fait découvrir la positivité d'une indétermination ou d'une équivocité de la sensation et ouvre la subjectivité à l'appréhension d'une certaine *présence-absence* des choses qui dilue d'elle-même les contours trop délimités du Moi

---

[444] Cf. *supra* chapitre III, Influence de la poésie chinoise, notes 325 et 326.

personnel. La conscience qui est portée à goûter une saveur *neutre* du Monde est conduite à oublier sa propre particularité et la tentation de l'impersonnalité que Jean-Pierre Richard considère comme caractéristique de l'itinéraire verlainien (comme conséquence naturelle de sa prédilection même pour la fadeur) est aussi une tentation marquante de la poésie chinoise, surtout dans la tradition ouverte aux influences taoïstes ou *chan*.[445]

A travers l'étude des influences que Paul Verlaine a subies ou traversées, de ses principes esthétiques et de l'analyse d'un de ses poèmes, nous croyons pouvoir cerner une intersection entre l'esthétique de la poésie de Verlaine et celle de la poésie chinoise. Le public chinois fait sien un certain nombre de poèmes de ce poète français parce qu'il s'y retrouve : une poésie impersonnelle qui récuse la structure et l'intellect. Pour le public chinois la musique, voire la versification, et tant de spécificités à une poésie s'effacent grâce à une poétique devenue une seule haleine :

> Les beaux vers que vous venez d'entendre, vous ne songez pas à en dissocier les éléments. Ils ne sont pas formés par des syllabes, ils sont animés par une mesure. Ce n'est plus un membre logique durement découpé, c'est une haleine, c'est la respiration de l'esprit, il n'y a plus de césures, il n'y a plus qu'une ondulation, une série de gonflements et de détentes.» [446]

Mais l'impersonnalité, l'impassibilité et la fadeur verlainiennes suscitent beaucoup de scepticisme. Les interrogations posées à l'égard du Parnasse conviennent aussi bien à la

---

[445] F. Jullien, *op. cit.*, p. 147.

[446] P. Claudel, "Paul Verlaine", *Revue de Paris,* 1er fév. 1937, pp. 499-500, cité in Zayed, *op. cit.*, p. 375, n1.

problématique verlainienne. Ce petit passage est d'ailleurs de la main de Verlaine lui-même :

> En principe il [Auguste Vacquerie] admettait *Le Parnasse contemporain* et les poèmes qui le composaient pour la plupart; […]. Enfin il protestait contre les tendances à l'impassibilité de la nouvelle école — sans que ce nom ridicule, école, fût prononcé, — y trouvant une cause de froideur et, pour ainsi dire, de stérilité qui allait de soi.[447]

J.-P. Richard explique "l'échec" de Verlaine par l'impossibilité de poursuivre la création dans la tentation de l'impersonnel et de la fadeur :

> La raison refuse alors d'admettre un vide qui soit seulement un vide, une existence qui ne contienne rien d'autre que sa propre révélation. Le rien lui apparaît maintenant comme le lieu de tous les possibles, comme l'origine même du fantastique. Faute d'avoir pu en épouser pleinement la neutralité, la conscience repeuple l'anonyme de toutes ses petites frayeurs. Verlaine retombe dans le marais de la particularité la plus étroitement physiologique et nerveuse. Mais ce n'est point d'elle que lui est venue sa malédiction : tout son malheur fut de s'être arrêté en chemin, de n'avoir su ou pu pousser jusqu'au bout l'expérience et de n'avoir pas atteint à ce point où, se perdant totalement, il se serait peut-être retrouvé.[448]

F. Jullien soumet la fadeur verlainienne à l'arrière-plan de la tradition philosophique chinoise. Ayant remonté toutes les sources depuis la Chine antique jusqu'aux philosophes néo-confucéens, la fadeur dans la poésie chinoise apparaît

---

[447] Paul Verlaine, "Auguste Vacquerie. Notes et souvenirs inédits", in: *Œuvres en prose complètes, op. cit.*, p. 942.

[448] J. -P. Richard, *op. cit.*, p. 180.

sous une lumière transcendantale qui, croit F. Jullien, fait défaut à Verlaine :

> Non pas le désir impétueux de la sensation et le goût de sa conquête mais une attitude spontanée de passivité et d'attente : Verlaine rejoint assurément maints poètes chinois par son éthique du «pur sentir». Mais on perçoit du même coup une différence fondamentale : l'appréciation *sensible* de la fadeur ne correspond chez Verlaine à aucune prise de conscience «ontologique».
>
> Dans la tradition confucéenne aussi bien que taoïste la valorisation de la sensation *fade* rejoint de façon essentielle l'appréhension la plus intime de l'absolu : dans la perspective de l'école de Confucius, les qualités «d'équilibre» et «d'harmonie» sont à la racine du Monde — «Ciel et Terre» — en même temps qu'elles fondent la Voie de Sage de même que chez les taoïste «l'insipidité» est celle du *Dao* lui-même, lui qui embrasse tous les êtres dans sa vacuité radicale, et l'abolition de la conscience individuelle s'intègre heureusement et harmonieusement à cette totalité spontanée. Certes, la conscience poétique de la Chine se dispense sans doute de passer explicitement par le plan de ces représentations pour appréhender sur un mode *sensible* la saveur indéfinie de la fadeur mais il reste essentiel que celle-ci communique en profondeur avec ce qui est perçu intuitivement comme la manifestation immanente du fondement dynamique du Monde. Au contraire, chez Verlaine, la disponibilité subjective à l'appréhension du caractère savoureux de la fadeur ne se découvre aucun support transcendant et reste donc pure sensation. Une pure inclination de la sensibilité qui n'ouvre sur aucune découverte des fondements du réel.[449]

J.-P. Richard nous montre de son côté un Verlaine qui se ressaisit dans sa reconversion. Il chante la réalité nouvelle qu'il croit avoir découverte. "Et avec son aide, il s'efforce de

---

[449] F. Jullien, *op. cit.*, p. 147.

refuser le vague, la fadeur, la dissonance ou la méprise, de conjurer tous les brouillards du paysage ou de l'esprit, et surtout cet invincible glissement vers l'anonyme qui faisait autrefois le pouvoir de son incantation."[450] En un mot, sa foi retrouvée :

> Assuré de ce point d'appui, relié par sa foi nouvelle à ce *Quelqu'un*, à ce centre divin de référence et de prière qu'est la personne de Jésus-Christ, Verlaine peut se retourner vers soi, et, seul dans la cellule de Mons, entreprendre de se refaire une âme.[451]

Tout rentre dans l'ordre. Tout est clair. Sans hésitation, sans angoisse, ni aucune crainte de se perdre ou de se retrouver, vaut-il encore la peine de présenter ce monde qui est un tableau si heureusement dessiné et défini depuis l'éternité et pour l'éternité :

> Mais chasse le sommeil
> Et ce rêve qui pleure.
> Grand jour et plein soleil !
> Vois, il est plus que l'heure :
> Le ciel bruit, vermeil,
>
> Et la lumière crue
> Découpant d'un trait noir
> Toute chose apparue
> Te montre le Devoir
> En sa forme bourrue.
>
> Marche à lui vivement,
> Tu verras disparaître
> Tout aspect inclément

---

450 J. -P. Richard, *op. cit.*, p. 182.
451 *Ibid.*, p. 183.

De sa manière d'être,
Avec l'éloignement.[452]

---

[452] P. Verlaine, *Sagesse I, XXII,* in: *Œuvres poétiques complètes, op. cit.,* p. 261.

LE DILEMME

L'appauvrissement verlainien justifie-t-il les critiques que nous avons énumérées ci-dessus ? Le tarissement artistique du Poète est une problématique qui nécessite un examen minutieux avant qu'on puisse risquer une conclusion. Mais, sans entrer dans cet examen, le dilemme dans lequel se trouve l'esthétique chinoise pourrait déjà avoir une valeur indicative.

Un dilemme se pose en effet à la poésie chinoise : comment parvenir par la *suggestion* à une poésie fade et insipide. Posons la question autrement : comment se peut-il qu'une poésie fade et insipide soit suggestive ? En guise de réponse à cette question, voici la formule donnée par OUYANG Xiu : la saveur antique était fade sans être pauvre. Et SU Shi affirme que la poésie dépouillée et fade ne l'est qu'en apparence : elle est riche à l'intérieur, elle cache la beauté sous la fadeur.

Mais cette réponse amène une autre question : comment concilier la fadeur extérieure et la richesse intérieure ? La seule possibilité pour y parvenir réside dans l'unité de l'homme et de la nature. La nature existe "pour exister". L'existence même de la nature est sa raison d'être. Elle ignore l'émotion. Quand le credo esthétique de la création se mesure à la non-émotion de la nature, la poésie qui matérialise l'approche de l'homme à la nature se doit d'être dépouillée. Tout ce qui est dit dans la tradition esthétique chinoise sur les qualités littéraires, telles que *zhi, pu, zhen, zhuo* (質、樸、真、拙) ainsi que la confusion de *qing* et de *jing*, n'ont en effet qu'une seule référence : le retour à la nature.

Il faut passer par une opération de mise en vacuité du soi. On parvient alors à l'unité de l'être intérieurement et extérieurement. Arrivé à cet état de vacuité, il faut croire que l'impassibilité n'a plus de raison d'être. L'état d'âme de l'homme s'identifie à son apparence : vide à l'intérieur, insipide à l'extérieur.

Or, la puissance de cette esthétique chinoise ne se trouve que dans un passé révolu. Aujourd'hui, la peinture et la poésie qui suivent encore cette voie ouverte par le taoïsme et le *chan* bouddhiste, ont cessé d'être vraiment créatives. Plus personne, aussi grand poète soit-il, n'arrive à émouvoir le public chinois avec une telle poésie, tandis que la peinture traditionnelle, que des peintres chinois pratiquent toujours, perd incontestablement l'authenticité qu'elle connaissait auparavant. Certes, on admire toujours un tableau des Song et un poème des Tang, mais c'est en ayant à l'esprit leur contexte classique, et il est sûr qu'on ne se laisse plus toucher par un style ancien réalisé par ses contemporains.

À y réfléchir, rien n'est plus agréable d'être séduit par un poète moderne qui redonne vie à des valeurs classiques que l'on croit perdues à jamais.

BIBLIOGRAPHIE

Bibliographie

I

Ouvrages et articles en langue chinoise

FAN Xiheng 范希衡
——*Faguo jindai mingjia shixuan*《法國近代名家詩選》[1ᵉ éd. 1981],
Beijing, Waiguo wenxue chubanshe, 1981.
FANG Xiuyue 方秀岳
——*Zhongguo wenxue piping*《中國文學批評》, B eijing, Sanlian
shudian, 1986.
FU Maomian 傅懋勉
——*Cong jueju de qiyuan shuodao DU Gongbu de jueju*〈從絕句的起源說
到杜工部的絕句〉, in LI Jiayan. Cf. *infra* pp. 192-201
GAO Lian 高濂
——"Yanxian qingshan qian lunhua"《燕閒青山箋論畫》, in YU
Jianhua (éd.), *Zhongguo hualun leibian*, pp. 121-124.
HE Rong 何容
——*Zhongguo wenfa lun*《中國文法論》 [1ᵉ éd. 1954], Taibei, Taiwan
Kaiming shudian, 1978.
HE Rong (éd.), 何容主編
—— *Guoyu ribao poyin zidian*《國語日報破音字典》[1ᵉ éd. 1979],
Taibei, 1982.
HE Wenhuan (éd.), 何文煥編
——*Lidai shihua*《歷代詩話》, 2 vol., Taibei, Hanjing wenhua shiye
youxian gongsi, 1983, 825 p., index 58 p.
HUANG Yongwu & ZHANG Gaoping 黃永武 張高評
——*Tang shi sanbaishou jianshang*《唐詩三百首鑑賞》, 2 t., Taibei,
Liming, 1986.
JIN Day Hsi 金戴熹
—— *Cong dongshi yu shijing fenxi Weilun de yishoushi « Wuding shang you
tian »* (〈從動勢與詩境分析魏崙的一首詩《屋頂上有天》〉)
Humanities, (1991) n°9, pp. 79-102.
KARLGREN, B.

—《中國語與中國文》, trad. de l'anglais [*Sound and symbol in Chinese*] par ZHANG Shilu（張世祿）[1ᵉ éd. 1930], Taibei, Wenshizhe chubanshe, 1985.

KE Qingming & ZENG Yongyi (éd.), 柯慶明 曾永義
—*Zhongguo wenxue piping ziliao huibian*《中國文學批評資料匯編》, 11 vol., Taibei, Chengwen chubanshe, 1978.

Lidai shufa lunwenxuan《歷代書法論文選》, Shanghai, Shanghai shuhua, 1980.

LI Fushun (éd.) 李福順編著
—*Su Shi lunshuhua shiliao*《蘇軾論書畫史料》, Shanghai , Renmin meishu chubanshe, 1988.

LI Jiayan 李嘉言
—*LI Jiayan gudian wenxue lunwenji*《李嘉言古典文學論文集》, Shanghai, Guji chubanshe, 1987.

LI Zehou et LIU Gangji (éd.) 李澤厚 劉綱紀主編
—*Zhongguo meishu shi*《中國美學史》, t. 1, Taibei, Liren shuju, 1986.

LIU Fu & ZHAO Jingshen 劉復 趙景深
—*Zhongguo wenfa jianghua*《中國文法講話》[1ᵉ éd. Shanghai, Beixin, 1931], Taibei, Xinwenfeng chubangongsi, 1974.

LIU Xie 劉勰
—*Wenxin diaolong*《文心雕龍》, texte établi et annoté par HUANG Shulin 黃叔琳注 [1ᵉ éd. 黃氏養素堂刻本1741], Taibei, Shangwu yinshuguan, 1974.
—*Wenxin diaolong*《文心雕龍》, texte établi et annoté par ZHOU Zhengpu 周振甫注 [1ᵉ éd. 人民文學出版社1980], Taibei, Liren shuju, 1984.

LU Ji 陸機
—"Wenfu" 〈文賦〉, in *Zhongguo lidai wenlun xuan*《中國歷代文論選》. vol 1, pp. 136-162.

LU Yuehua 盧月化
—*Xiyang wenxue jieshao*《西洋文學介紹》, Taibei, Taiwan Shangwu yinshuguan, 1974, pp. 140-142.

LUO Xinzhang (éd.), 羅新璋 編
—*Fanyi lunji*《翻譯論集》, Beijing, Shangwu yinshuguan, 1984.

MA Ziyun 馬自雲
—*Beitie jianding qianshuo*《碑帖鑑定淺說》, Beijing, Zijincheng, 1986.

MEI Zulin et GAO Yougong (MEI Tsu-lin et KAO Yu-Kung) 梅祖麟
高友工
— "Lun Tangshi de yufa, yongzi yu yixiang" 〈論唐詩的語法用字
與意象〉, trad. de l'anglais par Huang Xuanfan, [Syntax, Diction
and Imagery, in « T'ang Poetry », *Harvard Journal of Asian Studies*, vol.
31, (1971, 9)], pp. 299-366, in ZHENG Qian *et al. Cf. infra*

MO Yu 莫渝
— "*Qiuge* yu *Yixiangren* — zhongyi cishu zuiduo de liangshou
faguoshi", 〈《囚歌》與《異鄉人》– 中譯次數最多的兩首法
國詩〉, *Youshi wenyi*, n°315, mars 1980, pp. 129-147.
— "Weilun de yishou yuzhongshi 〈魏崙的一首獄中詩〉, *Zhongwai
wenxue*, VI, 17, 1988, pp. 93-109.

QI Xubang 漆緒邦
— *Daojia sixiang yu zhongguo gudai wenxue lilun* 《道家思想與中國古
代文學理論》, Beijing, Beijing Shifan xueyuan chubanshe, 1988.

SHI Zhicun 施蟄存
— *Yuwai shichao* [Recueil des poèmes étrangers] 《域外詩抄》, trad. par
SHI Zhicun, Changsha, Hu'nan renmin chubanshe, 1987.

SIKONG Tu 司空圖
— "Ershisi shipin" 〈二十四詩品〉, in HE Wenhuan, *Lidai shihua*
《歷代詩話》, pp. 38-44.

WANG Li 王力
— *Zhongguo yufa lilun* 《中國語法理論》, Taibei, Landeng wenhua
shiye gongsi, 1987, 2 t., pp. 371, 430.

XIA Chuancai 夏傳才
— *Zhongguo gudai wenxue lilun mingpian jinyi* 《中國古代文學理論名
篇今譯》, 2 t., Tianjin, Nankaidaxue chubanshe, 1987.

XU Fuguan 徐復觀
— *Zhongguo wenxue lunji* 《中國文學論集》, 3e éd. rév. et augm.,
Taibei, Xuesheng shuju, 1976.

YAN Yu 嚴羽
— *Canglang Shihua* 《滄浪詩話》, in HE Wenhuan (éd.). cf. *supra*
pp. 686-708.

YANG Songnian 楊松年
— *Wang Fuzhi Shilun yanjiu* 《王夫之詩論研究》, Taibei,
Wenshizhe (coll. Wenshizhe jicheng), 1986.

YANG Zai 楊載

— *Shifa jiashu, "Jueju"* 〈詩法家數 · 絕句〉, in HE Wenhuan (éd.), cf. *supra* p. 732.

YIN Menglun 殷孟倫

— *Du Fu shixuan*《杜甫詩選》, Taibei, Songgao shushe, 1985.

YU Jiaxi 余嘉錫

— Shishuo xinyu *jianshu*《世說新語箋疏》, Beijing, Zhonghua shuju, 1983.

YU Jianhua (éd.) 余劍華編

— *Zhongguo hualun leibian*《中國畫論類編》, Taibei, Huazhong shuju, 1984.

ZENG Pu 曾樸

— "Du ZHANG Feng yong getishi yi waiguoshi de shiyan"《讀張風用各體詩譯外國詩的試驗》, in Zhongguo fanyizhe xiehui (éd.), *Fanyi yanjiu lunwen ji* 中國翻譯工作者協會編,《翻譯研究論文集》(1894-1948), Beijing, Waiyu jiaoxue yu yanjiu chubanshe, 1984, pp. 211-214.

ZHANG Jian 張健

— *Songjin sijia wenxue piping yanjiu*《宋金四家文學批評研究》[1ᵉ éd. 1975], Taibei, Lianjing chubanshe, 1983.

ZHANG Naibin et al. (éd.) 張乃彬 謝常青 陳德義 主編

— *Zhongguo gudai wenlun gaishu*《中國古代文論概述》, Chongqing, Chongqing chubanshe, 1988.

ZHANG Yanyuan 張彥遠

— "Lidai minghua ji xulun"〈歷代名畫記敘論〉, in YU Jianhua, Cf. *supra* pp. 32-33.

ZHAO Mengfu 趙孟頫

— "Songxue lunhua"〈松雪論畫〉, in YU Jianhua, Cf. *supra* p. 92.

ZHAO Peilin 趙沛霖

— *Xing de qiyuan — lishi jidian yu shige yishu*《興的起源—歷史積澱與詩歌藝術》, Beijing, Zhongguo shehuikexue chubanshe, 1987.

ZHAO Tianyi 趙天儀

— "Faguoshi dui Zhongguo xiandaishi zhi yingxiang — shilun Jixian de xiandaishi"〈法國詩對中國現代詩之影響—試論紀絃的現代詩〉, in *Youshi wenyi*, n°315, mars 1980, pp. 113-128.

ZHENG Qian *et al.* 鄭騫等著

— *Zhongguo gudian wenxue luncong I : shige zhibu* 《中國古典文學論叢（冊一）詩歌之部》, [1ᵉ éd. 1976] réimp, Taibei, Zhongwai wen xue yuekanshe, 1985, p. 331.

ZHONGGUO FANYIZHE XIEHUI 中國翻譯工作者協會

— *Fanyi yanjiu lunwen ji*《翻譯研究論文集（1894-1948)》, Beijing, Waiyu jiaoxue yu yanjiu chubanshe, 1984.

— *Fanyi yanjiu lunwen ji*《翻譯研究論文集(1949-1983)》, Beijing, Waiyu jiaoxue yu yanjiu chubanshe, 1984, 609 p.

Zhongguo Lida shigexuan《中國歷代詩歌選》, Taibei, Yuanliu chuban-she, 1982.

Zhongguo lidai wenlun xuan《中國歷代文論選》, 3 t., Taibei, Muduo chubanshe, 1981.

Bibliographie

II

Ouvrages et articles en langue occidentale

ADAM, A.
— *Le Vrai Verlaine, essai psychanalytique*, Paris, Droz, 1936.
— *Verlaine, l'homme et l'œuvre*, Paris, Hatier-Boivin, 1953.
AGUETTANT, L.
— *Verlaine,* Paris, Cerf (coll. Le bonheur de lire), 1978.
ALBÉRÈS, R.-M.
— *L'Aventure intellectuelle du XXᵉ siècle, Panorama des littératures européennes* [3ᵉ éd. revue et augmentée], Paris, Albin Michel, 1959.
APPLEGATE, B.
— *Paul Verlaine, His Absinthe-Tinted Song* [1ᵉ éd. Chicago, Ralph Fletcher Seymour. The Alderbrink Press, 1942], New York, AMS Press, 1982.
ARAGON, L.
— *Traité du style* [1ᵉ éd. 1928], Paris, Gallimard, 1983.
BACHELARD, G.
— *L'Air et les songes.* Réimpression [1ᵉ éd. 1943], Paris, José Corti, 1987.
— *L'Eau et les rêves. Essai sur l'imagination de la matière* [1ᵉ éd. 1942], Réimpression, Paris, José Corti, 1987.
BAUDELAIRE, C.
— *Les fleurs du mal*, introduction, relevé de variantes et notes par Antoine Adam, Paris, Garnier (coll. Classique Garnier), 1961.
— *Œuvres complètes,* Paris, Gallimard (coll. La Pléiade), 1975.
BEAUVERD, J. *et al.*
— *La Petite musique de Verlaine «Romances sans paroles, Sagesse»*, Paris, CEDES, 1982.
BELAVAL, Y.
— *La recherche de la poésie* [1ᵉ éd. 1947], Paris, Gallimard, 1973.
BELLEMIN-NOËL, J.
— *Vers l'inconscient du texte*, Paris, Puf, 1979.
BENJAMIN, W.

— "La tâche du traducteur", in *Œuvres I : Mythe et violence,* trad. de l'allemand et préf. par Maurice Gandillac, Paris, Danoël, 1971, pp. 261-275.

BEGUIN, A.
— *L'Âme romantique et le rêve. Essai sur le romantisme allemand et la poésie française* [1ᵉ éd. 1939], réimp., José Corti, 1946.

BILLETER, J. F.
— *L'Art chinois de l'écriture,* Genève, Skira, 1989.
— *Contre François Jullien,* Paris, Allia, 2006.

BORER, A. et al. (éd.),
— *Rimbaud Multiple. Colloque de Cerisy,* Paris, Dominique Bedou et Jean Touzot, 1986.

BORNECQUE, J.-H.
— *Les Poèmes saturniens de Paul Verlaine,* [Texte critique, étude et commentaire avec cinq hors-texte], [1ᵉ éd. 1952], éd. augmentée, Paris, Nizet, 1977.

BOSQUET, A.
— *Verbe et vertige. Situation de la poésie contemporaine,* Paris, Hachette, 1961.

BRUNOT, F. & BRUNEAU C.
— *Précis de Grammaire historique de la langue française,* Paris, Masson et Cie, 1969.

CHU, C C.
— *Historical syntax-Theory and Application to Chinese,* Taibei, Wenhe chuban youxian gongsi, 1987.

CLAUDEL, P.
— *Réflexions sur la poésie,* Paris, Gallimard (coll. "idée"), 1963.

CONYNGHAM, D.
— *Le Silence éloquent. Thèmes et structure de l'Ève future de Villiers de l'Isle-Adam,* Paris, José Corti, 1975.

CORNULIER, B. de.
— *Théorie du vers Rimbaud, Verlaine, Mallarmé,* Paris, Seuil, 1980.

CRYSTAL, D.
— *Linguistics.* Harmondsworth, Penguin Books Ltd., 1971.

CUENOT, Cl.
— *État présent des études verlainiennes,* Paris, Les Belles lettres, 1938.
— *Le Style de Paul Verlaine,* Paris, Centre de la documentation universitaire, 1962.
— *Nouvel état présent des études verlainiennes,* Paris, *L'Information littéraire,* sept.-oct. 1956, pp. 127-132.
— *Situation de Paul Verlaine,* Paris, *L'Information littéraire,* mai-juin. 1957, pp. 106-110.

DAUDET, A.

— *Le Petit chose*, préf. de Jean-Louis Curtis, éd. établie et annotée par Patrick Berthier, Paris, Gallimard (coll. Folio), 1977.

De MAN, P.

— "The Task of the Translator", in *Resistance to Theory*, Minnesota, University of Minnesota Press, 1986, pp. 73-105.

DECAUDIN, M. et LEUWERS, D.

— *Littérature française*, t. 8, *De Zola à Guillaume Apollinaire 1869-1920*, Paris, Arthaud, 1986, 368 p.

DECAUNES, L.

— *La poésie parnassienne*, Paris, Seghers «P.S. », 1977.

DeFRANCIS, J.

— *The Chinese Language. Fact and Fantasy*. [On édite cet ouvrage à Taibei, Wenhe chuban youxian gongsi. 1990], Honolulu, University of Hawaii Press, 1984, 330 p.

DELESALLE, S.

— "Préface", in Henri Weil. *De l'ordre des mots dans les langues anciennes comparées aux langues modernes. Question de grammaire générale*, préf. de Simone Delesalle [1ᵉ éd. Paris. De Crapelet, 1844], Paris, Didier Érudition, 1991.

DELEUZE, G.

— *L'image-mouvement*, Paris, Minuit (coll. Critique), 1983.

EIGELDINGER, F.S et al.

— *Table de concordances rythmique et syntaxique des Poésies de Paul Verlaine*, Genève, Slatkine, 1985, 351 p.

FESTA-McCORMICK, D.

— "Y a-t-il un impressionnisme littéraire ? Le cas Verlaine", *Nineteenth-Century French Studies* 2 (1974), pp. 142-153.

Fleur en Fiole d'Or, trad. du chinois [Lanling Xiaoxiaosheng, *Jin Ping Mei cihua*], présenté et annoté par Lévy. 2 vols, Paris, Gallimard (coll. La Pléiade), 1985.

FONG Yeou-Lan.

— *Précis d'histoire de la philosophie chinoise* [*Zhongguo zhexue xiaoshi*], trad. de l'anglais par Guillaume Dunstheimer d'après le texte anglais édité par Derk Bodde, préf. de Paul Demiéville, Paris, Payot, 1952.

FOREST, Ph.

— *Le symbolisme ou naissance de la poésie moderne. Mallarmé, Verlaine, Rimbaud, Rodenbach, Verhaeren, Maeterlinck,* Paris, Pierre Bordas et fils, 1989.

GENETTE, G.

— *Figure III,* Paris, Seuil (coll. "Poétique"), 1972.

GERNET, J.

— *Le Monde chinois,* Paris, Armand Colin, 1972.

GIDE, A.

— *Anthologie de la poésie française*, Paris, Gallimard (coll. La Pléiade), 1949.

GLEIZE, J-M.

— *Poésie et figuration,* Paris, Seuil, 1983.

GOMBRICH, E. H.

— *L'art et l'illusion. Psychologie de la représentation picturale,* trad. de l'anglais [*Art and Illusion*] par Guy Durand, Paris, Gallimard, 1971.

GREVISSE, M.

— *Le Bon usage* [1ᵉ éd. 1936], Paris-Gembloux, Duculot, 1986.

GUILLERMAZ, P.

— *La poésie chinoise des origines à la révolution* [1ᵉ éd. Seghers, 1957], Verviers, Gérard et Cie (coll. Marabout université), 1966.

JACQUES, J-P.

— *Poésies Éluard,* Paris, Hatier, 1982.

JAFFRÉ, J.

— *Le vers et le poème,* Paris, Nathan, 1984.

JAKOBSON, R.

— *Essais de linguistique générale,* Paris, les Éditions de Minuit, 1963.

— *Huit questions de poétique,* Paris, Seuil, 1973.

JULLIAN, R.

— *Le mouvement des arts du romantisme au symbolisme,* Paris, Albin Michel, 1979.

JULLIEN, F.

— *La Valeur Allusive, Des catégories originales de l'interprétation poétique dans la tradition chinoise,* Paris, École Française d'Extrême-Orient, 1985.

— *Procès ou Création. Une introduction à la pensée des lettrés,* Paris , Éd du Seuil 1989.

KINGMA-EIJGENDAAL, A.W.G.

— "Quelques effets impressionnistes", *Neophilologus* 67 (July 1983), pp. 353-367.

LA POINTE, M. K.

— *Verlaine's Poetry : Narrative Voice and Indirect Communication,* thèse de doctorat. Univ. of Wisconsin, Madison, 1981.

LANGER, K. Susanne.

— *Problems of Art,* New York, Charles Scribner's Son, 1957.

LAUVERJAT, R.-M.

— *Verlaine Poésie,* Paris, Hachette (coll. Nouveaux classiques illustrés Hachette), 1981.

LEE, Rensselaer W.

— *Ut Pictura Poesis Humaniste & Théorie de la Peinture. XV-XVIIIᵉ siècles,* trad. de l'angl, [*Ut Pictura Poesis Humanistic Theory of Painting*], [1ᵉ éd. 1967. W.W. Norton and Company Inc.] et mise à jour par Maurice Brock, Paris, Macula, 1991.

LEMAITRE, H.
— *La Poésie depuis Baudelaire*, Paris, Armand Collin (coll. U), 1965.

LEPELLETIER, É.
— *Paul Verlaine His Life—His Work*, trad. du français [*Paul Verlaine, sa vie, son œuvre* 1ᵉ éd, Paris Mercure de France, 1907] par E. M. Lang, New York, AMS Press, 1970.

LESSING, G. E.
— *Laocoon*, trad. de l'allemand [*Laokoon*] par Gourtin, Paris, Hermann (coll. Savoir/sur l'art), 1990.

LIGHT, T.
— "Word Order and Word Change in Mandarin Chinese", *Journal of Chinese Linguistics*, vol. 7, 1979, pp. 149-180.

LINTVELT, J.
— *Essai de typologie narrative Le "point de vue" Théorie et analyse,* Paris, José Corti, 1981. 315 p.

MAURIAC, F.
— *Souffrances et bonheur du chrétien,* Paris, Bernard Grasset, 1931. 182 p.

MEISTER, B.
— *The Interaction of Music and Poetry : A Study of the Poems of Paul Verlaine as Set to Music by Claude Debussy and of the Song cycle «Songs and Proverbs of William Blake »* by Binjamin Britten, thèse de doctorat, 1987. City University of New York, États-Unis. 273 p.

MICHAUD, G.
— *Message poétique du symbolisme*, Paris, Nizet, 1947. 819 p.

MILNER, M. & PICHOIS, CL.
— *Littérature française*, t. 7, *De Chateaubriand à Baudelaire,* Paris, Arthaud, 1985. 443 p.

MIMS, F. L. F.
— *Paul Verlaine's Poems : Translation and an Essay*, thèse de doctorat, 1972. University of South Carolina, États-Unis. 467 p.

MONKIEWICZ, B.
— "Verlaine" *Critique littéraire* [1ᵉ éd. 1928], Genève-Paris, Slatkine Reprint, 1983. 156 p.

MOREAU, G.
— *L'Assembleur de rêves. Ecrits complets de Gustave Moreau,* préf. de Jean Paladilhe. texte établi et annoté par Pierre-Louis Mathieu (coll. Bibliothèque artistique & littéraire), Fontfroide, Fata Morgana, 1984.

MOSER, R.
— *L'impressionnisme français : peinture, littérature, musique*, Genève: Droz, 1952.

MOUROT, J.
— *Verlaine*, Paris, Presses Universitaires de Nancy (coll. Phares), 1988.
NADAL, O.
— "L'Impressionnisme verlainien" *Mercure de France,* n°1065 (1 mai 1952), pp. 59-74.
NICOLSON, H. G.
— *Paul Verlaine* [1ᵉ édition London, Constable & Company Limited 1921], New York, AMS Press, 1980. 270 p.
PETITFILS, P.
— *Verlaine*, Paris. Julliard (coll. Les Vivants), 1981.
PICARD, M.
— *Lire le temps,* Paris, Minuit, 1989, 188 p.
PLOURDE, M.
— *Paul Claudel, une musique du silence.* Les Presses de l'Université de Montréal, 1970, 393 p.
POPPER, F.
— *L'Art cinétique* [1ᵉ édition 1967], éd. rev. et augm, Paris, Gauthier Villars, 1970. 302 p.
QIAN Zhongshu.
— *Cinq essais de poétique,* présentés et traduits du chinois [*Shixue wupian*] par Nicolas Chapuis, Paris, Christian Bourgois, 1987. 222 p.
RAITT, A. W.
— *Villiers de l'Isle-Adam et le mouvement symboliste,* Paris, José Corti, 1986, 425 p.
— *Villiers de l'Isle-Adam exorciste du réel,* Paris, José Corti, 1987, 461 p.
RAYMOND, M.
— *De Baudelaire au surréalisme* [1ᵉ éd. 1940], Paris, José Corti, 1985, 366 p.
RAYNAUD, E.
— *La mêlée symboliste (1870-1910),* Paris, Nizet, 1971, 570 p.
RICHARD, J.-P.
— "Fadeur de Verlaine", in *Poésie et profondeur,* Paris, éditions du Seuil (coll. "Points"), 1955.
— *Onze études sur la poésie moderne,* Paris, éditions du Seuil (coll. "Points"), 1964.
ROBICHEZ, J.
— *Verlaine entre Rimbaud et Dieu. Des 'Romances sans paroles' à 'Sagesse',* Paris, SEDES, 1982, 202 p.
SARTRE, J.-P.
— *Qu'est-ce que la littérature ?* Paris, Gallimard (coll Idées), 1948.
SCHWARTZ, W. L.

— *The Imaginative Interpretation of the Far East in Modern French Literature 1800-1925,* Paris, Librairie ancienne Honoré Champion, 1927, 246 p.

SOLE, R.
— "Le plaisir des mots", *Le Monde*, 10 juil. 1993.

SOULIE-LAPEYRE, P.
— *Le vague et l'aigu dans la perception verlainienne,* Paris, Les Belles lettres, 1975.

TADIE, J-Y.
— *La critique littéraire au XXe siècle,* Paris, Pierre Belfond (coll. "Dossier Belfond"), 1987.

THIBAUDET, A.
— *Histoire de la littérature française de 1789 à nos jours* [1e éd. 1936], Paris, Stock, 1963, 587 p.

TODOROV, T.
— *Théories de la littérature. Textes des Formalistes russes réunis,* présentés et traduits par Tzvetan Todorov, préf. de Roman Jakobson, Paris, Seuil (coll. "Points"), 1965, 315 p.

Vacances du pouvoir. Poèmes des Tang, trad. du chinois présenté et annoté par Paul Jacob, Paris, Gallimard (coll. "Connaissance de l'Orient"), 1983, 136 p.

VACQUERIE, A.
— "Notes et souvenirs inédits", in Paul Verlaine *Œuvres en prose complètes,* pp. 942-946, Paris, Gallimard (coll. La Pléiade), 1972.

VALÉRY, P.
— *Cahiers* 2 vols, Paris, Gallimard (coll. La Pléiade, 1973 et 1974, 1491 et 1757 p.

VAN TUYL, J.
— *The Aesthetic Immediacy of Selected Lyric Poems of Keats, Fet and Verlaine,* thèse de doctorat, 1986, The University of North Carolina at Chapel Hill, États-Unis, 173 p.

VANDIER-NICOLAS, N.
— *Art et sagesse en Chine. Mi Fou (1054-1107),* Paris, Presses Universitaires de France, 1963, 339 p.

VERLAINE, P.
— *Œuvres poétiques complètes,* Paris, Gallimard (coll. La Pléiade), 1962, 1551 p.
— *Œuvres en prose complètes,* Paris, Gallimard (coll. La Pléiade), 1972. 1549 p.

VIDAL, J.-M.
— "L'en-deça du «stade du miroir» : nature et culture de la pudeur et de la parure", *Communication*, n° 46: Parure, pudeur, étiquette, pp. 7-29. Burgelin, O. et Perrot, Ph. (éd.), Paris, Seuil, 1987, 319 p.

VINCENT, F.
— *Les Parnassiens. L'esthétique de l'École. Les œuvres et les hommes,* Paris, Gabriel Beauchesne et ses fils, 1933, 318 p.

WEIL, H.
— *De l'ordre des mots dans les langues anciennes comparées aux langues modernes. Question de grammaire générale,* préf. de Simone Delesalle [1e éd. 1844], Paris, Didier Érudition, 1991, 101 p.

WRIGHT, A. J, JR.
— *Paul Verlaine and the Musicians,* thèse de doctorat, Columbia University, Etats-Unis, 1950, 184 p.

YUASA Hiroo 湯浅博雄
— "La Tentative de «Je-autre» ou l'approche de l'«inconnu»", (*Introduction à « Une saison en enfer* et les problèmes de la Sécularisation »), in A. Borer et al. (éd.),
— *Rimbaud Multiple.* Colloque de Cerisy, Paris, Dominique Bedou et Jean Touzot, 1986, pp. 228-244.

ZACK, D.-J.
— *Verlaine in England,* thèse de doctorat, Columbia Univer-sity, États-Unis. 1951, 209 p.

ZAYED, G.
— *La Formation littéraire de Verlaine,* Paris, Nizet, 1970, 442 p.

ZIMMERMANN, É.
— *Les magies de Verlaine,* Paris, José Corti, 1976.

ZWEIG, S.
— *Paul Verlaine,* trad. du français par O. F. Theis [1e éd. 1913], New York, AMS Press, 1980, 91 p.

TABLE

作者：
金恆杰
出版單位：
國立中央大學出版中心／
遠流出版事業股份有限公司
發行單位：遠流出版事業股份有限公司
地址：台北市南昌路二段81號6樓
電話：(02)23926899 傳真：(02)23926658
劃撥帳號：0189456-1 http://www.ylib.com
2011年12月初版一刷
ISBN978-986-82709-9-2
GPN1010100062
售價：新台幣
500元